W0461335

LE SIGNE DE K1

SOON

Une collection dirigée par Denis Guiot

ISBN : 978-2-74-851061-4

© Syros, 2011

CLAIRE GRATIAS

SF
GRA

LE SIGNE DE K1

Tome 2

«Le Temps des *TsahDiks*»

MEDIATHEQUE MUNICIPALE
Robert DESNOS
Tél. : 01 34 11 45 67
95100 ARGENTEUIL

PILON

SYROS

Pour A. B.

«Vaincre s'appuie sur la fraternité.»

Paul Eluard

PROLOGUE

L'Organisation

«L'humanité change,
l'humanité doit changer.
Il en va de sa survie.»

Thierry Janssen, *Vivre en paix*

An 2322.
Région des Hauts Monts du Karakoram.

Journal de Menadel, Membre du Suprême Conseil
des Communautés Associées K2 et K3

Notre frère Yehuya s'est «effacé» à son tour ce matin. En ces jours funestes, notre tristesse est grande. Et notre inquiétude bien davantage.

Les textes anciens assurent que l'an de grâce 2322 sera celui de la «Grande Mutation» et du salut de notre peuple. À condition toutefois que l'on sache neutraliser celui par qui viendra l'infamie. Force est de constater, hélas, que l'Ère du Chaos a déjà commencé, gouffre béant dans lequel nous risquons de plonger les uns après les autres si nous n'intervenons pas assez rapidement. Bien qu'avertis et préparés au pire, nous voici aujourd'hui désespérément impuissants face aux pertes irréparables qui nous sont infligées. Il y a trois jours, Lauviah et son fils nous ont quittés. Hier, Damabiah et ses trois enfants. Et aujourd'hui, le jeune Yehuya, qui, heureusement, n'avait plus ses parents et n'avait pas encore fondé une famille. À ce jour, sept membres de notre Communauté se sont «effacés» de la même atroce façon. Et les torrents de pluie qui s'abattent sur nous depuis plus de sept semaines ne masqueront pas plus nos larmes qu'ils n'emporteront notre chagrin. Comment ne pas garder en mémoire l'horrible vision de l'être cher ou de l'ami dont la silhouette se met brusquement à trembler, comme si chacune de ses molécules cherchait à se désolidariser de l'ensemble ? L'image du corps qui se dissout, dont chaque particule se sépare des autres et s'évanouit sous nos yeux, jusqu'à l'effacement total... J'étais là lorsque Lauviah s'est «effacé». J'en tremble rien que d'y songer de nouveau.

Que maudits soient ces hommes de la Communauté de K1, le président Tubal-K et ses sbires, dont la folle entreprise nous entraîne inéluctablement vers le néant, nous livrant sans remords à l'informe et au vide éternels ! Comme si l'humanité n'était pas déjà assez menacée... J'avoue qu'il est des soirs où je me prends à douter qu'un jour l'Ère Sombre aura une fin. Cependant je me dois de continuer d'espérer. Si ce n'est pour moi, qui suis bien trop vieux à présent, du moins pour notre jeunesse, qui a encore foi en ses aînés.

Il y a maintenant près de trois cents ans, les premiers grands bouleversements climatiques sévères affectèrent notre planète. À cette époque-là, la disparition du courant profond de l'Atlantique Nord que l'on nommait Gulf Stream commença à avoir des répercussions sérieuses non seulement sur le climat, mais aussi sur la situation géopolitique et l'équilibre mondial, car elle entraîna une vague de migrations importantes. Les difficultés se multiplièrent : comment accueillir tous les réfugiés climatiques, réorganiser l'agriculture, construire les nombreux logements nécessaires, faire face au risque de pénurie d'eau douce et d'énergie ?

Cinquante ans plus tard, le niveau des océans avait tellement monté que de nombreuses régions furent inondées, les cultures emportées, des îles englouties. Le continent africain devint un immense désert brûlé par le soleil, tandis qu'en Europe et en Amérique du Nord la pluie faisait des ravages. Sur chaque continent, les cyclones se multiplièrent, les tsunamis se succédèrent, entraînant à chaque fois des milliers de morts.

Alors vint le temps où les hommes se battirent pour occuper les terres encore habitables et accéder à l'eau potable qui était devenue le nouvel or vers lequel tout le monde se ruait. C'est ce que nous nommons le début de l'Ère Sombre. Des conflits éclatèrent un peu partout, provoquant un exode massif. Des millions d'exilés furent jetés sur les routes et se rassemblèrent çà et là dans des camps de fortune, souvent décimés par de terribles épidémies.

Inutile de poursuivre plus avant cet affligeant récit, nos historiens s'en sont déjà chargés. Si je prends à mon tour la peine d'écrire tout cela, c'est pour laisser aux miens un témoignage de ces temps maudits où nous sommes aujourd'hui plongés. Après avoir enduré de lourdes épreuves, nous avions cru trouver une solution à notre malheur, enfin un peu de paix. Celle-ci ne fut hélas que de courte durée. C'est pourquoi je me hâte à présent. Qui sait en effet si, demain, je ne serai pas «effacé» à mon tour?

Je suis né en 2252 dans les Hauts Monts du Karakoram...

Dans le dos de Menadel, la porte du sombre réduit qui lui servait de bureau s'ouvrit à la volée, le faisant sursauter.

– Grand-père! s'écria le garçonnet à l'épaisse chevelure brune qui avait déboulé dans la pièce. J'ai quelque chose pour toi! Qu'est-ce que tu fais? Tu travailles?

– Heu... oui! répondit Menadel en refermant précipitamment le grand cahier dans lequel il tenait son journal. Qui me demande?

– Un monsieur. Je lui ai expliqué que tu ne voulais pas qu'on te dérange. Il m'a dit de te donner ça.

Menadel saisit le morceau de papier que lui tendait son petit-fils et le parcourut rapidement: *Nouv. à propos miss. TsDks. Prière venir househol.*

– Je dois m'absenter un moment, déclara-t-il.

– C'est pour ton travail? interrogea l'enfant.

Menadel lui caressa la joue en souriant.

– Oh non. C'est un ami qui a besoin de moi. Il veut que je l'aide à réparer sa clôture.

– Pourquoi il ne t'a pas appelé?

– Tu oublies que les morphones fonctionnent à l'énergie solaire. Je crains qu'ils n'aient des problèmes d'alimentation depuis quelque temps, répondit Menadel en pointant l'index vers le ciel. Allons, va jouer en bas et sois sage jusqu'à mon retour.

– Je m'ennuie. Je voudrais aller dehors, mais il pleut tout le temps !

– Je sais... soupira son grand-père. J'ai une idée : tu vas dessiner un grand soleil, je suis sûr que ça l'aidera à revenir.

Les grands yeux sombres de l'enfant le dévisagèrent, incrédules.

– À tout à l'heure, crapaud. Et n'oublie pas : je compte sur toi ! lui lança le vieil homme d'un ton faussement joyeux.

Un quart d'heure plus tard, Menadel rejoignait le bâtiment où se réunissait le Suprême Conseil des Communautés Associées K2 et K3 : une très vieille bâtisse en pierre qui, des siècles auparavant, avait été un monastère bouddhiste. Son corps principal, construit à flanc de montagne, était en grande partie creusé dans la roche. On y accédait par un porche majestueux qui donnait sur une cour flanquée de dépendances, la « Porte de la Montagne », ainsi que l'indiquaient les idéogrammes en partie effacés gravés sur chacun de ses piliers. Menadel traversa cette cour où trônaient encore les trois statues de Bouddha : celui du présent, celui du passé et celui du futur, puis il gravit les quatre marches menant à l'entrée du temple.

Un Gardien l'introduisit dans une pièce de dimensions modestes qui servait à la fois de bibliothèque et de salle de réunion. Le Conseil l'utilisait lors d'assemblées extraordinaires ou de rencontres informelles. Le Commandeur et son équipe appréciaient la confidentialité du lieu, situé au cœur du vieil édifice. Aussi choisissaient-ils toujours cette salle pour y discuter de questions importantes ou délicates, voire secrètes.

Comme à l'accoutumée, Seth-Kind siégeait à l'extrémité de la longue table autour de laquelle avaient pris place onze des membres du Suprême Conseil. Le dirigeant des Communautés Associées K2 et K3 accueillit l'arrivée du douzième par un hochement de tête satisfait et, d'un geste de la main, l'invita à se joindre à eux. Menadel salua l'assemblée en s'inclinant brièvement, puis il alla s'asseoir.

– Mes sœurs et mes frères, commença le Commandeur, je vous remercie de votre présence à cette réunion impromptue, je sais que beaucoup d'entre vous ont des obligations, aussi ne vous retiendrai-je pas longtemps. Tout comme vous, j'ai été profondément affecté par l'annonce de l'«effacement» de notre frère Yehuya ce matin. Sa disparition porte un coup supplémentaire à notre Communauté. Cependant, au lieu de nous laisser abattre par le chagrin, nous devons au contraire puiser dans ces funestes événements une force et une détermination encore plus grandes afin de mener à bien notre combat.

– Lorsque nous avons mis sur pied l'Organisation visant à déjouer les plans de Tubal-K, nous ignorions que nous aurions à vivre ce genre de tragédie, observa une belle femme aux longs cheveux gris et au regard mordoré. Certes, notre détermination est chaque jour plus grande, mais comment ne pas se sentir terrassés par la tristesse?

– Nous le sommes tous, Mariella, approuva Seth-Kind. Si nous avons décidé de contrer K1 dans l'exécution du Protocole de Nod, c'est avant tout parce qu'il était de notre devoir d'empêcher une offensive colonisatrice dévastatrice contre les humains du XXIe siècle. Quelles que soient les difficultés que nous rencontrons, rien – pas même un nouveau Déluge – ne peut justifier que l'on tue des hommes pour prendre leur place, nous sommes tous d'accord sur ce point.

Les membres de l'assemblée opinèrent en silence, le visage grave.

– Nous savions que les envoyés de K1 allaient répandre le virus de l'ABEL syndrome et nous en connaissions les effets, reprit le président. Nous nous sommes donc appliqués à mettre en place un dispositif destiné à faire barrage au Protocole de Nod...

– ... Les *TsahDiks* ont d'ores et déjà effectué sur place un excellent travail, même si leur mission ne fait que commencer, compléta l'ancien dirigeant de K3, l'Assesseur Enos. Malheureusement, nous avons été pris de court car, malgré la précision des informations obtenues par nos espions, nous n'avons connu que trop tard l'endroit précis où Tubal-K projetait d'implanter ses Pionniers.

– Le sud-ouest d'un pays qui, en 2020, se nommait la France, intervint un homme aux cheveux gris assis à côté de Mariella. Or, beaucoup de membres de notre Communauté ont des ancêtres originaires de cette région. Tubal-K savait parfaitement ce qu'il faisait...

Le Commandeur soupira, puis reprit la parole :

– Oh oui, il le savait ! Et son objectif était triple. Tout d'abord : offrir une voie de salut à la population de K1 en la dotant d'un nouveau territoire, tout en la mettant à l'abri du Déluge.

– Ce qui lui permettait par la même occasion d'acquérir définitivement l'adhésion de son peuple, ainsi qu'une légitimité désormais incontestable en tant que dirigeant ! précisa Enos, avec un sourire amer.

– Deuxièmement, reprit Seth-Kind, semer le chaos dans la société à coloniser afin de s'y implanter plus rapidement et d'en prendre plus facilement les rênes. Troisièmement, et c'est là que nous nous sommes laissé surprendre, investir une région non pas au hasard, comme nous l'avions tout d'abord supposé, mais en fonction de critères précis visant à éliminer progressivement tous les membres des Communautés K2 et K3.

– Le virus a tué beaucoup de monde à Mediola et dans les vingt et une autres villes du sud-ouest de la France où se sont installés les Pionniers, ajouta Enos. Parmi ces personnes se trouvaient les lointains aïeux de Yehuya, tout comme ceux de Lauviah et Damabiah. Lorsque la maladie a eu raison de leurs ancêtres, nos frères se sont instantanément « effacés » à tour de rôle.

– Quand j'étais petite, murmura Mariella, songeuse, on m'a raconté l'histoire d'un homme qui retournait dans le passé et qui tuait son grand-père par inadvertance. Or, celui-ci n'était pas encore marié et n'avait pas encore eu d'enfants. Sa mort lui interdisait donc toute possibilité de descendance et le voyageur temporel provoquait ainsi involontairement sa propre non-existence, son «effacement». C'est à peu de chose près ce qui est arrivé à nos frères, n'est-ce pas?

– Oui, sauf qu'ils n'ont pas eux-mêmes provoqué leur disparition, précisa Enos. Celle-ci n'est imputable qu'aux voyageurs temporels issus de K1 et mandatés par Tubal-K. Malheur à la lignée de ce scélérat!

Le Commandeur abaissa à deux reprises sa paume ouverte en signe d'apaisement.

– Entretenir la haine dans nos cœurs ne fera pas revenir nos frères disparus, rappela-t-il. Ce qui importe, c'est que nous poursuivions notre action avec la plus grande efficacité possible. Comme l'a signalé Enos, les *TsahDiks* ont déjà sensiblement modifié la situation. Ils ont réussi à regrouper tous les jeunes *X-Cases* dans l'abbaye de Mediola et ceux-ci seront bientôt à même de maîtriser leurs pouvoirs et de les utiliser pour faire échec au Protocole de Nod. Mais si je vous ai réunis, c'est avant tout pour vous faire part de deux nouvelles qui viennent de m'être communiquées par nos Observateurs...

Les membres du Suprême Conseil se redressèrent sur leur chaise, le dos raide, le visage tendu, impatients d'entendre la suite. D'une voix dont le timbre s'était imperceptiblement assombri, Seth-Kind annonça:

– La première est plutôt une bonne nouvelle: il semblerait que l'épidémie soit en net recul. On ne compte plus que quelques cas isolés, ce qui laisse à penser qu'elle est en train de s'épuiser elle-même.

– Ce qui veut dire qu'il y a statistiquement de moins en moins de risques pour que l'un des nôtres «s'efface» dans les prochaines heures, compléta l'Assesseur Enos. Je vous rappelle en effet que le virus n'était mortel que dans vingt-cinq pour cent des cas environ.

Menadel fit alors un discret signe de la main, indiquant qu'il souhaitait prendre la parole.

– Nous t'écoutons, mon frère, dit Seth-Kind.

– Je me réjouis naturellement d'apprendre cela, mais nous ne devons pas oublier la nature particulière de ce virus. Je crains que la maladie ne s'éloigne que parce qu'elle a atteint son objectif. Comme vous le savez, si dans un premier temps l'ABEL syndrome présente les caractéristiques d'une grippe extrêmement virulente, c'est sur les survivants infectés que son effet risque de s'avérer le plus dévastateur...

– ... C'est pourquoi les *TsahDiks* interviendront à ce niveau en priorité, indiqua le Commandeur.

– Puissent-ils être présents chaque fois que cela sera nécessaire! soupira Menadel, la mine sombre.

– Et l'autre nouvelle, Commandeur? s'enquit Mariella.

– J'y viens. Noé 123, l'espion que nous avons réussi à introduire dans le cercle rapproché de Tubal-K vient de m'apprendre quelque chose d'on ne peut plus fâcheux...

Il inspira longuement, comme s'il lui fallait reprendre des forces avant de poursuivre :

– Tubal-K a lui aussi réussi à nous infiltrer. Ce qui lui a permis d'obtenir des renseignements précieux sur le compte de K2 et K3. Vous n'ignorez pas que je représente depuis longtemps pour lui l'homme à abattre...

– Ce serpent ne peut rien contre vous! protesta Enos. Notre Communauté est plus soudée que jamais et nous vous protégerons.

Seth-Kind se tourna vers lui, un sourire las sur le visage.

– J'ai bien peur, hélas, qu'il n'ait trouvé un moyen très sûr de m'atteindre...

*

Journal de Menadel (suite)

Je suis né en 2252 dans les Hauts Monts du Karakoram, région située autrefois à la frontière de trois pays que l'on nommait l'Inde, la Chine et le Pakistan. Notre colonie s'y était implantée un peu moins de cent cinquante ans auparavant. Les catastrophes climatiques conjuguées aux guerres avaient alors éradiqué la majeure partie de la population de la planète. Les rescapés avaient été contraints de se réfugier dans les régions montagneuses pour échapper aux épidémies diverses ainsi qu'à la montée générale du niveau des eaux.

Les membres de notre colonie étaient des gens simples, nés du « mauvais côté » dans cette société à deux vitesses qui était devenue le modèle dominant en ce début du XXIIe *siècle. Au cours des cinquante années précédentes, le fossé n'avait cessé de se creuser entre les riches et les pauvres, séparant irrémédiablement les classes favorisées (les « Winners ») de tous ceux que l'on nommait tour à tour les « Bads », les « Losers », les « Unluckies », ou plus généralement les « Others ». Au niveau international, le marasme économique des pays du Tiers-Monde et la crainte d'une émigration massive vers les pays riches avaient conduit ces derniers à renforcer leurs frontières en se barricadant derrière des dispositifs de sécurité de plus en plus sophistiqués. D'un pays à l'autre comme à l'intérieur d'une même nation, c'était désormais le règne du chacun pour soi (et l'on croyait de moins en moins en un Dieu pour tous!)...*

Lorsque le début de l'Ère Sombre arriva, les habitants de plusieurs villes du sud-ouest de la France, liés autant par leurs traditions que par leur fonctionnement administratif, décidèrent de se regrouper pour organiser leur survie. Ils se mirent en route en direction de l'est, dans l'espoir d'échapper au chaos généralisé. Ils avaient vite compris que leur salut passerait par la solidarité et, de ce fait, leur «caravane» s'étoffa peu à peu: des groupes d'hommes et de femmes croisés ici ou là et qui, comme eux, avaient survécu aux divers fléaux vinrent grossir leurs rangs. Ils cheminèrent tous ensemble durant de longs mois, progressant toujours plus loin vers l'orient. La route fut longue et difficile, jalonnée d'obstacles et de dangers imprévus. À maintes reprises, bien des voyageurs faillirent se laisser submerger par le désespoir et renoncer. Mais, parmi eux, il y en avait toujours qui conservaient suffisamment d'énergie pour en communiquer aux autres, les soutenir et les encourager à continuer. Parvenue aux confins de la Chine, la caravane se scinda en deux, une partie des migrants décidant de tenter leur chance plus au nord vers la Mongolie, tandis que les autres bifurquaient vers le sud, vers le Karakoram.

Le jour où ces derniers atteignirent enfin le massif de la Montagne Sauvage, ils tombèrent sur une colonie implantée depuis déjà près de deux ans dans les Hauts Monts et venue d'Europe du Nord. Les arrivants n'eurent aucun mal à comprendre à qui ils avaient affaire: des ex-«Winners».

Depuis quelques décennies déjà, les différences de conditions de vie (notamment au niveau de l'alimentation) de plus en plus marquées entre ceux qui étaient du « bon côté » et les autres avaient engendré une légère modification physique qui permettait de classer les gens presque instantanément. En effet, depuis deux ou trois générations, les « Winners » possédaient des yeux de deux couleurs différentes, signe distinctif dont ils étaient extrêmement fiers, car ils y voyaient une marque de supériorité.

Ces ex-« Winners » aux yeux vairons étaient un peu plus de deux mille et ils avaient fondé une Communauté nommée K1, première société constituée de réfugiés climatiques implantée dans cette région du Karakoram. En voyant arriver les nôtres, les gens de K1 manifestèrent tout d'abord quelques réticences, mais leurs chefs ne tardèrent pas à leur faire comprendre qu'il était de l'intérêt de tous d'essayer de vivre en bonne intelligence. Traumatisés par les profonds bouleversements qu'ils avaient tous subis, les uns comme les autres aspiraient au renouveau et à la reconstruction, et ils se dirent que l'on n'avait jamais trop de bras. C'est ainsi que fut fondée la Communauté de K2.

Quelques mois plus tard, celle-ci fut rejointe par le reste de la caravane, la route vers la Mongolie s'étant finalement avérée trop dangereuse. Les derniers arrivants s'installèrent non loin de K2, et la nouvelle colonie fut naturellement baptisée K3. Les trois Communautés s'associèrent au sein d'une sorte de fédération fondée sur le partage des ressources, des savoirs et des compétences. Le système fonctionna convenablement pendant environ deux siècles. Il permit de rebâtir une société moderne, surtout après la découverte de gisements de lanthanides[1] *dont l'utilisation entraîna de prodigieuses avancées technologiques. Ensemble, les ex-« Winners » et les ex-« Others » parvinrent à poser les bases de ce qui aurait pu être une nouvelle civilisation si K1 n'avait pas constamment eu tendance à vouloir conserver la mainmise sur le pouvoir...*

Ce n'est cependant qu'en 2313 que se produisit la Scission.

Tubal-K venait d'être choisi comme dirigeant de K1. Or, ni lui ni son équipe n'inspiraient confiance aux gens de K2 et K3. Leurs soupçons se révélèrent on ne peut plus fondés le jour où, avec le soutien de leur président, des ingénieurs de K1 décidèrent de déposer des brevets sur l'utilisation de nouveaux gisements de lanthanides qui venaient d'être découverts sur le territoire des deux autres Communautés, leur interdisant ainsi d'exploiter les précieuses terres rares ! Outrés par ce procédé, Seth-Kind et Enos, son homologue de K3, s'opposèrent violemment à Tubal-K. Ils obtinrent avec difficulté une répartition équitable de l'exploitation des gisements, mais l'incident marqua la fin des Communautés Associées.

Depuis maintenant neuf ans, les relations entre K1 et K2-K3 sont réduites au strict minimum, leurs échanges étant principalement dictés par des intérêts économiques.

Une sorte de statu quo s'est instauré entre nos Communautés, mais nous savions tous que Tubal-K tramait des

---

1. Lanthanides : appelés aussi « terres rares », ensemble de métaux dont le numéro atomique va de 57 (le lanthane) à 71 (le lutécium), utilisés dans les technologies de pointe.

choses dans l'ombre. Nous n'avons pas tardé à en avoir la confirmation.

Heureusement, étant sur nos gardes, nous avons été en mesure d'anticiper et de préparer une riposte. Puisse-t-elle être suffisante...

Ce que le Commandeur Seth-Kind nous a appris cet après-midi ne fait que renforcer mes craintes.

Nous avons déjà tant à faire ! Tout d'abord, tenir bon malgré la Grande Descente de Nuages, ce nouveau Déluge qui s'abat sur nous et nous rappelle impitoyablement que nous venons d'entrer dans un nouveau cycle de graves perturbations climatiques. Moi qui suis aujourd'hui âgé de soixante-dix ans, j'éprouve bien de la douleur à me rappeler les troupeaux que nous élevions sur les plateaux inférieurs lorsque j'étais enfant, ou le chant des oiseaux que j'écoutais, ravi, durant des heures. Je ne puis accepter de me dire que mon petit-fils ne connaîtra jamais cela ! C'est pourquoi, malgré mes moments de désespoir, je m'efforce de continuer à croire en notre Organisation. Parce que son combat est juste et ses membres courageux. Tubal-K et ses hommes ont choisi de fuir cette terre qui a accueilli les nôtres il y a un peu plus de deux siècles, pour aller en conquérir une autre par la force. Ils ne feront que donner à l'Histoire une occasion de se reproduire à l'identique. Grâce à l'enseignement des TsahDiks, *nous avons compris que l'unique voie de salut résidait dans l'éveil des consciences.*

Au XXIe siècle, l'humanité a raté sa chance.

À nous de faire en sorte que, cette fois-ci, elle parvienne à changer...

PREMIÈRE PARTIE

ABEL, stade 2

« – Je ne comprends toujours pas
comment quelque chose qui est en
nous peut nous nuire à ce point,
dit le vice-président.
– C'est notre démon intérieur,
déclara le président de la Chambre
des représentants. »

Greg Bear, *L'Échelle de Darwin*

CHAPITRE 1

Janvier 2021.
Sud-ouest de la France.

Il n'était pas loin d'une heure du matin lorsque Jessie se coula entre les pilotis de béton qui soutenaient le casino de Rugiano. Tapi dans l'ombre, il regarda sa montre. Son contact ne devrait plus tarder, maintenant. Fatigué, il aurait bien aimé s'asseoir, mais la marée venait juste de descendre et le sable était encore humide sous ses pieds. Même si la nuit était remarquablement douce pour la saison, ça ne lui disait rien de se mouiller. Face à lui, la mer étale se teintait tour à tour de bleu électrique, d'orange fluo et de rose indien, ses reflets variant au gré du système d'éclairage qui habillait de couleurs vives la façade blanche de l'établissement de jeu. Un peu plus loin sur la plage, on entendait de la musique, quelques brefs éclats de voix, des rires discrets.

Après la vague de panique due à l'épidémie qui avait conduit les gens à se cloîtrer chez eux pendant plusieurs semaines, la vie reprenait timidement. Depuis quelques jours, la population se risquait petit à petit à mener de nouveau une vie normale, feignant d'ignorer qu'elle avait d'elle-même instauré une sorte de couvre-feu ainsi que toute une liste de règles draconiennes pour se protéger. La météo exceptionnellement clémente y était sans doute pour quelque chose. On sentait dans l'air comme un frisson printanier qui invitait à délaisser le confinement protecteur des maisons pour aller respirer l'air marin à pleins poumons.

Malgré une toux persistante, Jessie alluma une cigarette. Il avait été malade lui aussi. Touché par la «sale grippe», ce virus inconnu que les scientifiques avaient baptisé ABEL syndrome. Pendant plusieurs jours, il avait eu de telles poussées de fièvre qu'il avait failli perdre complètement les pédales.

Mais il s'était repris. Il n'était tout de même pas du genre à se faire avoir aussi bêtement! Dans ce type de situation, il fallait se montrer plus malin que les autres. En pleine pénurie de médicaments, il s'était débrouillé pour se procurer une bonne réserve d'antiviraux et s'était soigné tout seul, comme un grand. Et surtout, il avait commencé par se tirer de l'établissement spécialisé où on l'avait enfermé soi-disant pour lui éviter la prison... *Objectif Réussite*, tu parles! On n'y était pas plus à l'abri de l'épidémie qu'ailleurs. Très vite, ça s'était mis à tomber comme des mouches, là-dedans. Tout ce qu'il aurait *réussi* à faire s'il y était resté, c'était de crever avec les autres! Tandis que maintenant il allait mieux.

Jour après jour, il reprenait du poil de la bête. À tel point qu'il avait parfois des accès de rage où il avait subitement envie de buter tout le monde...

Il lui restait juste quelques petits trucs à régler et, après, il aurait la belle vie. Un *Super Bad* ne se laissait pas abattre si facilement. Un *Super Bad* n'avait qu'un objectif : se la couler douce. Pour cela, il devait d'abord se débarrasser des *coyotes*. C'est ainsi que Jessie nommait les fâcheux de tout poil. Tous ceux qui, d'une façon ou d'une autre, lui mettaient des bâtons dans les roues. Pour le moment, il se doutait qu'il y avait un paquet de *coyotes* à ses trousses, mais jusqu'ici il avait réussi à passer entre les mailles du filet. De toute façon, il avait un plan. Et si la chance était de son côté, il trouverait bientôt le moyen d'être tranquille pour un bout de temps...

Il regarda sa montre. Il ne se sentait pas d'humeur à faire le pied de grue plus d'un quart d'heure. Soudain, il entendit quelqu'un approcher sur sa gauche. Il se dissimula derrière un pilier et écouta. Deux personnes. Chuchotements. Rires étouffés. Jessie risqua un œil. Des ados venus se bécoter tranquillement à l'abri des regards. Il sortit de l'ombre et s'avança vers eux.

– Cassez-vous ! aboya-t-il.

La fille poussa un petit cri. Elle devait avoir quinze ans tout au plus. Le garçon qui l'accompagnait guère davantage.

– On fait rien de mal, geignit-il.

– Cassez-vous ou *moi,* je vais vous faire du mal, dit Jessie d'un ton menaçant.

Les deux jeunes déguerpirent sans demander leur reste. Un lent applaudissement résonna alors sous le casino, répercuté comme dans une grotte.

– Impressionnant ! fit une voix au ton ironique.

Jessie se retourna d'un bloc et scruta la pénombre. Il ne tarda pas à apercevoir un point rougeoyant entre les pilotis.

– T'étais là, Fred ? Putain, t'aurais pu le dire ! Tu voulais me faire flipper ou quoi ?

L'autre eut un petit rire. Il s'avança de quelques pas et son profil droit capta le reflet des lumières du casino. Bleu, orange, rose. Âgé d'une trentaine d'années, il avait un visage prématurément marqué, qui en accusait bien dix de plus.

– T'as oublié ? J'arrive toujours en avance à mes rendez-vous.

– Ouais, ben moi, j'ai pas de temps à perdre, répondit Jessie en jetant de rapides coups d'œil le long de la plage.

– M'est avis que t'as les flics au cul, garçon. Pas bon, ça. Non, pas bon...

– Occupe-toi de tes affaires. On n'est pas là pour parler de ma vie. T'es toujours okay pour le bizness ?

– Ouais. Sauf que je te trouve un peu cher.

Jessie fit mine de vouloir repartir.

– Dans ce cas...

Fred tira une dernière fois sur sa cigarette, jeta son mégot au loin et ricana :

– Je pense pas que tu puisses te permettre de faire le malin, mon pote. Je te rappelle que tes petits camarades de jeu se sont barrés avec ma bagnole pour aller au rendez-vous que *tu* leur avais fixé...

– Je te l'ai dit, j'ai rien à voir avec cette histoire. Ils sont jamais venus au rendez-vous. Alors j'ai décidé de te proposer l'affaire. J'aurais dû penser à toi en premier, d'ailleurs. Franck et Alan sont des nases.

– Bien parlé, garçon.

D'un mouvement du menton, Fred désigna le sac que Jessie portait sur le dos.

– Tu dis que tu as combien de boîtes d'Oseltam?

– Vingt-cinq. À soixante-dix chaque, ça fait mille sept cent cinquante. Je te les laisse pour mille six cents euros. Parce que c'est toi.

Fred lui tapa sur l'épaule en souriant.

– T'es un petit comique, toi.

Jessie fit la grimace.

– Okay, mille cinq cents, mais je descendrai pas en dessous.

– Je te file cinq cents pour le tout.

Jessie blêmit.

– Tu déconnes... C'est de l'Oseltam, pas du générique! Cent euros la boîte en pharmacie. Y en a pour deux mille cinq cents euros!

Le ton de Fred se durcit:

– C'est toi qui déconnes, l'ami, dit-il en repoussant de l'index la poitrine de Jessie. L'épidémie recule de jour en jour. Il y a de moins en moins de malades, donc de moins en moins de demande. Résultat: les prix chutent. C'est la loi du marché. Tu saurais ça si t'avais mieux travaillé à l'école. Alors, à toi de voir: cinq cents euros, ou tu te les carres un par un en suppositoires.

Jessie serra les dents. Durant une fraction de seconde, un voile rouge avait obstrué sa vue. Un goût de fer envahit sa bouche. Sans le vouloir, il se mordit l'intérieur des joues. Il sentit le sang couler sur sa langue et éprouva aussitôt une furieuse envie de sauter à la gorge de Fred. C'était comme un étrange besoin de laisser sa violence se déchaîner. Cela lui arrivait de plus en plus souvent depuis quelque temps. Il se força à détourner les yeux et inspira profondément en regardant la mer. Allons ! Il n'allait pas recommencer à délirer... Il avait pris la précaution de continuer à absorber chaque jour sa dose d'antiviraux et était certain de ne plus avoir de fièvre. C'était donc uniquement la colère qui le mettait dans cet état. De tous les *coyotes* qui avaient croisé sa route, cet enfoiré de Fred était de loin le pire. Jessie l'avait appelé uniquement parce que ça aurait été trop long de chercher un autre revendeur. Sans parler du risque de se faire repérer sur Mediola. Tout son réseau habituel trafiquait là-bas. Or, il était urgent pour lui de se faire oublier dans ce secteur. À contrecœur, il dégagea ses épaules du sac qu'il laissa tomber aux pieds de Fred.

– Vas-y. Avance le fric, dit-il d'une voix sourde.

Lorsqu'il eut les billets en main, il ajouta :

– Je te savais pas aussi rat, Fred. Je m'en souviendrai.

– Et moi, je me souviendrai que tu m'as insulté, petit con.

Fred le gratifia d'un geste menaçant de l'index avant de s'éloigner d'un pas nonchalant. Jessie haussa les épaules et partit de son côté. Il longea le casino pour quitter la plage et remonter sur la promenade du front de mer, puis bifurqua à gauche afin de rejoindre le boulevard de la Falaise. Il avait garé sa voiture – ou, plutôt, la voiture qu'il avait « empruntée » à un papi descendu acheter son journal, moins repérable que celle de sa mère (sûrement fichée par les flics) – dans une rue adjacente située à la lisière d'un quartier résidentiel bien tranquille.

Furieux, Jessie s'engouffra dans l'auto et resta quelques minutes assis, les mains crispées sur le volant, avant de démarrer. Il avait vraiment horreur de se faire avoir. D'abord, lui qui n'était pas du genre patient, il avait dû attendre près de quinze jours avant que Fred soit « disponible ». Tout ça pour conclure une affaire aussi désastreuse ! Il y avait vraiment de quoi se les mordre. En annonçant mille six cents euros pour le matos, il avait en réalité compté sur mille. Il connaissait Fred. Mais ce chien ne lui en avait filé que la moitié, c'était vraiment l'arnaque totale. L'autre avait parfaitement compris que Jessie n'était pas en position de négocier et il avait pris l'avantage. Pire : il l'avait *humilié*. Et s'il y avait une chose qu'un *SB* digne de ce nom ne pouvait pas supporter, c'était qu'on lui manque de respect. Le *coyote* lui paierait ça un jour, il en faisait le serment.

Pour le moment, il y avait cependant plus urgent : regagner sa planque sans se faire choper. Jusqu'ici, il n'avait commis aucune erreur. Il avait appelé Fred depuis un portable volé qu'il avait aussitôt après balancé à la flotte. Il s'était toujours déplacé de nuit. Son abri était sûr. Depuis qu'il s'était enfui de chez lui après s'être débarrassé des hommes de l'Unité Spéciale, tout s'était déroulé nickel. Le deal foireux de ce rendez-vous était sa première contrariété.

En y réfléchissant, ce n'était pas si grave que ça mais, curieusement, ça le mettait dans une rage folle. Pour se calmer, il tâcha de se concentrer sur son itinéraire. S'efforçant d'emprunter les rues les moins fréquentées pour quitter la ville, il laissa bientôt Rugiano derrière lui et prit la direction de Roccafortis, au nord. Pour gagner du temps, il s'engagea sur la quatre-voies. À cette heure de la nuit, il pourrait filer sans être ralenti par la circulation.

Quarante minutes plus tard, il abandonnait la voiture sur le port d'un village de pêcheurs et, toujours aux aguets, arpentait les ruelles plongées dans la pénombre. Au bout d'un moment, il finit par trouver ce qu'il cherchait. Un VTT adossé au mur d'une minuscule gendarmerie. Vu l'endroit, son propriétaire n'avait pas jugé nécessaire de le protéger par un antivol. Jessie ricana intérieurement, enfourcha le vélo et se mit à pédaler à toute vitesse en direction de l'ouest.

Il évalua à environ un quart d'heure le temps nécessaire pour rejoindre la presqu'île. Ensuite, il ne lui resterait que très peu de temps pour franchir la Passe-aux-Bœufs avant que la marée ne remonte...

CHAPITRE 2

– J'ai eu une idée... Si nous invitions Luka et sa famille à dîner un de ces soirs, ça te ferait plaisir? demanda Florence Rieu à sa fille.

Comme souvent, elle s'était installée dans la salle à manger pour corriger ses copies. Plus pratique que son bureau, la large table lui permettait d'étaler ses différents paquets ainsi que ses corrigés. Elle regarda Pauline traverser le salon en silence, l'air absorbée par ses pensées.

– Alors, ça te dirait? insista-t-elle.

Pour toute réponse, la jeune fille murmura un «mmm...» bref, aigu et à peine approbateur. Puis elle gagna la cuisine américaine et se prépara un expresso. C'était le quatrième depuis le repas de midi.

– Je trouve que tu bois beaucoup de café en ce moment, observa sa mère.

Pauline leva les yeux au ciel.

– Maman, je suis comme toi : j'ai un boulot dingue à faire pendant le week-end. Et si je m'écoutais, j'irais dormir au lieu de bosser ! Alors j'ai pas le choix.

– Tu as peut-être repris le lycée un peu trop tôt. Tu es encore très fatiguée. Une semaine de convalescence supplémentaire ne t'aurait pas fait de mal.

– Mon année aurait été foutue ! Tu sais très bien comment ça se passe à la *Winner's School*. Seuls les meilleurs y sont admis et seuls les meilleurs peuvent y rester. Résultat : on ne peut quasiment pas se permettre de s'absenter.

– La direction pourrait tout de même tenir compte du fait que nous vivons une situation très particulière depuis deux mois et demi. On n'est pas confrontés chaque année à un fléau comme l'ABEL syndrome. Ça n'a rien à voir avec une banale grippe saisonnière !

Pauline haussa les épaules.

– Dans ces circonstances exceptionnelles, poursuivit sa mère, il me semblerait normal d'assouplir un peu le règlement des établissements d'élite...

– Va donc le leur dire ! dit Pauline avec un petit rire amer. Pour eux, un *Winner*, un vrai, continue à bosser et à être performant quelles que soient les circonstances. C'est l'une des clés du succès. Le proviseur a bien pris soin de nous le rappeler.

Florence Rieu soupira. Son front était soucieux et son regard empreint de tristesse.

– Ils peuvent dire ce qu'ils veulent, pour moi, le plus important, c'est ta santé.

Pauline vint s'asseoir en face d'elle le temps d'avaler son café.

– Papa ne s'est pas opposé à ce que je retourne en cours, rappela-t-elle. Il sait ce qu'il fait, il est médecin, non?

– J'ai confiance en ton père. Mais on sait si peu de choses à propos de cette maladie...

– Écoute, sois tranquille, je vais bien. Je me sens fatiguée, c'est normal, mais je t'assure que je vais bien. Allez, corrige tes copies, les conseils de classe approchent...

– Ça, c'est le cadet de mes soucis, déclara Florence Rieu.

Pauline ouvrit de grands yeux. C'était bien la première fois qu'elle entendait sa mère manifester un tel détachement vis-à-vis de son travail. Elle l'avait au contraire toujours vue comme un modèle de dévouement et de conscience professionnelle. Professeur dans l'un des deux lycées d'élite de Mediola, Florence avait travaillé dur pour décrocher son poste et elle se battait pour le conserver, ne comptant pas ses heures. Elle redoutait en effet par-dessus tout d'être mutée dans un établissement pour *Bads*. On y envoyait les enseignants qui «n'avaient pas encore fait leurs preuves et avaient besoin de s'aguerrir» – le plus souvent de jeunes professeurs inexpérimentés – ou encore ceux qui «ne s'investissaient pas ou plus assez dans la vie de leur établissement». Florence Rieu avait débuté sa carrière dans un lycée de ce type et les conditions de travail y étaient tellement stressantes et usantes qu'elle savait qu'elle ne tiendrait pas trois mois si elle devait de nouveau y être confrontée. Elle avait également tout fait pour que ses enfants soient admis dans le meilleur lycée de la ville. La nouvelle réglementation sur les *populations différentes* avait malheureusement contraint son fils Angelo à quitter la *Winner's School*. Il avait été envoyé dans un centre spécialisé, ce qui avait été un choc pour toute la famille. Et voilà qu'elle semblait tout d'un coup faire preuve d'une étonnante indifférence vis-à-vis de ce qui avait jusqu'à présent figuré pour elle au rang des priorités.

L'adolescente se leva et alla rincer sa tasse.

– Papa rentre à quelle heure ? lança-t-elle par-dessus son épaule, sans vraiment regarder sa mère.

– Il a dit qu'il passerait chez Ning Wei juste après ses visites à l'hôpital. Je pense qu'il sera là en fin d'après-midi.

– Oh non!... Il va encore me rapporter des potions ou des tisanes infectes, soi-disant pour me retaper... gémit Pauline.

– En attendant, si tu avais pris la précédente régulièrement, tu n'aurais peut-être pas attrapé l'ABEL syndrome, ne put s'empêcher de lui faire remarquer sa mère.

– Maman, tu ne vas pas me dire que tu crois à ces trucs-là ? Une mystérieuse poudre à base de plantes chinoises aurait suffi à m'immuniser contre la sale grippe ? Si c'était vrai, ça se saurait, et Ning Wei serait riche à l'heure qu'il est !

– Comment expliques-tu que ni ton père ni moi n'ayons été contaminés ?

– Vous avez eu de la chance, voilà tout.

– De la chance ! s'emporta Florence. Tu oublies que ton père est médecin généraliste. Il a été en contact avec des malades quotidiennement ! Seulement nous avons pris cette tisane tous les jours, matin et soir. Pas une seule fois nous n'avons oublié, contrairement à toi !

– Oh, s'il te plaît, ne me fais pas la morale! rétorqua Pauline, l'air excédée. Je ne suis pas morte, c'est le plus important, non? Allez, je remonte bosser.

Pendant de longues minutes, Florence fut incapable de se remettre au travail. L'avant-dernière phrase de sa fille l'avait pétrifiée. Non, grâce au Ciel, Pauline n'était pas morte, alors qu'un patient sur quatre succombait au bout de quelques jours et qu'aucun scientifique n'avait été en mesure d'enrayer l'action de ce nouveau virus. Le laboratoire Neopharma avait bien promis un vaccin, mais sa mise sur le marché avait sans cesse été retardée pour des raisons inconnues. On arriverait sûrement à la fin de l'épidémie avant qu'il soit enfin commercialisé.

En attendant, ce même laboratoire avait mis en vente un antiviral prétendument exceptionnel, l'Oseltam. Mais la molécule avait tout au plus permis de ralentir l'infection, en aucun cas de l'arrêter. Cependant, beaucoup de médecins avaient continué à en prescrire à tour de bras car leurs patients ne voulaient plus que ce médicament-là, qu'ils soient malades ou pas. C'était un fait, l'Oseltam rassurait tout le monde. En quelques semaines, son simple nom était devenu un sésame, une formule magique, un brevet de longue vie, et beaucoup de gens étaient prêts à tout pour s'en procurer.

Florence mordilla nerveusement l'extrémité de son stylo rouge. Certes, Pauline avait raison, son mari et elle avaient *eu de la chance*: leur fille n'avait pas été emportée par la maladie. Rétrospectivement, cette éventualité la terrifiait.

Mais depuis quelque temps, elle trouvait que Pauline avait changé. Elle se montrait nerveuse, perpétuellement tendue ou repliée sur elle-même. Elle semblait avoir totalement perdu sa gaieté et son insouciance. À seize ans, c'était préoccupant. Cela avait débuté le jour où les hommes de la Brigade de Reclassement des Mineurs étaient venus chercher son frère. Elle avait très mal vécu d'être séparée de lui et, comme ses parents, elle s'était beaucoup inquiétée à son sujet durant trois mois.

Pour finir, ils avaient reçu des nouvelles rassurantes, quoique un peu nébuleuses : Angelo avait été transféré dans un autre centre, mais on ignorait de quel type d'institution il s'agissait et combien de temps il y resterait. Il avait à présent le loisir d'appeler sa famille régulièrement pour donner de ses nouvelles, mais ses appels étaient brefs et il ne fournissait aucun détail sur la vie qu'il menait là-bas. Il semblait heureux et épanoui, ce qui était réconfortant, mais il avait prévenu ses parents et sa sœur qu'il ne pourrait pas venir les voir avant un moment, car il avait « beaucoup de travail ». Un travail qui nécessitait « une concentration et une disponibilité totales ». Tout cela restait très mystérieux. En ces temps troublés, on finissait toutefois par accepter beaucoup de choses. Angelo allait bien, c'était indiscutable. Rien qu'au son de sa voix, sa mère en était convaincue.

À présent, c'est donc pour Pauline qu'elle se faisait du souci. Son état s'était dégradé après l'agression. Trois *SB* l'avaient piégée en lui faisant croire qu'ils séquestraient son frère, et l'un d'eux avait tenté de la violer. Sans l'intervention de Luka... Florence frémit en imaginant ce qui aurait pu se passer. C'est à la suite de ces événements que Pauline avait commencé à se réfugier dans le silence.

Très peu de temps après, elle avait déclaré la maladie, certainement contaminée par son agresseur, car le virus se transmettait par voie respiratoire. Pendant une bonne dizaine de jours, le docteur Rieu et sa femme s'étaient relayés à son chevet de jour comme de nuit, rongés par l'angoisse.

Leur ami Ning Wei, l'herboriste chinois, était venu tout de suite, muni de toute une pharmacopée de sa composition qu'il avait administrée sans tarder à la jeune fille. À plusieurs reprises, il n'avait pu s'empêcher de maugréer :

– Elle n'a pas bu la tisane que je t'avais donnée, docteur. Ah, folle jeunesse !...

Chaque jour, il venait au domicile des Rieu et pratiquait une brève séance d'acupuncture sur la jeune fille. Désemparé, le médecin l'avait laissé faire, son intuition lui dictant de s'en remettre au vieux Chinois. Au bout de huit jours, l'état de Pauline s'était nettement amélioré. Après dix jours, son père la déclara hors de danger.

Dès qu'elle fut capable de tenir debout, elle demanda à retourner au lycée. Ses parents s'y opposèrent, l'obligeant à se reposer durant au moins une semaine. Puis, voyant qu'elle se rongeait les sangs à l'idée de rater son année, ils finirent par céder, lui faisant promettre de se ménager le plus possible.

Depuis, elle semblait uniquement préoccupée par son travail, mais sa mère la trouvait sombre, renfermée et même dure parfois, ce qui ne lui ressemblait pas.

J'en parlerai ce soir à Bernard, songea Florence Rieu.

Et elle se remit à corriger ses copies.

CHAPITRE 3

Bernard Rieu s'engagea dans la venelle au fond de laquelle nichait le *Lotus Blanc*. Pensif, il avançait d'un pas tranquille. Parmi les choses importantes que lui avait apprises le vieux Chinois figurait une idée fort simple : la dispersion nuit à l'efficacité et favorise l'agitation. Aussi avait-il pris l'habitude, chaque fois que c'était possible, de ralentir son rythme et de se concentrer sur une action ou une pensée à la fois. En marchant vers la boutique de l'herboriste, il se souvint du jour où, affolé, il lui avait téléphoné après avoir constaté que Pauline était atteinte de l'ABEL syndrome.

– *Je vais venir*, avait répondu Ning Wei. *Mais c'est toi le médecin. Et c'est ta fille.*

– Qu'est-ce que tu veux dire ? avait demandé Rieu, au comble de l'anxiété.

– *Ouvre le lotus qui est dans ton cœur et écoute-le. Il te dira ce que tu dois faire.*

– Si je t'appelle, c'est que je me demande ce que je dois faire! Sais-tu combien de mes patients sont morts à cause de cette saleté de virus?

L'herboriste avait poursuivi, toujours très calme:

– *Tâche de faire taire ta peur, docteur. Sinon, elle va passer de toi à ta fille. Et la peur affaiblit les défenses du corps, tu le sais aussi bien que moi.*

Rieu avait inspiré longuement avant de répondre, la gorge nouée.

– Si tu crois que c'est facile...

– *Je n'ai rien dit de tel. Mais c'est ton premier travail. Le deuxième, c'est de faire confiance à Pauline. Car c'est à elle que revient la décision.*

– Quelle décision? avait demandé Rieu, surpris.

– *Elle va devoir choisir de quelle façon elle exprimera sa colère.*

– Mais de quoi parles-tu?

– *La maladie trouve toujours un terrain favorable chez ceux qui nourrissent une grande colère. Elle leur offre la possibilité de dire cette émotion de deux façons: soit en luttant pour la vie, soit en y renonçant. Et ce n'est pas au médecin de choisir. La décision revient au patient et à lui seul.*

– Tu es en train de me dire que nous ne servons à rien?

– *Pas du tout. Nous donnons au patient des outils. Libre à lui de s'en servir ou pas.*

– Dans ce cas, je t'attends. Et surtout, n'oublie pas ta malle à outils, avait conclu Rieu.

Il poussa la porte de la vieille échoppe, faisant tinter un carillon au son cristallin.

À peine avait-il fait deux pas à l'intérieur de la boutique qu'un individu lui bondit dessus et referma la porte d'un grand coup de pied.

– Toi, tu bouges pas!

Un jeune. Pas plus de vingt ans, estima Rieu d'après sa voix. Il avait attrapé le médecin par un bras qu'il maintenait fermement dans son dos, tout en appuyant le canon d'une arme de poing contre sa tempe. Rieu resta immobile. Il risqua juste un coup d'œil vers son agresseur. Le bas de son visage était dissimulé par un foulard et il avait ramené sur sa tête la profonde capuche de son sweat-shirt, si bien qu'il était quasiment impossible de distinguer ses traits.

– Tu fais ce que je te dis ou je t'éclate la tête!

– N'oublie pas de surveiller la porte.

L'ordre avait été lancé d'un ton légèrement méprisant. D'une drôle de voix cassée.

Rieu regarda de nouveau droit devant lui. À quelques mètres, au fond du magasin, Ning Wei était encadré par deux individus du même acabit, encagoulés comme des guides de haute montagne. Le premier, un grand gaillard boudiné dans son treillis, tenait en joue le vieux Chinois avec une carabine à canon scié. L'autre était une très jeune femme (ou une jeune fille) entièrement vêtue de noir. L'espèce de passe-montagne qu'elle avait enfilé dissimulait ses cheveux, apparemment courts. Elle était plutôt petite et dotée d'un corps sec et musclé. C'était elle qui avait parlé. Avec des gestes nerveux, elle était en train de vider consciencieusement la caisse de l'herboriste, fourrant hâtivement pièces et billets dans les poches de son blouson. Les mains en l'air, Ning Wei assistait à la scène, impassible. Son regard croisa celui de son ami. Rieu comprit qu'il lui recommandait de ne rien tenter.

– C'est tout? brailla soudain la fille de sa voix cassée.

Toujours aussi imperturbable, l'herboriste hocha lentement la tête.

– Te fous pas de ma gueule, le Chinetoque. Je suis sûre que t'en as ailleurs.

– Réponds! insista le gars en treillis, juste avant de gifler le vieil homme.

Rieu eut un sursaut de révolte, mais son garde-chiourme le tira violemment en arrière.

– J'ai dit: pas bouger! éructa-t-il en lui brandissant son calibre sous le nez.

– Surveille la porte, merde! s'énerva la fille.

Puis, se tournant vers Ning Wei:

– Bon, on t'écoute, papi.

Le vieil herboriste les regarda tous les trois avec beaucoup de compassion avant de déclarer d'un ton las:

– Je vends du thé et des tisanes, pas des bijoux. Vous le savez très bien.

Pendant une fraction de seconde, ses agresseurs semblèrent désarçonnés. Puis la fille, qui semblait être le chef de la bande, se mit à ricaner:

– Arrête, je vais pleurer sur ton sort. Me raconte pas d'histoires, on vous connaît, vous, les Asiat': tous des mafieux.

Alors, t'as intérêt à nous dire vite fait où t'as planqué ton fric, avant que je m'énerve grave, conseil d'amie.

– Mais puisqu'il vous dit que... tenta Rieu.

– Toi, ta gueule, hurla l'encapuchonné en lui décochant un coup de crosse dans la mâchoire.

La tête de Rieu partit en arrière et une douleur violente lui traversa la boîte crânienne, du maxillaire à l'occiput. Sa vision s'obscurcit, des étoiles dansèrent devant ses yeux et il manqua s'écrouler.

– Vous vous trompez. Je ne mange pas de ce pain-là, déclara Ning Wei.

Il n'avait pas bronché en voyant ce qui arrivait à son client et ami, ce qui déconcerta de nouveau ses agresseurs.

– Bon ! Eh bien on va passer à la vitesse supérieure, annonça cependant la fille en noir.

Tendant le bras à l'horizontale, elle balaya d'un geste brusque tout se qui se trouvait sur l'étagère la plus proche. Les théières et les tasses en porcelaine allèrent se fracasser sur le sol, les boîtes de thé valdinguèrent à travers la pièce et s'ouvrirent en tombant, répandant leur contenu aux pieds des trois voyous qui s'empressèrent de le piétiner.

– On regarde si t'aurais pas planqué du fric au fond de tes tisanes ! ricana celui qui tenait Rieu en joue. Je parie que...

Il fut soudain propulsé en avant et plongea tête la première au milieu des débris. Juste derrière lui, la porte du magasin venait de s'ouvrir et trois hommes étaient entrés. Sans marquer la moindre hésitation, ceux-ci passèrent immédiatement à l'action, faisant preuve d'une précision et d'un calme incroyables, comme s'ils savaient très exactement ce qui se passait et ce qu'ils avaient à faire. Le premier maintint au sol le voyou qui avait frappé Rieu. Les deux autres avancèrent sans hésiter vers ses complices. Ils se contentèrent de les regarder droit dans les yeux, chacun fixant «son» voyou avec intensité. Le gros garçon qui braquait Ning Wei ne tenta même pas de les intimider. Il abaissa son arme, puis la posa doucement par terre. Quant à la fille, elle s'était immobilisée, comme pétrifiée sur place.

Pendant un court moment, chacun des trois hommes sembla se livrer à une étrange conversation muette avec les braqueurs. Ils les fixaient simplement au fond des yeux, mais c'était comme s'ils les avaient littéralement *tenus par le regard*. Et lorsqu'ils les «lâchèrent», les trois jeunes considérèrent l'endroit où ils se trouvaient avec effarement. On aurait dit qu'ils découvraient la situation et constataient les dégâts avec incrédulité, comme s'ils avaient été causés par quelqu'un d'autre.

Contre toute attente, la fille enfonça alors les deux mains dans les poches de son blouson et se mit à les vider avec autant de précipitation que si elles avaient contenu des grenades dégoupillées. Elle envoya fébrilement valser autour d'elle l'argent qu'elle avait volé dans la caisse, puis elle se rua vers la porte et déguerpit, suivie en hâte par ses deux complices. On entendit leur cavalcade résonner entre les murs de la ruelle jusqu'à ce qu'ils en aient franchi le coin.

– Des jeunes du quartier. Je les ai connus tout gosses, murmura tristement l'herboriste, en se baissant pour ramasser l'argent avec des gestes lents.

Rieu, qui s'était agenouillé pour l'aider, se redressa vivement :

– Tu les as reconnus ? Il faut qu'on aille tout de suite au commissariat ! Ces messieurs pourront témoi...

Stupéfait, Rieu constata alors que les trois mystérieux visiteurs étaient partis eux aussi. Jetant un coup d'œil par la porte restée ouverte, il crut reconnaître la silhouette de l'un d'eux à l'angle de la rue et s'étonna qu'ils aient pu s'éclipser si rapidement.

– Ne t'inquiète pas pour les gamins, dit le vieux Chinois, ils ne recommenceront pas.

Lorsqu'il eut rassemblé l'argent éparpillé au sol, Ning Wei alla le replacer dans sa caisse et revint muni d'un balai. D'un mouvement lent et régulier, il se mit à le passer consciencieusement sur le carrelage, sans plus d'émoi que s'il eût entrepris un banal ménage.

– Mais enfin, ils nous ont agressés physiquement ! insista Rieu, surpris. Si les trois types n'étaient pas arrivés, ces *gamins,* comme tu dis, auraient été capables de nous tirer dessus ! Il ne s'agit pas d'une grosse bêtise de mômes, Ning Wei : ce qu'ils ont fait est extrêmement grave !

– Ça va aller, je te dis, assura le vieux Chinois tout en continuant à balayer son magasin.

Le frottement du balai et le tintement des débris de porcelaine donnaient à la situation un côté totalement surréaliste.

– Je te trouve bien indulgent, bougonna Rieu. Et puis d'abord, c'était qui, ces types qui nous sont venus en aide ? Tu les as déjà vus en ville ?

L'herboriste hocha la tête en signe de dénégation.

– Qu'est-ce qu'ils ont fait à ces jeunes pour qu'ils se calment si rapidement? insista Rieu. Une minute avant, on était aux prises avec trois apprentis gangsters surexcités qui semblaient prêts à commettre le pire. Ces types arrivent et... pouf, terminé! Les voyous baissent leurs armes, rendent le fric et détalent comme des lapins. Ne me dis pas que tout ça est parfaitement normal!

Le vieux Chinois eut un sourire teinté de lassitude.

– Cela fait un bon moment que beaucoup de choses ne sont plus normales, docteur. Il y a quelques mois, jamais ces gamins n'auraient fait une chose pareille.

– Quelle mouche les a piqués, eux aussi, bon sang! s'emporta Rieu. Il n'y a pas déjà assez de gens qui deviennent cinglés en ville?

Ning Wei interrompit son balayage pour le dévisager.

– Tu as eu très peur, donc tu es en colère, docteur. Cela t'empêche de réfléchir.

– Évidemment que j'ai eu peur! Pas toi?

Ning Wei poussa un profond soupir.

– Bien sûr.

– Des gens comme toi et moi se regroupent un soir et vont lyncher un artiste. Une femme poignarde le chien de ses voisins, une autre zigouille son mari. Et aujourd'hui, des jeunes te braquent. Depuis quelques semaines, on ne compte plus les cambriolages ni les agressions diverses et variées. La police est débordée. On était pourtant tranquilles ici. Qu'est-ce qui se passe, bon Dieu?!

– Tu poses des questions dont tu connais la réponse, mon ami.

– Ça m'étonnerait. Et ces trois types? Je ne sais absolument pas qui ils sont.

– Des gens comme nous, qui font leur travail. Allez, viens donc avec moi, je vais soigner ton visage. Ta mâchoire est en train de prendre une vilaine couleur.

Rieu réalisa alors qu'il ressentait une douleur très vive, surtout lorsqu'il parlait. Docile, il suivit le Chinois dans l'arrière-boutique et le laissa lui appliquer un onguent de sa fabrication.

– Ne t'inquiète pas, dit Ning Wei, nous reparlerons de tout cela bientôt. Dans le fond, toi comme moi, nous avons une petite idée de ce qui se passe. Et je crains que nous ne soyons pas loin de la vérité, docteur.

CHAPITRE
4

Dans l'après-midi du dimanche, sur l'insistance de Luka, Pauline accepta de s'octroyer une pause.

Il avait téléphoné vers midi. C'est Florence Rieu qui avait décroché.

– Elle a encore besoin de repos, lui avait-elle rappelé avant de lui passer sa fille. Mais cela lui fera du bien de partager un moment avec toi. Elle travaille trop.

Le jeune homme avait donc proposé à Pauline de venir la voir chez elle afin de lui éviter de sortir, mais elle avait répondu :

– Oh, non ! On ira se balader. J'étouffe à la maison.

Ils s'étaient mis d'accord pour se retrouver à deux heures au pied du pont Bernard-Palissy, qui enjambait la Carantone. De là, ils se promèneraient au bord du fleuve, sans doute jusqu'au quai de Port-Larousselle. À cet endroit, le cours d'eau faisait un coude en direction de l'est avant de remonter droit vers le nord, et la végétation qui le bordait de part et d'autre devenait de plus en plus sauvage à mesure que l'on se rapprochait de la sortie de la ville. Au cœur du mois de janvier, il n'y avait guère de bateaux de tourisme amarrés aux pontons de bois, à peine un ou deux pêcheurs postés sur la rive. Les deux jeunes gens seraient donc tranquilles.

Luka attendait depuis dix minutes lorsque Pauline arriva. Il la trouva encore plus pâle que la veille, les traits encore plus tirés. Mais pour lui, elle était toujours la plus jolie, fatiguée ou pas. Il la prit dans ses bras et la serra contre lui, heureux de la retrouver ailleurs qu'au lycée. Elle s'écarta cependant assez vite, avec un petit rire gêné :

– Eh bien ! On dirait que tu ne m'as pas vue depuis un mois !

Surpris, il voulut répondre que le temps passé loin d'elle était toujours trop long, mais elle ne lui en laissa pas le temps :

– On marche ? J'ai froid, fit-elle en glissant son bras sous le sien.

Il fut heureux de la sentir se serrer contre lui. Sans se presser, ils descendirent sur la rive gauche du fleuve et remontèrent le quai de l'Yser. Il n'y avait jamais grand monde qui circulait à pied dans cette partie de la ville. La promenade surplombait sans la masquer la Carantone qui déroulait paisiblement son large ruban vert émeraude. Il faisait frais, mais beau. Le ciel était d'un bleu profond et le soleil de l'après-midi enveloppait les épaules d'une douce chaleur.

– Ça fait longtemps qu'on ne s'est pas retrouvés seuls tous les deux, murmura Luka au bout de quelques minutes.

– Mmm, répondit Pauline, pensive.

Durant sa maladie, le docteur Rieu l'avait quasiment mise en quarantaine afin d'éviter tout risque de contamination. Seuls ses parents et Ning Wei avaient été autorisés à l'approcher. Ensuite était venue la période de convalescence, mais elle était tellement exténuée qu'elle n'avait voulu voir personne, pas même Luka. Elle avait en revanche réclamé son frère à plusieurs reprises. Il était malheureusement impossible à Angelo de venir la voir. Toutefois, il l'avait appelée pratiquement tous les jours. Pendant deux semaines, elle n'avait pratiquement plus vécu que dans l'attente de leurs longues conversations. C'est Angelo qui lui avait donné la force de se battre contre l'ABEL syndrome. Et elle était convaincue qu'elle s'en était finalement sortie grâce à lui. « Rien ne peut nous séparer », lui avait-il assuré quelques mois auparavant. Il avait tenu parole.

– Tu es sûre que ça va? lui demanda Luka qui, tout en marchant, ne cessait de la regarder.

Pauline eut un soupir agacé :

– Tu ne vas pas te mettre à jouer les mères poules toi aussi ! *Je me sens très bien.*

– D'accord ! Excuse-moi de m'intéresser à ta santé ! répliqua Luka, vexé.

Le ton de Pauline se radoucit un peu.

– Écoute, ça fait plus de trois semaines que *tout le monde* s'inquiète pour moi. C'est très gentil, mais maintenant je suis guérie. Alors, relax, okay?

– Mmm... fit à son tour Luka en regardant devant lui.

Il s'abstint de lui rappeler qu'elle n'avait pas attrapé cette maladie dans n'importe quelles circonstances. Il évita également de lui dire qu'il se faisait davantage de souci pour les conséquences psychologiques de l'agression qu'elle avait subie que pour sa convalescence proprement dite. Toutefois, il savait que Pauline refusait catégoriquement d'aborder le sujet. Ses parents n'avaient même pas réussi à la convaincre de porter plainte contre les trois *SB*. On avait l'impression que la seule façon pour elle de surmonter le traumatisme était de l'occulter. À défaut de la comprendre, il respectait sa décision. Aussi décida-t-il de garder ses réflexions pour lui. D'autant qu'il n'avait aucune envie de l'irriter davantage.

– Tu es au point pour le DST de physique-chimie? demanda Pauline sans transition.

– Presque. Ça devrait aller. Et toi?

– Mouais. Mon père m'a aidé à réviser.

– Sympa de sa part.

– Oui. Il est cool.

Ils marchèrent en silence pendant quelques minutes le long de l'allée bordée de saules et de frênes, feignant de s'absorber dans la contemplation du paysage.

Ils arrivaient à la halte nautique. Sur la gauche, la lumière renvoyée par la façade en pierre blanche des anciens chais conférait au lieu une ambiance presque estivale. Juste en face, en contrebas d'un talus, Port-Larousselle offrait aux promeneurs le charme de ses pontons et de ses longs bancs de bois protégés du vent.

– On se pose? proposa Luka d'un ton prudent.

Pauline esquissa un sourire et répondit par un double hochement de tête affirmatif. Ils s'assirent face au fleuve, savourant le calme du lieu. Luka prit la main de la jeune fille et embrassa sa paume. Il était heureux d'être ici avec elle, dans cette ville qui, en très peu de temps, était devenue la sienne et qu'il n'aurait quittée pour rien au monde. Étrangement, il se sentait *chez lui* à Mediola, même s'il savait maintenant qu'il venait de très loin. Un «très loin» qui se mesurait non pas en centaines de kilomètres mais en centaines d'années... Est-ce qu'il pourrait un jour en parler à celle qu'il aimait? Il l'espérait du fond du cœur. Cependant, il sentait que ce jour-là n'était pas encore venu.

– Dis-moi... commença Pauline en se tournant vers lui, qu'est-ce qui s'est réellement passé... Tu sais, ce fameux soir?

Le cœur de Luka fit un bond.

– Tu veux dire... aux arènes? demanda-t-il, surpris.

Il savait pertinemment à quoi elle faisait allusion.

Le hasard l'avait ce jour-là conduit sur le lieu même du piège tendu à Pauline par les *SB* et il était arrivé juste à temps pour venir en aide à la jeune fille. Son intervention avait cependant rapidement pris un tour plutôt *spécial*. Le médaillon qu'il portait autour du cou, le *Signe de K1,* s'était en effet «activé», dégageant une énergie extraordinaire qui avait mis les agresseurs chacun à son tour hors d'état de nuire.

Luka ignorait alors complètement ce qui était en train de se passer. Il avait seulement ressenti une incroyable colère accompagnée d'une très forte pulsion de violence. Le *Signe de K1* avait fait le reste. Rétrospectivement, Luka s'était rendu compte qu'il aurait pu aller jusqu'à tuer l'un des trois voyous, ce qu'il trouvait effrayant.

Quelques jours plus tard, il s'était confié à son père, et Ed Damson lui avait proposé de tenter une expérience. Celle-ci leur avait permis de comprendre que le pendentif que portaient les Pionniers agissait comme une sorte de super-bouclier qui empêchait que quiconque leur fasse du mal. Ils en avaient déduit que l'action du *Signe de K1* s'étendait à tout ce qui risquait de leur porter atteinte, directement ou indirectement. Ainsi, le pentacle était bien plus qu'un simple bijou. Il constituait pour les Pionniers venus de K1 la plus puissante des protections. Non seulement il les immunisait contre l'ABEL syndrome, mais il les mettait également à l'abri de toute agression physique. C'était prodigieux.

Depuis qu'il savait cela, Luka éprouvait l'étrange sensation d'être devenu invincible, et il avait parfois du mal à garder la tête froide.

À aucun moment depuis le soir de l'agression, Pauline et lui n'avaient eu l'occasion de reparler de son intervention. Il redoutait le moment où cela arriverait et, pourtant, il fut soulagé qu'elle aborde enfin le sujet. Ils ne pouvaient pas rester éternellement dans un non-dit : les événements qui s'étaient déroulés ce soir-là sous les yeux de Pauline sortaient beaucoup trop de l'ordinaire pour qu'il soit possible de faire comme si de rien n'était. Elle avait *vu* le chef des trois *SB* voler littéralement et être projeté tantôt contre les murs, tantôt sur le sol *sans que Luka l'ait touché*!

– Oui, dit Pauline. Aux arènes. Ce que je voudrais que tu me dises, c'est... comment tu as fait...

Luka inspira profondément et répondit en la regardant droit dans les yeux :

– En fait, je ne sais pas vraiment. Je veux dire par là que je n'ai pas *décidé* ce qui est arrivé. Tu comprends ?

– Pas trop, non. Tu as un pouvoir, c'est ça ? Tu es... un *X-Case* ?

Le jeune homme lui prit les deux mains et les serra entre les siennes.

– Je ne sais pas, Pauline. Je ne sais vraiment pas...

Il paraissait désemparé. Dans son œil brun, une lueur inquiète venait d'apparaître. L'autre, le bleu, était si franc et limpide qu'il inspirait immanquablement confiance.

– Mon frère non plus n'a pas *décidé* de faire des rêves prémonitoires, murmura l'adolescente.

– Angelo fait des rêves prémonitoires ?!

– Oui. Depuis tout petit. Et lui non plus ne savait pas qu'il était un *X-Case* jusqu'à ce qu'il soit « dépisté » et estampillé *type 1*.

– Ce qui veut dire ?

– Apparemment, tous les *X-Cases* ont un pouvoir. Celui des *type 1* serait plus puissant ou plus rare. Quelque chose dans ce goût-là. Tu sais, personne ne donne d'explications, ni le SAIPD, ni la Brigade de Reclassement des Mineurs...

– Le SAIPD ?

– Le Service d'Aide à l'Insertion des Personnes Différentes. Et naturellement, les autorités restent muettes sur le sujet. Bref, pendant longtemps, avec Angelo, on s'est débrouillés comme on pouvait pour essayer d'y comprendre quelque chose et faire le tri entre toutes les infos qui circulaient. Il y avait tellement de rumeurs ahurissantes qui couraient sur le compte des *X-Cases* !

– Ce n'est plus le cas maintenant ?

– Disons que les gens n'y pensent plus : ils sont suffisamment occupés avec l'ABEL syndrome depuis trois mois.

– Et ces rumeurs, qu'est-ce qu'elles disaient ?

– Que les *X-Cases* étaient des anormaux, des dégénérés, des mutants, ce genre de conneries ! fit Pauline avec mépris. Quand les gens sont dans l'ignorance et la peur, ils racontent n'importe quoi. Si tu savais comme ça m'énerve !

– Je comprends...

Pauline regarda Luka en fronçant les sourcils.

– Ce que je ne comprends pas, moi, c'est pourquoi tu es encore ici.

Luka se rembrunit.

– Qu'est-ce que tu veux dire ?

– Tous les *X-Cases* ont été retirés à leur famille. Ce que tu as fait l'autre soir aux arènes ne laisse aucun doute : tu en es un. Alors pourquoi ne sont-ils pas venus te chercher, toi ?

Luka réfléchit à toute allure :

– Tu m'as dit qu'Angelo avait été « dépisté ». Ce qui veut dire ?

– Ils lui ont fait passer des tests, comme à tous ceux qui étaient déjà pressentis comme *différents*.

– C'était quand ?

– Vers le mois de juin.

– Voilà ! fit Luka en frappant dans ses mains. Ma famille et moi sommes arrivés à Mediola à la mi-juillet. C'est ce qui explique que je sois passé au travers.

– Peut-être... fit Pauline, dubitative.

Elle fut brutalement secouée par un frisson.

– Il commence à faire froid. On rentre ? proposa Luka.

– Quelle heure il est ? Oh, mince, déjà quatre heures. J'ai encore plein de boulot, gémit Pauline en se levant brusquement.

Légèrement dépité, Luka l'imita. Elle passa de nouveau son bras sous le sien et ils marchèrent d'un bon pas jusqu'à la maison des Rieu. Au bas de l'escalier, Luka l'embrassa longuement et elle le laissa faire avec plaisir. Puis elle bondit jusqu'au perron et, juste avant de mettre la clé dans la serrure, elle lança :

– Au fait, ma mère veut vous inviter à dîner, ta famille et toi. Tu en penses quoi ?

Luka sentit son cœur s'emballer.

– Toi et moi, ça devient officiel, on dirait ? dit-il en souriant.

– Oh, non ! plaisanta Pauline. Je pense que vous êtes juste un beau sujet d'étude pour le docteur Rieu.

– Un... sujet d'étude ? fit Luka, perplexe.

– Oui. À cause de vos yeux, bien sûr ! Ça doit le rassurer de se dire que chaque famille se trimballe ses propres tares !

Elle s'engouffra dans la maison après lui avoir envoyé un baiser.

Perplexe, Luka demeura durant une poignée de secondes immobile sur le trottoir, puis il se décida à rentrer chez lui.

CHAPITRE 5

Ann Damson se tourna vers Ning Wei.

– Vous dites que vous connaissiez ces trois jeunes depuis des années? C'est monstrueux qu'ils vous aient fait une chose pareille! s'exclama-t-elle, visiblement émue.

– Je ne leur en veux pas. Leur raison n'était plus en mesure de contrôler leurs actes, répondit le vieux Chinois de sa voix douce.

– Encore un peu de fromage? demanda Florence Rieu en présentant le plateau à la mère de Luka.

Son invitée refusa poliment d'un geste de la main.

– Vous pensez qu'ils avaient pris de la drogue? intervint Ed Damson.

– Je ne crois pas, déclara le docteur Rieu qui était assis en face de lui. J'en aurais reconnu les signes. Or, j'ai eu l'occasion de les voir de près...

Machinalement, il passa les doigts sur le bas de son visage où s'étalait une vilaine ecchymose couleur aubergine.

– Dans ce cas, qu'entendez-vous par cette histoire de raison? demanda Ann à l'herboriste.

– De plus en plus de gens ont un comportement étrange depuis quelque temps, soupira-t-il, et je ne suis pas certain qu'ils soient entièrement responsables.

– Vous faites allusion à tous ces vols et agressions, n'est-ce pas? poursuivit Ann.

– Et si on parlait de choses plus gaies? suggéra son mari.

– Au journal télévisé, ils appellent ça une «inexplicable épidémie de violence», dit alors Luka en se coupant un deuxième morceau de roquefort. C'est vrai qu'il y en a beaucoup qui pètent les plombs en ce moment...

Gênée par son attitude désinvolte, sa mère lui lança un regard désapprobateur. Il n'en tint aucun compte et se mit à picorer un reste de paella dans l'assiette de sa sœur.

– Dans mon école, il y a un garçon qui en a poussé un autre à travers la baie vitrée du préau, fit alors Lila de sa petite voix flûtée.

– Quoi?! s'exclamèrent ensemble Pauline et Luka.

– Oui, continua la fillette. Hier après-midi. La vitre a explosé et le garçon est passé à travers. Il était tout coupé au visage. C'était bien moche, il y avait du sang partout. Le directeur a appelé les pompiers.

– Si même les petits s'y mettent! observa Florence Rieu, consternée.

– Ce n'est hélas pas un phénomène nouveau, lui rappela son mari.

– Non. Ce qui est nouveau, c'est l'ampleur que prend cette violence. On a l'impression que tout le monde est au bord de la crise de nerfs et que plus personne n'arrive à se maîtriser. Il y a trois jours, j'ai vu deux automobilistes prêts à s'écharper pour un refus de priorité. Heureusement, il y avait des policiers pas loin. Sans leur intervention, ça se serait sûrement mal terminé. C'est comme si, tout d'un coup, plus personne n'arrivait à être raisonnable !

– On en revient à la raison, observa Ann.

– Mais nous savons bien que *la raison n'épuise pas le monde*... dit doucement Ning Wei.

Sa voix fut couverte par le bruit des assiettes que Rieu était en train de rassembler.

– J'espère que ce garçon a été sévèrement puni, déclara Ann, revenant à l'anecdote relatée par sa fille.

– Il faudrait d'abord se renseigner sur ce que l'autre lui avait fait, murmura alors Pauline d'une voix sourde.

– Pardon?! fit la mère de Luka.

La jeune fille ne sembla pas remarquer son intonation choquée. Elle ajouta :

– Ce gosse n'a peut-être eu que ce qu'il méritait. On n'en sait rien, après tout.

Il y eut comme un flottement parmi les convives. Debout, les assiettes à la main, Bernard Rieu brisa le silence :

– Ne dis pas de bêtises, Pauline. Ce n'est pas un sujet de plaisanterie.

Puis, sans transition, il demanda d'un ton dégagé :

– À suivre : poires Belle-Hélène. Tout le monde aime ça?

Les invités approuvèrent avec enthousiasme, mais sa fille le gratifia d'un regard noir qui n'échappa nullement à Ning Wei, placé en face d'elle.

– De toute façon, ce n'est pas étonnant, reprit Lila. Simon et Laurent n'ont jamais pu se supporter. Même qu'un jour Simon a été puni parce que Laurent avait dit au maître qu'il avait triché. Pourtant...

– Ce n'est pas une raison pour s'entretuer ! la coupa sa mère. S'ils commencent comme ça, arrivés au collège, ils régleront leurs comptes avec des armes à feu !

– Oh, oh ! Respirez-moi donc cette délicieuse odeur de chocolat fondu... fit alors Ed d'un ton enjoué.

Puis, s'adressant à Florence Rieu :

– Vous nous avez vraiment gâtés. Ce dîner est délicieux !

– Je serais vous, j'attendrais d'avoir mangé le dessert, fit Pauline le plus sérieusement du monde.

Ed se mit à ricaner :

– Je ne savais pas que tu possédais un humour aussi ravageur !

– Moi non plus, répondit la jeune fille, ce qui fit rire tout le monde, sauf elle.

Se penchant vers Luka, elle lui souffla à l'oreille :

– On finit de manger rapido et on monte dans ma chambre.

Il lui sourit et prit sa main qu'il serra avec tendresse.

Ils venaient de se lever, prêts à s'éclipser discrètement, lorsque Lila les apostropha :

– Vous allez où ? Je peux venir ?

– Non, répondit Pauline d'un ton étonnamment sec.

Voyant le visage de Luka, elle se mordit aussitôt la lèvre et ajouta :

– Je peux te mettre un dessin animé, si tu veux. Tu aimes quel genre d'histoires ?

– J'ai pas envie de regarder la télé, répliqua la fillette.

– Enfin, Lila ! gronda sa mère.

– Laisse un peu les grands tranquilles, ils ont des choses à se dire, fit Ed avec un sourire entendu.

– Avant, Pauline, elle était plus gentille, dit la petite, la mine boudeuse.

– Ça suffit maintenant ! intervint sa mère.

Puis, se tournant vers ses hôtes :

– Excusez-la. Elle commence à être fatiguée.

– Aucun souci, la rassura Florence Rieu. On a connu ça avec les nôtres quand ils étaient plus petits ! Je vous propose de vous installer au salon. Lila, ma chérie, si tu venais m'aider à préparer le café et l'infusion ?

– D'accord, répondit la fillette en relevant le menton d'un air de défi.

Elle sauta de sa chaise et suivit la maîtresse de maison dans la cuisine. Luka et Pauline en profitèrent pour filer à l'étage.

– Votre femme est adorable, dit Ann au docteur Rieu avec un sourire reconnaissant.

– Déformation professionnelle, je suppose. Il est vrai qu'elle sait s'y prendre avec les enfants, lui répondit-il. En tout cas, je constate avec plaisir que les vôtres sont passés à travers l'épidémie sans problème. J'ai vu tellement de familles effondrées par la perte d'un des leurs ces dernières semaines que je m'en réjouis...

Ann pâlit imperceptiblement.

– Oui, nous avons eu beaucoup de chance, déclara Ed. Et grâce au ciel, votre Pauline s'en est sortie. Nous étions si inquiets!

Rieu posa la main sur l'épaule de son ami l'herboriste.

– Nous devons beaucoup à Ning Wei, dit-il, la gorge serrée par l'émotion.

– N'oublie pas que c'est ta fille qui a fait le travail, murmura le vieux Chinois.

– Vous soignez avec des plantes, m'a-t-on dit? fit Ed, apparemment intéressé par le sujet.

Ning Wei planta son regard dans le sien et l'observa un moment avant de répondre:

– Mon père pratiquait la médecine traditionnelle chinoise. Il m'a enseigné beaucoup de choses. L'acupuncture, les plantes... Mais ce qu'il m'a surtout appris, c'est ce que la maladie essaie de nous dire.

Intrigué, Ed fronça les sourcils.

– Derrière chaque mal, il y a un message caché, plus ou moins difficile à découvrir, continua l'herboriste sans lâcher Ed des yeux. Cet ABEL syndrome nous parle forcément de quelque chose, mais nous sommes trop aveugles pour le voir ou trop endormis pour l'entendre, vous ne pensez pas?

– Je... à vrai dire, je n'en sais rien! bredouilla le photographe. Une chose est sûre en tout cas, l'épidémie touche à sa fin, n'est-ce pas docteur? ajouta-t-il en se tournant vers Rieu.

Celui-ci acquiesça en silence.

– C'est très rassurant en effet, reprit Ning Wei. Mais ne nous réjouissons pas trop vite.

– Pourquoi dites-vous cela? interrogea Ann.

– Le virus n'a peut-être pas dit son dernier mot.

– Vous pensez qu'il pourrait revenir et déclencher une seconde vague de sale grippe?

– Absolument pas. Je crois qu'il a fini son travail.

– Ma parole, vous en parlez comme d'une personne! s'exclama Ed avec un rire un peu forcé.

– Vous êtes très psychologue, monsieur Damson, dit le Chinois avec un fin sourire.

Ed sentit son cœur bondir dans sa poitrine en entendant le mot *psychologue. Tu te fais des idées*, se rassura-t-il, *l'herboriste l'a employé par hasard. C'est une coïncidence, voilà tout...* Plus la conversation se prolongeait et plus il se sentait mal à l'aise. Heureusement, Florence Rieu et Lila les rejoignirent à ce moment-là, chacune portant un petit plateau chargé de tasses et de boissons chaudes. Sans le vouloir, la femme du médecin vint à son secours:

– Si nous parlions enfin d'autre chose? suggéra-t-elle.

– Bonne idée, renchérit Ann. Tout ça va finir par me donner le cafard!

– De toute façon, nous, on ne craint rien, annonça alors Lila d'un ton tranquille.

Les Damson se raidirent instantanément.

– Ah bon ? Tu crois, ma chérie ? demanda gentiment Florence en caressant le front de la fillette.

– Ben oui ! Mes parents, mon frère et moi, il ne peut rien nous arriver. Et comme on vous aime bien, on vous protégera !

– Oh, alors dans ce cas, tout va bien ! dit Rieu, feignant de la prendre très au sérieux.

Lorsque la famille Damson fut partie, Rieu et Ning Wei restèrent bavarder un moment au salon tandis que Pauline et sa mère étaient montées se coucher.

– Je t'ai trouvé un peu « offensif » avec nos invités, observa le docteur. Cela ne te ressemble pas.

– Cet homme nous cache quelque chose, assura l'herboriste.

– Ne me dis pas que tu deviens parano toi aussi !

Ning Wei eut un petit rire silencieux qui plissa le coin de ses paupières. Après quelques minutes de silence, il demanda :

– Rappelle-moi à quel moment ils sont arrivés à Mediola ?

Rieu réfléchit :

– L'été dernier, il me semble.

– Mmm, mmm... Tu as entendu comme moi ce que Damson a répondu lorsque Florence lui a demandé où ils habitaient avant ?

– *Un endroit où je ne souhaite à personne de se retrouver...* Ce genre de formule fait toujours son petit effet. Il avait envie de nous impressionner.

– Et il s'est arrangé pour changer de sujet avant que l'un de nous le questionne plus avant !

– Tu crois ?

– Quand le fleuve est en eau, le saumon échappe à la patte de l'ours...

– C'est un artiste, Ning Wei ! Il aurait sûrement préféré qu'on parle davantage de ses photographies, voilà tout !

– Tu es naïf, docteur. C'est certainement pour ça que je t'aime bien.

– Tu m'agaces, à la fin ! répliqua Rieu d'un ton faussement courroucé.

– Si Pauline aime vraiment ce garçon, il vaut mieux que tu saches à qui tu as affaire.

– Mais enfin, qu'est-ce qui te gêne chez ces gens ?

Ning Wei rapprocha son fauteuil de celui de son ami.

– Il y a quelques mois, je t'ai parlé de Tien-K'uan, tu te souviens ?

– Le Chien Céleste ? Orage et météore ?

Ning Wei hocha la tête en signe d'assentiment.

– Quel rapport ?...

Rieu se rappelait parfaitement l'étrange récit de son ami. Un soir, en se promenant du côté des arènes, Ning Wei avait vu se matérialiser un chien qui semblait surgi du néant. L'animal l'avait suivi jusqu'à chez lui. Le lendemain matin, il était retourné à l'amphithéâtre romain et s'était mystérieusement volatilisé.

– Je t'ai raconté comment il avait subitement disparu...

– ... en passant par la porte ouest ?

– Eh bien, un soir de novembre dernier, le futur beau-père de ta fille a fait exactement la même chose. Je l'ai vu comme je te vois. Je pense qu'il est préférable que tu sois prévenu.

Avant que Rieu ait eu le temps de digérer l'information, Ning Wei déclara :

– Mais ce qui m'inquiète davantage, docteur, c'est ta fille. Si tu veux mon avis, elle est clairement en train de passer au stade 2.

– Quel « stade 2 » ? De quoi tu parles ?

– Tu le sais parfaitement, dit Ning Wei avec gravité.

Il laissa s'écouler une vingtaine de secondes avant d'ajouter :

– Le stade 2 de l'ABEL syndrome. Ce pour quoi ce virus a été créé.

CHAPITRE 6

En arrivant à proximité du *Vaisseau de Pierre*, Angelo se demanda avec un brin d'anxiété ce qui l'attendait ce jour-là. Posé au milieu des flots tel un navire ensablé, le fort dressait son imposante silhouette ovale, improbable rempart imaginé au XVIIe siècle pour repousser la flotte anglaise et érigé seulement deux cents ans plus tard. Ses murs percés de trois rangées de sabords faisaient penser à la coque d'un transatlantique, reconnaissable à sa superposition régulière de hublots. À l'une des extrémités du *Vaisseau*, la tour de vigie contenant le phare évoquait de loin la cheminée des anciens paquebots à vapeur.

Ce n'était pas la première fois qu'Angelo se rendait dans ce lieu surprenant, pourtant il ne pouvait s'empêcher de se sentir aussi impressionné que lors de sa première visite. Enfant, il avait souvent admiré la fortification depuis la côte. Planté sur un banc de sable entre l'île d'Aia et l'île d'Olus, l'étrange navire en pierre taillée l'avait toujours fait rêver. Jamais il n'aurait imaginé que ce château fort de la mer deviendrait un jour pour lui un lieu d'apprentissage. Or, depuis que ses camarades et lui avaient commencé à être formés par les maîtres *TsahDiks*, il ne s'écoulait pas de semaine sans qu'on les y emmène.

Au départ, ils y avaient pratiqué des exercices collectifs visant à renforcer leur souplesse, développer leur musculature, affiner leurs réflexes. La grande cour du rez-de-chaussée constituait un terrain d'entraînement idéal et offrait des possibilités d'aménagements adaptés à un entraînement sportif, ce que l'enceinte de l'abbaye ne permettait pas. Un filin tendu entre deux coursives opposées, sur lequel courait une poulie, avait par exemple servi pour que les jeunes gens s'élancent l'un après l'autre au-dessus du vide, suspendus à un énorme crochet métallique. Ils avaient ainsi appris à s'aider du balancement de leur corps pour franchir les trente et un mètres de largeur du bâtiment. Ils avaient tous apprécié cet exercice, principalement pour la notable montée d'adrénaline qu'il avait provoquée.

L'un des anciens magasins à poudre et à vivres du premier étage avait été transformé en dojo. Assis face au sud sur le plancher lustré de la vaste salle, deux maîtres *TsahDiks* leur enseignaient régulièrement la pratique des arts martiaux ainsi que la méditation.

Les séances d'entraînement collectif alternaient à présent avec des temps de formation individuelle, chaque «parrain» amenant avec lui son ou ses filleuls. Ces moments étaient toujours très intenses. Ils requéraient une concentration et une implication constantes, les maîtres étant tous d'une rigueur implacable avec leurs disciples. Le but de ces séances était d'amener progressivement chaque apprenti *TsahDik* à connaître et maîtriser son don.

Angelo n'était pas près d'oublier sa première leçon. Ouriel, son mentor, lui avait demandé de pénétrer dans l'une des soixante-six casemates du *Vaisseau de Pierre,* une grande cellule sombre et humide aux murs et au sol nus. À peine le jeune homme y était-il entré qu'une énorme pierre s'était détachée du plafond, manquant lui fendre le crâne. Se jetant sur le côté juste à temps, Angelo l'avait évitée de justesse. À sa grande surprise, il avait alors entendu son maître lui lancer avec colère :

– Réflexe et agilité ne comptent pas ! Ils n'ont rien de commun avec la prescience des événements. Tu aurais dû *prévoir* ce qui allait arriver !

– Tu m'as demandé d'entrer dans cette pièce, j'ai obéi. Je te fais confiance ! avait rétorqué Angelo.

– Eh bien c'est un tort. Un *TsahDik* ne fait confiance à personne. Un *TsahDik* ne relâche jamais son attention !

– Ah oui? Tu avais prévu, toi, que ce truc allait me tomber dessus?

Au moment même où il posait la question, Angelo avait lu la réponse dans les yeux de son parrain et il en était resté bouche bée :

– Tu veux dire que... c'est *toi* qui as déclenché sa chute au moment où j'entrais !

– Finalement, tu es peut-être moins nigaud que tu n'en as l'air, avait répondu le *TsahDik* d'une voix tranquille.

Ouriel manœuvra leur embarcation avec habileté de manière à la rapprocher le plus possible du débarcadère, puis il coupa le moteur et laissa le canot dériver jusqu'au petit quai. Angelo y sauta et saisit prestement l'amarre que lui lança le *TsahDik*. Après s'être assurés que la barque était solidement arrimée, ils gravirent tous deux les marches de métal rouillé qui conduisaient à l'entrée de la forteresse.

– Aujourd'hui, tu vas apprendre à développer encore davantage ton regard intérieur, annonça Ouriel tout en guidant Angelo le long de la coursive du flanc est.

– Qu'est-ce que tu m'as concocté, cette fois? lui demanda malicieusement Angelo. Un pont de lianes à demi sectionné en plein milieu? Un objet à récupérer au fond d'un réduit grouillant de rats?

– Nous ne sommes pas dans un jeu vidéo, dit Ouriel d'un ton sans réplique. Commence à te concentrer et suis-moi.

Ils montèrent la volée de marches usées qui conduisaient au deuxième étage. Son disciple sur les talons, le maître s'engagea ensuite dans l'escalier exigu qui la prolongeait, à l'extrémité d'une galerie peu engageante. Sur les murs où suintait l'humidité, des coulées de mousse verte et des traces de moisissure mêlées de guano dessinaient d'improbables créatures et donnaient à la pierre une odeur âcre qui piquait les narines. Une bourrasque de vent froid chargé d'embruns les cueillit lorsqu'ils débouchèrent sur la terrasse. Angelo ne put s'empêcher de marquer un temps d'arrêt, époustouflé par la beauté du paysage.

Perchés à plus de vingt mètres au-dessus de l'eau, ils dominaient les flots gris-vert aux reflets d'argent, survolés par les oiseaux marins qui tournaient autour du *Vaisseau de Pierre* comme s'il se fût agi d'un piton rocheux où ils venaient nicher. De fait, la terrasse était envahie par une colonie de mouettes qui s'envolèrent à leur approche avec force piaillements. Au large, on apercevait les côtes d'Aia au nord-est et celles d'Olus au sud-ouest. Au nord s'ouvrait la large perspective du pertuis d'Antioche. Angelo inspira une bouffée d'air fortement iodé. S'il s'était écouté, il aurait crié de joie.

Le visage on ne peut plus sérieux de son parrain l'en dissuada.

Le jeune homme inspecta les alentours. Il n'aperçut rien d'autre que le dallage plus ou moins régulier de la terrasse en forme d'anneau ovale. Sur son bord intérieur, le toit du fort surplombait la cour de l'édifice et, sur son pourtour extérieur, il était bordé par un parapet large d'un mètre environ, recouvert de tuiles plates. À l'aplomb de ce muret, la muraille plongeait à la verticale jusqu'à la mer.

Angelo se tourna vers Ouriel et l'interrogea du regard.

– Marchons, se contenta de dire celui-ci en lui prenant le bras.

– Qu'est-ce que c'est beau ! s'exclama l'adolescent.

Le *TsahDik* plissa les yeux à la manière d'un chat. Il ne répondit pas.

Ils durent se pencher légèrement en avant pour progresser le long de la terrasse, luttant contre les brusques rafales qui les assaillaient à intervalles réguliers. Angelo vacillait sous leurs assauts répétés, Ouriel pas.

– Enracine-toi davantage, enjoignit le maître. Tu ne dois pas te laisser déstabiliser ainsi. Rappelle-toi les leçons d'Haruko.

C'était leur instructeur en arts martiaux.

Angelo se reprit. Son pas devint plus ferme, son assise plus solide.

– Voilà qui est mieux, observa Ouriel. Ne te laisse pas distraire par tes émotions, même positives.

Ils arpentèrent ainsi le sommet du flanc est de la fortification, accordant leurs pas pour avancer plus commodément.

– Pour utiliser ta vision intérieure, tu dois te rappeler deux choses. La première consiste à intensifier ton attention, canaliser ta conscience pour te concentrer exactement sur ce que tu veux voir.

Connaissant à présent un peu mieux son parrain, Angelo comprit qu'il devait se focaliser sur le surgissement d'un danger quelconque. En *voyant* celui-ci dans sa tête avant qu'il n'arrive, l'adolescent serait ainsi à même d'anticiper et d'effectuer le bon geste ou l'action adéquate. C'est là que résidait en effet l'intérêt principal de son don de précognition. Il se remémora cependant la fois où il avait *vu* que sa sœur était en danger, agressée par Jessie et ses sbires, mais où il avait été dans l'incapacité physique et matérielle de faire quoi que ce soit pour lui venir en aide. Rétrospectivement, cette pensée le fit frissonner. Devant son insistance, son père lui avait en effet raconté ce qui s'était passé ce soir-là. Le docteur Rieu ne lui avait pas caché la gravité des faits. Le pire avait heureusement été évité, mais la simple idée que quelqu'un s'en soit pris à Pauline lui était insupportable.

Angelo ne se rendit pas tout de suite compte qu'Ouriel avait lâché son bras.

Ni qu'ils s'étaient tous deux nettement rapprochés du pourtour intérieur de la terrasse. Avant qu'il ait eu le temps de réaliser quoi que ce soit, il sentit deux mains se plaquer dans son dos et le pousser vigoureusement.

Le souffle coupé, Angelo aperçut avec horreur la grande cour ovale, située vingt mètres plus bas.

Et il bascula dans le vide.

– La deuxième, poursuivit Ouriel d'une voix forte, consiste à te libérer de toute pensée parasite. C'est ce que je nomme le lâcher-prise...

CHAPITRE 7

Ed finissait de ranger le studio de prise de vues lorsqu'il entendit le tintement de la sonnette à deux tons. Quelqu'un venait d'entrer. Certaines personnes avaient le chic pour se pointer quelques minutes avant la fermeture, c'était agaçant. Avec un soupir d'impatience, le photographe gravit quatre à quatre les marches de l'escalier à vis. Arrivé en haut, il s'immobilisa en reconnaissant son visiteur. Il ne s'agissait en aucun cas d'un client ordinaire.

– Petersen? En voilà une surprise!...

L'homme blond posa sur lui son regard bicolore. Un œil vert, un œil gris.

– Bonjour, Adamsohn. Tu ne m'attendais pas, on dirait...

– Heu... si. C'est juste que...

– Aurais-tu oublié à quel moment les Pionniers devaient commencer à entrer en contact les uns avec les autres?

– Bien sûr que non, protesta Ed Damson, *alias* Kane Adamsohn. La Charte du Protocole de Nod prévoit en effet que nous ayons un premier échange d'informations six mois après notre arrivée, puis une fois par mois, voire plus si nécessaire.

– Absolument. Mais il s'en est passé des choses en six mois, n'est-ce pas?

– Six mois *ici*... précisa Ed d'un air entendu.

– Oui. Et seulement trois semaines pour K1. Il est vrai qu'on finit par perdre un peu la notion du temps, répondit Petersen avec un sourire ambigu.

Ed sourit à son tour et vint lui serrer la main.

– Content de te voir, vieux. Comment ça se passe pour toi à Rupella?

– Bien. Nous venons d'entrer dans la phase 6 du Protocole. Vous aussi, je suppose?

Ed sentit une brève crispation au creux de son estomac. Il répondit cependant d'un ton parfaitement dégagé:

– Tout à fait.

Puis il ajouta:

– Tu m'as l'air en forme, dis-moi!

Petersen glissa l'index sous la chaîne qu'il portait autour du cou.

– Forcément... fit-il.

Ed savait pertinemment ce qu'il y avait au bout de cette chaîne. Un médaillon sur lequel figurait une étoile à cinq branches, le pentacle que les membres de sa famille et lui-même portaient en permanence, à l'instar des autres Pionniers du Protocole de Nod. Le fameux *Signe de K1*.

– Ça barde aussi à Mediola? demanda le visiteur. J'ai trouvé les rues plutôt calmes en arrivant.

– Méfie-toi des apparences. Depuis plus d'un mois, la violence sous toutes ses formes ne fait que croître. Et elle ne touche pas que les délinquants, loin de là. Les gens ont commencé par s'étriper pour obtenir des masques, des savons désinfectants, puis des antiviraux. Ensuite, ils ont mis à mort un type qu'ils accusaient d'avoir empoisonné l'eau potable de la ville. Et maintenant, on a l'impression qu'ils sont tous en train de devenir dingues. On est prêts à s'entretuer pour une banale querelle de voisinage, on se fait justice soi-même, les vols et les braquages sont légion, la police ne sait plus où donner de la tête. Dès que la nuit tombe, les gens évitent de sortir car ils ont peur de se faire agresser, c'est pour ça que tu as eu l'impression que c'était calme.

– Avant-hier, j'ai reçu la visite de Willson, annonça Petersen.

– Il est sur la côte, à Rugiano, je crois?

– Oui. Ils sont un peu en retard sur le timing. Chez eux, l'ABEL syndrome n'en est encore qu'à la fin du premier stade pour ce qui est des signes cliniques. L'air de la mer, sans doute...

– Ce qui veut dire que là-bas la pseudogrippe commence à s'éloigner mais que l'épidémie de violence n'a pas encore commencé, fit Ed, songeur.

– Exact, ou du moins, pas encore de façon visible. Tu imagines, les gens sortent le soir pour aller au casino... Ils ont intérêt à en profiter, déclara Petersen avec un rire narquois. Quand le virus passera à l'étape suivante, on s'écharpera autour des machines à sous!

Ed l'écoutait, la gorge serrée, le cœur battant. Il se concentra sur sa respiration afin de tenter de calmer le tumulte des émotions qu'il sentait monter en lui. Il toussa pour s'éclaircir la voix avant de demander:

– Et chez toi, qu'est-ce que ça donne?

– Rupella est sens dessus dessous. Encore pire qu'ici. Le maire s'est enfui après avoir détourné trois cents millions, le préfet s'est fait trucider par l'amant de sa femme, et le commissaire principal a été mis sous les verrous: il a tabassé un dealer jusqu'à ce que mort s'ensuive dans son propre commissariat. Voilà pour les notables de la ville.

Petersen annonçait ces événements comme s'il avait relaté une série d'anecdotes divertissantes. Face à lui, proprement horrifié par ce qu'il entendait, Ed mobilisait son énergie pour masquer du mieux qu'il pouvait ses véritables sentiments.

– Pour les administrés, reprit le visiteur, même régime, avec quelques variantes. Pas une journée ne s'écoule sans son lot d'agressions, de cambriolages, de braquages et de règlements de comptes divers. Bref, c'est la zizanie totale! Nous allons donc pouvoir passer à la phase 7 du Protocole de Nod.

– L'implantation de nouveaux colons... fit Ed, la gorge nouée.

– Trois familles arrivent après-demain. J'ai tout préparé. Je leur ai trouvé un logement, un travail, j'ai même inscrit les enfants à l'école. Vu ce que tu me décris, je pense que tu ne vas pas tarder à devoir faire la même chose ici. Bien entendu, tu as commencé à préparer le terrain?

– Bien entendu, mentit Ed.

– Parfait. Il faudrait également que tu prennes contact avec Jackson à Iculisma. Tu penses pouvoir t'y rendre dans les jours qui viennent?

– Aucun problème.

Le regard de Petersen se mit à briller d'excitation.

– Très bien. Dis-lui d'aller voir Swensen à Conniaco. Il est maintenant temps d'activer le réseau. Il me tarde que l'ensemble de la Communauté de K1 soit définitivement à l'abri. Pas toi?

Ed attendit peut-être une seconde de trop avant de répondre :

– Je me réjouis de les savoir bientôt tous ici avec nous.

– Et ta petite famille? Tout va bien avec les gamins? répliqua Petersen en posant sur lui un regard scrutateur.

– Aucun souci. De parfaits petits humains du XXIe siècle.

Petersen éclata de rire et lui asséna une grande claque sur l'épaule.

– Sacré Kane, va! Toujours le sens de l'humour.

Il reprit aussitôt son sérieux et ajouta :

– Bon. Je vais filer. En cas d'urgence, tu sais comment me joindre.

Il avait déjà la main sur la poignée de la porte lorsque Ed l'interpella :

– Tout de même, Petersen... Tu ne trouves pas que ça fait beaucoup de morts?

Le Pionnier posa sur lui un regard dont la froideur le transperça.

– Qu'est-ce que tu veux dire? Tu ne remettrais pas en question la légitimité du Protocole de Nod, par hasard?

Son ton aussi était glacial.

– Absolument pas. Je me demande juste s'il était nécessaire de faire mourir tant de gens innocents...

– *Innocents?!* s'étrangla Petersen.

– Nous ne pouvons tout de même pas leur imputer la responsabilité du Déluge qui s'abat actuellement sur notre Communauté! répliqua Ed.

– Bien sûr que si! Si les hommes du XXIe siècle s'étaient comportés d'une façon plus responsable et moins égoïste, la catastrophe écologique et climatique n'aurait pas eu lieu et on n'en serait pas là!

– Des enfants sont morts par centaines à cause de l'ABEL syndrome, Petersen. Des *enfants*!

– Des enfants qui, devenus adultes, auraient continué, à l'instar de leurs parents, à faire n'importe quoi! La seule façon d'éviter la catastrophe, c'était de trouver un moyen de mettre fin à tout ça et de prendre la place de ces irresponsables pour redresser la barre pendant qu'il en était encore temps. C'est la base même du Protocole de Nod et tu l'as toujours su!

Ed eut comme un vertige. Non, il ne l'avait pas toujours su! Ou plutôt, il n'avait eu connaissance que d'un aspect du programme. Jamais on n'avait évoqué devant lui l'idée d'éliminer froidement des milliers de gens... Dans ce cas, comment se faisait-il que Petersen soit parfaitement au courant, lui? Et qu'en était-il des vingt autres Pionniers? Ed Damson, *alias* Kane Adamsohn, était-il le seul à avoir découvert *a posteriori* qu'on les avait utilisés pour tuer? Et si la réponse était oui, pour quelle raison?

– On ne sauve pas l'humanité sans sacrifier quelques humains, Kane. N'oublie jamais cela. Les dirigeants de K1 ont fait un choix difficile, mais nécessaire. Et notre cause passe avant tes états d'âme.

Ed hocha lentement la tête et leva la main en signe d'apaisement.

– Ce ne sont pas des états d'âme. Juste un questionnement, disons... «périphérique». Il est facile d'envisager les choses sereinement tant qu'elles en sont au stade du projet. C'est parfois plus compliqué lorsqu'on passe à celui de la réalisation concrète, avec toutes les implications désagréables que cela suppose. Mais tu as entièrement raison. La cause justifie tout.

L'œil gris et l'œil vert de Petersen sondèrent sans vergogne le visage du photographe. Ce dernier sentait son cœur battre à tout rompre, mais il parvint à conserver un calme apparent.

– Un conseil, Adamsohn : oublie le «périphérique», concentre-toi sur la cible.

Juste avant de quitter le magasin, le visiteur ajouta d'un ton appuyé :

– Et vise au cœur.

CHAPITRE

8

Angelo rebondit dans le fond de la nasse comme sur un trampoline. Sans le moindre style, le corps en vrac. Précipité dans le vide par son mentor, il s'était par réflexe livré à quelques gesticulations absurdes, moulinant inutilement des bras et des jambes. Persuadé qu'il allait s'écraser sur le sol de la cour centrale du *Vaisseau de Pierre,* il avait soudain vu se matérialiser sous lui un grand filet carré dont la matière, claire et translucide, le rendait pratiquement invisible depuis la terrasse. Il y avait atterri avec autant de grâce qu'une pierre lancée dans une épuisette.

Durant un instant, suspendu entre ciel et terre, il se contenta de s'abandonner au soulagement. Il attendit que le filet cesse de le balancer au-dessus du vide, lui donnant l'impression d'être un vulgaire poisson piégé dans un carrelet, puis se redressa avec difficulté.

– Je te trouve bien pataud tout d'un coup, fit au-dessus de lui la voix d'Ouriel.

Angelo l'ignora. Il se mit à quatre pattes et crapahuta jusqu'à la coursive en s'accrochant aux larges mailles de fibre élastique. Il venait de poser un genou sur le garde-corps lorsqu'une main se tendit vers lui.

– Belle prise ! ironisa Ouriel. Tout frais pêché dans l'Atlantique.

Encore étourdi par le choc de sa chute dans le vide, Angelo cligna des yeux. Les lèvres serrées, il contracta ses abdominaux et, dédaignant la main tendue, prit appui sur ses avant-bras et effectua un rétablissement. Puis il regarda son parrain droit dans les yeux et déclara :

– Maître Anokhi s'est trompé sur un point.

– Ah oui ? Lequel ?

– Il dit que les *TsahDiks* ne connaissent pas la peur.

– Exact.

Angelo expira d'un coup sec l'air qu'il avait dans les poumons.

– J'ai eu peur ! s'exclama-t-il avec colère.

Il fit quelques pas, frappa la balustrade de pierre avec le plat de la main puis, se retournant vers Ouriel, il ajouta d'une voix sourde :

– Effroyablement.

Ouriel le contempla d'un air satisfait.

– Bien ! Très bien.

Angelo leva les yeux au ciel.

– Je ne vois vraiment pas ce qu'il y a de bien là-dedans !

– Reconnaître qu'on a eu peur est une preuve d'humilité et un pas de plus vers la sagesse, dit Ouriel en souriant.

Son filleul le regarda avec étonnement.

– Peu importe ! Je sais maintenant que je ne suis pas un *TsahDik*.

Ouriel eut un petit ricanement et haussa les épaules.

– Les *TsahDiks* sont avant tout des hommes. Or, un homme qui n'a pas peur, ce n'est pas un homme. Tu viens simplement de faire l'expérience de ton humanité.

– Mais, dans ce cas, ce qu'a dit Anokhi...

– Il ne parlait pas de ce type de peur. Ce que les *TsahDiks* ne connaissent pas, c'est cette peur de l'autre et de soi-même qui se manifeste en dehors de tout danger et qui nous empêche de vivre en paix.

– Je ne suis pas sûr de comprendre...

– Aucune importance. Nous aurons l'occasion d'y revenir. Parle-moi plutôt de ce que tu ressens, là, maintenant.

Ouriel passa son bras sous celui de son filleul et ils descendirent tranquillement l'escalier principal. Le maître *TsahDik* était à présent silencieux. Comme toujours après une épreuve, il laissait au jeune homme le temps de retrouver son calme afin qu'il soit en mesure d'analyser ce qu'il venait de vivre. Au bout d'un moment, Angelo déclara, découragé :

– J'ai été nul.

– C'est réellement ce que tu penses de toi ou c'est ce que tu crains que *je* pense de toi ?

L'adolescent s'arrêta de marcher et dévisagea son parrain.

– Un peu les deux, avoua-t-il.

– Tu confonds la personne et l'acte. Or, ce que tu es ne se limite pas à ce que tu fais.

– D'accord, mais j'ai échoué, tu ne peux pas le nier !

– Étais-tu vraiment centré sur l'instant présent, c'est-à-dire ouvert, réceptif et capable d'analyser tes sensations, donc en contact avec ton don de prescience, disponible pour accueillir sa manifestation ?

Angelo prit le temps de réfléchir avant de confier :

– Juste avant que tu me pousses dans le vide, j'étais en train de penser au jour où j'ai « vu » que ma sœur était en danger, mais où je n'ai rien pu faire pour l'aider.

– Qu'as-tu éprouvé en évoquant ce souvenir ?

– Je me suis senti impuissant, inutile. En colère, aussi.

– En colère contre qui ?

Angelo regarda fixement le sol devant lui.

– Contre moi. Et contre ce stupide pouvoir de précognition qui ne servait à rien, sinon à m'angoisser !

– Nous y voilà... Quel juge impitoyable tu es pour toi-même !

– Comment peux-tu dire ça alors que tu m'as poussé dans le vide et que je n'ai rien vu venir ?! J'ai échoué, Ouriel, je suis tombé...

Le maître *TsahDik* plissa les yeux et hocha lentement la tête en signe de dénégation :

– C'est ton orgueil qui s'exprime ici. Il ne raisonne qu'en termes d'échec ou de réussite. Mais il existe une autre voie...

Ouriel s'interrompit pour observer le ciel, puis il se remit en marche en pressant le pas. Les sourcils froncés, Angelo le suivit, des questions plein la tête. Ils traversèrent la grande cour ovale, remontèrent au premier niveau pour rejoindre la coursive du flanc est du bâtiment et, de là, gagnèrent la haute porte rouillée qui donnait sur l'extérieur de la forteresse. Lorsqu'ils l'ouvrirent, une bourrasque chargée d'embruns les gifla, les obligeant à s'arc-bouter pour sortir du *Vaisseau de Pierre*. Un air fortement iodé emplit tout à coup leurs poumons. Au pied du fort, des vagues devenues grises venaient éclater contre la pierre en projetant autour d'elles des gerbes d'écume mousseuse.

– Bientôt, tu trouveras le juste milieu entre ton mental, tes émotions et tes sensations, reprit Ouriel en haussant le ton pour couvrir le bruit de la mer. Alors tu comprendras qu'il n'y a ni réussite ni échec. Seulement des expériences.

Angelo sur les talons, il dévala les marches métalliques qui conduisaient à l'embarcadère.

– Mouais, maugréa l'adolescent. Eh bien, disons que je viens de faire une mauvaise expérience !

Feignant de ne pas avoir entendu, Ouriel sauta dans la barque dont les pare-battage ne cessaient de venir heurter le quai et il mit immédiatement le moteur en marche. Angelo largua l'amarre et bondit à bord. Il passa ensuite une jambe à l'extérieur, appuya son pied contre la pierre et imprima une poussée suffisamment forte pour écarter l'embarcation de la digue. Ouriel mit les gaz et ils s'éloignèrent lentement de la forteresse.

Au bout de quelques minutes, le maître *TsahDik* se tourna vers son filleul :

– Il n'y a pas de bonnes ou de mauvaises expériences, Angelo, il n'y a que des occasions d'apprendre.

Puis il ajouta sans transition:

– Prends la barre. Tu vois l'église de Saint-Pierre-de-Sales? Elle t'indique la direction. Ne la lâche pas des yeux.

Angelo vint le remplacer sur le banc de poupe. La gîte devint bientôt tellement forte qu'il dut barrer debout, tirant des deux bras sur l'épais manche de bois pour maintenir le cap. Ouriel ouvrit un coffre de pont et en sortit deux cirés qu'ils enfilèrent à la hâte. La mer ne cessait de grossir et le canot caracolait sur les vagues, montant et plongeant comme un wagonnet de montagnes russes.

Au bout de vingt minutes, Angelo eut soudain comme un éblouissement, suivi d'un vertige. La tension de ses muscles se relâcha et le bateau changea légèrement de cap.

– Qu'est-ce qui se passe? lui cria Ouriel.

Le jeune homme le regarda avec des yeux écarquillés.

– Je ne pense pas que nous dormirons à l'abbaye ce soir, annonça-t-il.

CHAPITRE 9

Jessie introduisit la lame de son couteau dans l'interstice qui séparait les deux pièces de bois et fit pression sur le côté à plusieurs reprises. Le double fond du vieux buffet finit par coulisser en gémissant, libérant un espace suffisamment large pour y glisser les doigts. S'aidant alors des deux mains, le garçon poussa la plaque de contreplaqué sur le côté, puis explora la cachette à tâtons. Un sourire de satisfaction se peignit sur son visage lorsqu'il reconnut la forme familière de la vieille boîte à biscuits métallique.

– Voilà, Jess', lui avait dit son oncle un an plus tôt, maintenant, t'es un homme. Y a pas grand monde qui te fait confiance, moi si. T'es une sacrée bourrique, mais j'étais pareil à ton âge, alors ça m'impressionne pas. Je te donne les clés du carrelet[1], à partir de maintenant, tu peux y venir quand tu

1. Petite cabane de pêcheur, généralement en bois, de forme cubique,

veux. La seule chose que je te demande, c'est de respecter ce lieu. Je veux toujours le retrouver dans l'état où je l'aurai laissé, d'accord?

Jessie avait acquiescé.

– Deuxième chose : on ne sait jamais ce qui peut arriver dans la vie. Alors il vaut toujours mieux prévoir le coup dur éventuel. Pour ça, j'ai mis ce qu'il faut dans une cachette. Je vais te montrer. Mais je te le dis à toi seul, personne d'autre n'est au courant, même pas mes meilleurs potes, alors tu gardes ça pour toi, *capito*?

L'adolescent avait promis. L'oncle s'était agenouillé sur le vieux plancher ajouré et avait ouvert la porte du buffet.

– Viens voir par là...

Jessie ouvrit la boîte en fer, saisit la liasse de billets et fit le compte. Dix billets de cinquante qui venaient s'ajouter aux cinq cents euros que lui avait filés Fred. Ce n'était pas si mal. Il prit l'argent de l'Oseltam et remit le tout dans la cachette. Ensuite, il saisit l'une des extrémités du buffet, la souleva et glissa deux épaisses cales en bois sous les pieds.

Ce que tu ne savais pas, tonton, c'est que moi aussi j'ai planqué un truc ici au cas où... pensa-t-il.

Allongé sur le sol, il s'appuya sur le coude gauche et tendit le bras droit de manière à attraper ce qui se trouvait sous le meuble. Sa main rencontra un sac de sport de forme oblongue. Il le tira vers lui. Au poids, il sut que ce qu'il

---

construite sur pilotis, quelques mètres au-dessus de l'eau (rivière ou mer). On y accède soit par une passerelle reliant la plate-forme à la berge, soit par une échelle accessible uniquement à marée basse.

y avait déposé y était toujours. En revanche, ce qu'il ne s'attendait pas à trouver, c'était le papier placé à l'entrée de la fermeture à glissière. Il le déroula, puis le froissa au creux de son poing après l'avoir lu.

Je ne sais pas ce que tu comptes faire de ça, mais je te conseille de bien réfléchir avant de t'en servir, avait simplement écrit l'oncle.

Jessie éclata de rire, ouvrit le sac en grand et se mit à assembler les pièces de la carabine.

*

Il s'était écoulé à peine cinq minutes depuis qu'Angelo avait eu un «flash», lorsque le moteur de la barque commença à toussoter. Après une succession de ratés de plus en plus prononcés, il cala. Ouriel ordonna à Angelo de maintenir son cap et essaya de redémarrer. Après plusieurs tentatives, il finit par y parvenir. De plus en plus mauvaise, la mer secouait l'embarcation, la faisant rouler d'un bord sur l'autre.

– J'ai mal au cœur! se plaignit Angelo.

– Regarde loin devant! lui conseilla son parrain.

C'est à ce moment-là que le moteur s'étouffa de nouveau. En essayant de le relancer, Ouriel ne réussit qu'à le noyer. Angelo haussa les sourcils d'un air interrogatif. Le maître *TsahDik* évalua la distance qui les séparait des côtes les plus proches, puis annonça:

– Tu vires sur bâbord. On va essayer de rejoindre l'île de la Garenne, en face de Port-daus-Batias.

– Mais comment?! s'écria Angelo.

Ouriel se courba en deux pour attraper quelque chose sous un banc.

– Avec ça! répondit-il en brandissant une paire d'avirons en bois qu'il fixa sans attendre dans les dames de nage.

*

Sous les assauts répétés du vent, le carrelet grinçait et craquait. L'air s'engouffrait dans le moindre interstice, s'insinuant entre les planches de bois avec des hululements sinistres. Par moments, la plate-forme entière penchait d'un côté, poussée par les rafales qui venaient heurter de plein fouet sa façade exposée à l'ouest. À deux reprises, la cabane émit un craquement sinistre avant de se redresser entre deux bourrasques.

– Il manquerait plus que la bicoque s'écroule! maugréa Jessie.

Ce n'était vraiment pas le moment. Il avait encore besoin de se planquer ici durant une ou deux semaines. Le temps d'organiser la suite. Pour commencer, il fallait absolument qu'il arrive à joindre son pote Paulo. La dernière fois qu'il avait eu de ses nouvelles, cet enfoiré lui avait dit qu'il se la coulait douce sur la Côte d'Azur. Paulo était parti sur un coup de tête. Sa sœur aînée s'était mariée avec un type de là-bas et lui avait proposé de les rejoindre. Son beauf avait même promis de l'aider à trouver du boulot. Ça l'avait bien fait rire, le Paulo. Du boulot, il avait besoin de personne pour en trouver. Il s'était toujours bien démerdé. Le jour où les types de la Brigade étaient venus le chercher pour le coller dans un Centre de Reclassement pour les *Bads,* il était déjà dans le train depuis deux heures. Quand il avait appelé Jessie deux mois plus tard, ça roulait pour lui. Il faisait du bon bizness et lui avait dit :

– Tu viens quand tu veux, mec. Je te trouverai un plan cool.

Ce n'était pas tombé dans l'oreille d'un sourd. Manque de pot, le temps d'y réfléchir un peu et de commencer à s'organiser, Jessie s'était fait choper par la Brigade sans avoir vu le coup venir et avait gagné un aller simple pour le pays des emmerdes. Seulement il n'était pas du genre à se résigner. Il était un *SB*, et les *SB* trouvent toujours un moyen de s'en sortir. La preuve. Le seul problème, pour l'instant, c'était que Paulo ne répondait plus au téléphone. Il avait peut-être changé de numéro... Dans ce cas, il fallait absolument trouver quelqu'un qui était resté en contact avec lui. D'abord, faire une liste des mecs susceptibles de pouvoir le rencarder, ensuite, voler un téléphone portable, appeler et se débarrasser du phone vite fait. Bon. Une liste. Alors, qui ?

Pour s'aider à réfléchir, Jessie s'approcha de la fenêtre qui donnait sur le large. Quelque chose accrocha immédiatement son regard. Un truc qui se trouvait là et qui n'aurait pas dû y être. Bondissant à l'autre bout de la pièce, il prit la paire de jumelles posée sur le buffet, puis revint à son poste d'observation.

Un canot à moteur.

Visiblement en panne.

Deux types à bord. Un vieux et un plus jeune... Nom d'un chien, l'Angelot! Mais qu'est-ce qu'il foutait là?!

*

– Remplace-moi! cria Ouriel à son filleul.

Celui-ci vint prendre les rames tandis que son parrain le relayait à la barre. Depuis quelques minutes, ils essuyaient un grain sévère. La pluie les giflait, dégoulinait le long de leur nuque, s'infiltrait sous leur ciré. Le vent violent projetait sur leur visage des gouttes dures et glacées qui piquaient comme des poignées de fin gravier.

– On n'est plus qu'à environ un mille de la côte, annonça le *TsahDik*. Le courant nous a fait dériver vers le sud, nous allons aborder par la plage du Verger, qui forme une anse un peu protégée...

– Ouriel! Couche-toi! hurla soudain Angelo.

*

Jessie sentit une incroyable bouffée de haine monter en lui. Sans ce sale *X-Case* minable et sa conne de sœur, jamais il ne se serait retrouvé dans une situation aussi humiliante que le soir du rendez-vous aux arènes. Au départ, l'affaire s'était pourtant bien présentée. La fille avait marché à fond. Elle avait réellement cru que Franck, Alan et lui tenaient son frère en otage. En guise de monnaie d'échange, elle avait raflé tous les médocs qu'elle avait pu trouver – dépassant même ses espérances –, mais ensuite ça avait mal tourné.

Un mec avait débarqué au mauvais moment, un pote à elle apparemment. Un certain Luka. Jessie n'était pas près d'oublier son prénom. Ce gars était sûrement une petite enflure de *X-Case*, lui aussi. Il portait sur lui un truc complètement dingue, une espèce de médaille qui lui donnait une force surhumaine *à distance* ! Sans même toucher les *SB*, il leur avait filé à chacun la raclée du siècle. À lui, Jessie, plus particulièrement. Et il n'avait absolument rien pu faire pour se défendre, lui un *Super Bad* devant lequel tout le monde tremblait ! Cette bande de *coyotes* allait le lui payer, l'un après l'autre, il se l'était bien juré. La fille et son frère d'abord. Ce serait du gâteau. Et quand il en aurait fini avec eux, il s'occuperait du zarbi qui se prenait pour un *djédaille.* Et il récupérerait son arme laser. Avec ça, il deviendrait vraiment le plus fort. Et plus personne ne viendrait le faire chier. JAMAIS.

Jessie ricana. Apparemment, la chance tournait, car voilà qu'on lui servait un premier *coyote* sur un plateau. Il colla son œil contre la lunette de la carabine et rectifia la position de l'arme. Voilà. En point de mire, il avait exactement ce qu'il voulait.

La tête de l'Angelot.

Le *SB* jubilait. Le seul truc emmerdant, c'est que la tempête secouait la barque si fort que cet abruti n'arrêtait pas de bouger : un coup en haut, un coup en bas, un coup à droite, un coup à gauche. Pour viser, ce n'était pas très pratique. Et puis, ça finissait par lui donner la nausée.

À moins que ce ne soit ce sale goût dans sa bouche.

Un goût de sang.

CHAPITRE

10

— Je ne comprends pas bien le but de la manœuvre, déclara Luka à Pauline alors qu'ils franchissaient le portail du lycée.

Ils traversèrent la place du Capitole. Les silhouettes grises des platanes aux branches dénudées se découpaient sur le ciel de janvier. Le temps s'était nettement gâté. Le thermomètre avait chuté et un vent violent soufflait en bourrasques de plus en plus rapprochées. Entre deux convois de nuages couleur de plomb, le soleil tentait çà et là quelques percées qui ne réchauffaient guère. À l'ouest, en direction de la côte, le ciel était devenu d'encre. Sans même s'être concertés, les deux adolescents descendirent la rue des Jacobins afin de rejoindre la place du Synode où se trouvait l'*Irish Corner*. Cela faisait des semaines qu'ils n'étaient pas allés dans ce pub qui était pourtant leur bar préféré.

– J'ai vu une émission à la télé, répondit Pauline. Ils avaient invité des gens qui ont subi un traumatisme et des psychologues. Ils ont parlé de la résilience...

– La quoi?!

– C'est comme ça qu'on appelle la capacité à surmonter un choc et à interrompre une trajectoire négative. Si tu préfères, ça permet de reprendre une vie normale après un événement traumatique.

– Bon... fit Luka, impressionné. Et... qu'est-ce qu'il faut faire pour ça?

– Le rôle de la parole est capital. Le plus important est d'arriver à verbaliser son ressenti. Mettre des mots sur ses maux...

– Tu vas aller voir un psy?

– C'est une possibilité, mais ce n'est pas obligatoire. Il y a une autre option, plus rapide et à mon avis plus efficace.

– Laquelle?

– Retrouver la personne responsable du traumatisme et lui dire tout ce qu'on a sur le cœur, dit Pauline avec détermination. Après ça, on est «désempoisonné» et on peut reprendre une vie normale.

– Et tu crois que ce type va écouter gentiment tout ce que tu as à lui dire? fit Luka, sceptique.

– Si tu es là, oui. Je n'en doute pas une seule seconde.

Luka fronça les sourcils. Ce que Pauline lui demandait l'embarrassait beaucoup. Jusqu'à présent, il ne s'était jamais servi du *Signe de K1* sur commande. Le médaillon s'était toujours activé de lui-même afin de repousser un danger, indépendamment de sa volonté et de tout contrôle de sa part. Il savait que, dès qu'il se retrouverait en présence de l'agresseur de Pauline, *quelque chose* se mettrait de nouveau en marche, mais il ignorait quoi exactement, et c'était justement cela qui l'inquiétait.

Il n'avait pas oublié ce qui s'était déclenché à la fois dans le pendentif et *en lui* le soir des arènes. Une indescriptible fureur l'avait envahi, doublée d'un sentiment d'injustice ou de frustration, qu'il avait encore du mal à définir. Ce qu'il avait en revanche parfaitement identifié, c'était une fulgurante envie de tuer qui l'avait à la fois terrifié et subjugué. Depuis, il évitait soigneusement de repenser à ce moment, car il se sentait traversé par des forces qui le dépassaient totalement. Mais, d'un autre côté, Pauline lui offrait l'occasion d'éprouver une nouvelle fois cette fabuleuse impression de toute-puissance que procurait le *Signe de K1* et à laquelle il avait somme toute à peine goûté. Il fallait reconnaître que c'était tentant.

– Je peux compter sur toi? Tu ne me laisseras pas tomber, n'est-ce pas? demanda Pauline en lui prenant le bras.

Bien entendu, son désir le plus cher était d'aider la jeune fille. Il l'aimait tant! Depuis un mois, il voyait bien qu'elle allait de plus en plus mal, même si elle faisait son possible pour donner le change, et il craignait qu'elle ne s'enfonce chaque jour davantage dans un état dépressif. Alors, après tout, si c'était la solution, il pouvait sans doute faire un effort...

– Il faudrait d'abord qu'on le retrouve, observa-t-il.

– Je sais son nom. Jessie Boyer. C'est Angelo qui me l'a dit.

– Ce mec était avec ton frère à *Objectif Réussite*, n'est-ce pas?

– Oui. C'est un délinquant multirécidiviste. Un *SB*. Un sale type, quoi.

– Ça ne nous dit pas où il se trouve aujourd'hui. Il est peut-être parti très loin d'ici, fit remarquer Luka avec un vague espoir.

– Peut-être. Mais peut-être pas. Tu oublies qu'il est recherché.

– Ah bon? Par qui?

– Angelo m'a expliqué: d'abord par les hommes de l'Unité Spéciale. Ce sont eux qui assurent la sécurité des Centres de Reclassement. Ensuite par la police car, à partir du moment où un *SB* s'évade, il relève de la justice. Du coup, le directeur du centre où il avait été placé a l'obligation de prévenir les flics. Et, dès qu'on le retrouve, le *SB* est automatiquement écroué.

Luka émit un sifflement:

– Impressionnant, comme système!

– Ce qui veut dire que son signalement a peut-être été donné dans les gares, les aéroports, les péages... Donc, à mon avis, il se planque. Il n'a pas le choix.

– Bien raisonné, admit Luka. Mais ça ne me dit pas comment on va faire pour le trouver avant tout le monde. Et puis d'abord, qui sait si les flics n'ont pas déjà mis la main dessus?

– Ça, je peux te certifier que non, affirma Pauline d'un ton sans réplique.

Ils arrivaient à l'*Irish Corner*. Le pub était rarement plein à cette heure-ci, la plupart des lycéens de la *Winner's* préférant rentrer directement chez eux après les cours. Ils choisirent une petite table dans le fond de la salle et Pauline s'empressa d'aller se blottir contre le radiateur. Elle grelottait et paraissait épuisée.

– Tu es sûre que ça va? s'inquiéta son compagnon.

– Juste un petit coup de barre. Ça ira mieux quand j'aurai avalé un truc chaud.

Ils commandèrent un thé et un chocolat auxquels Luka fit ajouter deux crêpes au sucre. La période de convalescence qui suivait la sale grippe lui semblait décidément bien longue. Pauline était encore très affaiblie, son teint pâle et ses cernes sombres le tracassaient. Le docteur Rieu avait pourtant rassuré Luka: à ce jour, aucun patient affecté par l'ABEL syndrome n'avait rechuté. Le jeune homme en déduisit que l'état de Pauline était dû à une sorte de dépression. Or, à présent, il savait quoi faire pour tenter d'y remédier. Tendant le bras au-dessus de la table, il attrapa la fine main blanche de celle qu'il aimait et la serra amoureusement.

– C'est d'accord. Je vais t'aider, promit-il en regardant la jeune fille bien en face.

*

Jessie ajusta la position de la carabine et appuya l'arme contre son épaule pour la caler. Il avait enfin compris comment accompagner imperceptiblement le mouvement, de manière à garder la tête de l'Angelot en point de mire. Le doigt sur la détente, il bloqua sa respiration et se prépara à tirer.

*

Affamé, Luka attaqua sa crêpe dès que le serveur l'eut déposée devant lui. Après avoir avalé une bouchée gargantuesque, il demanda à Pauline :

– Au fait, comment tu peux être sûre que le *SB* ne s'est pas encore fait choper par les flics ?

– J'ai appelé Fournier.

– Qui c'est ?

– Le *capitaine* Fournier. Un policier que mon père connaît. Il voulait que je porte plainte contre les trois mecs qui m'ont agressée.

– Pourquoi tu ne l'as pas fait ?

– À cause de la résilience.

La bouche pleine, Luka ne put que hausser un sourcil interrogatif. Pauline soupira :

– Réfléchis ! Une fois que la police l'aura arrêté, comment je ferai pour dire ses quatre vérités à ce salaud ?!

– Mmm... Évidemment.

– Donc j'ai appelé Fournier et j'ai passé un deal avec lui. Je lui ai balancé le nom de Jessie, mais j'ai exigé qu'il me laisse lui parler avant que les flics lui tombent dessus. D'ici là, on le cherche, lui de son côté, moi du mien, et le premier qui le trouve prévient l'autre.

– Et il a accepté ? fit Luka, incrédule.

– Oui. Je lui ai juré de ne prendre aucun risque.

– Ça a suffi pour le convaincre ?

– Bien sûr que non.

– Tu ne manges pas ?

– Non, j'ai pas faim. Vas-y, si tu veux, dit Pauline en poussant son assiette vers Luka.

– Alors, ce Fournier?

– Il a au moins une bonne raison de me faire confiance.

– Ah oui? Laquelle? demanda Luka en entamant la seconde crêpe.

– Des délinquants multirécidivistes en cavale, ils en chopent régulièrement. Mais la justice a d'autres chats à fouetter, des tonnes de dossiers à traiter, et les prisons sont surchargées. Résultat: les mecs s'en tirent souvent avec un ou deux mois de taule, quelques travaux d'intérêt général et hop! ils se retrouvent dehors. Les flics en ont ras le bol, ils ont l'impression de bosser pour rien.

– Ce qui veut dire qu'une plainte pour racket et tentative de viol, ça alourdirait considérablement le dossier Jessie Boyer, et ça ferait bien plaisir au capitaine Fournier, c'est ça?

– T'as tout compris.

*

– Putain, qu'est-ce que c'est que ça? jura Jessie.

Une énorme masse grise venait d'obscurcir totalement la mire.

L'adolescent recula la tête de façon à décoller son œil de la lunette et regarda ce qui se passait par la fenêtre du carrelet. Une vedette orange et grise lui cachait presque totalement la barque. *SNSM*, lut-il sur la haute coque métallique. La Société Nationale de Sauvetage en Mer. Il ne manquait plus que ça! Ils avaient dû repérer le canot depuis la côte et n'avaient rien trouvé de mieux que de venir jouer les héros. Voilà qu'ils faisaient monter les deux passagers à bord et amarraient la barque pour la remorquer, maintenant! Ah, les cons!

*

Il n'était pas loin de dix-huit heures lorsque Ouriel et Angelo quittèrent la capitainerie de Port-daus-Batias. Le *TsahDik* sortit son téléphone. Ici, pas de problème de réseau, ce n'était pas comme en mer. Il joignit l'abbaye et expliqua la situation. On lui répondit qu'on envoyait tout de suite quelqu'un les chercher.

– Il y a bien quarante minutes de route depuis Mediola. Ça nous laisse le temps d'aller grignoter quelque chose, annonça Ouriel. On va essayer de se dégoter un petit bar à huîtres dans le coin. On l'a bien mérité, non?

Puis, posant un bras sur les épaules de son filleul, il lui fit remarquer en souriant:

– Je crains que tu ne te sois trompé: nous dormirons bien à l'abbaye ce soir!

Le visage grave, Angelo répliqua:

– Je ne me suis pas trompé, Ouriel. Si je n'avais pas eu un deuxième flash, nous n'aurions sans doute dormi nulle part ce soir.

Le *TsahDik* changea immédiatement de ton:

– Qu'as-tu vu? lui demanda-t-il en le regardant dans les yeux.

– Quelqu'un, répondit Angelo. Quelqu'un avec un fusil. Braqué sur nous.

– Bien... Très, très bien... murmura Ouriel. Est-ce que ta vision montrait cette personne ?

Angelo était visiblement bouleversé.

– Je l'ai vue, dit-il, la gorge nouée. Et je sais qui c'est, Ouriel.

Inexplicablement, il ajouta :

– Il faut que j'appelle Pauline.

DEUXIÈME PARTIE

L'œil étoilé

«Puis il descendit seul sous cette voûte sombre.
Quand il se fut assis sur sa chaise dans l'ombre,
Et qu'on eut sur son front fermé le souterrain,
L'œil était dans la tombe et regardait Caïn.»

Victor Hugo, *La Légende des siècles,* «La conscience»

CHAPITRE

1

An 2322.
Région des Hauts Monts du Karakoram.

Journal de Menadel, Membre du Suprême Conseil
des Communautés Associées K2 et K3

...Même aux jours les plus sombres de l'histoire d'un peuple, vient toujours un moment où l'on se reprend à espérer.

Depuis la disparition de notre frère Yehuya, nous n'avons assisté à aucun nouvel «effacement». Nos frères et nos sœurs retiennent leur souffle et forment des vœux ardents pour que cesse définitivement cette calamité. Comme chacun d'eux, je salue chaque heure qui passe, chaque journée qui se clôt sans que notre Communauté ait à déplorer la perte de l'un des siens, chaque aube où nous puisons un regain de vigueur, tous unis dans l'attente de la « Grande Mutation », d'où viendra le salut.

Certains prétendent qu'il est parfois possible d'infléchir le cours de l'histoire. Qu'il existe, dans le déroulement des événements, des points précis, des sortes de carrefours à partir desquels les choses s'orientent dans une nouvelle direction. Que la réalité que l'on connaissait est alors remplacée par une « réalité alternative », laquelle suit un autre chemin. Que rien ne serait fixé irrémédiablement, car la réalité est multiple, infinie. Et que toutes les probabilités, tous les possibles découlant d'une même situation, même apparemment contradictoires, coexisteraient...

Je peine à ne pas m'égarer dans ces réflexions vertigineuses. D'un côté, j'ai envie d'espérer. De croire que cette « Grande Mutation » que nous attendons tous serait une sorte de saut quantique qui permettrait aux événements d'emprunter soudain une autre voie, de bifurquer vers un autre segment de réalité, un univers parallèle. D'un autre côté, je ne puis m'empêcher de penser qu'il s'agit là de spéculations bien hasardeuses...

La menace qui pèse sur notre lignée, elle, reste toutefois bien réelle et nous ne trouverons véritablement la paix que lorsque ce danger sera définitivement écarté. Je n'oublie pas que le jour de l'« effacement » de Yehuya, notre Commandeur Seth-Kind a réuni le Suprême Conseil afin de lui faire part de ce que venait de lui apprendre Noé 123, le plus habile de nos espions. Non content de faire périr des hommes et des femmes *du XXIe siècle, Tubal-K a trouvé le moyen de porter également atteinte à ses ennemis d'aujourd'hui (nous autres, gens de K2 et K3) en éliminant leurs ancêtres. Or, si les premiers «effacements» étaient dus pour une grande part au hasard, il n'en est pas de même pour celui que vise maintenant le dirigeant de K1. Son équipe de scientifiques travaille en effet activement sur un projet on ne peut plus funeste: retrouver l'*Ancêtre*, celui qui fut à l'origine de notre lignée, l'Aïeul suprême. Une fois qu'ils l'auront identifié, il ne leur restera plus qu'à l'éliminer. S'ils y parviennent, notre Commandeur en personne «s'effacera», et avec lui bon nombre de membres de notre Communauté.*

K2 et K3 s'effondreront.

Tubal-K régnera en maître sur une humanité qui, je le crains, ne tardera cependant pas à provoquer sa propre perte. Car le chaos résulte d'une brisure, et cette brisure demande toujours réparation.

Puisse l'homme d'alors comprendre que la responsabilité de cette réparation lui incombe.

Dans le cas contraire, j'ai bien peur que l'aventure humaine ne finisse par échouer définitivement...

Le silence de la bibliothèque n'était troublé que par le murmure continu de la pluie qui frappait les vieilles tuiles du toit et rebondissait sur le dallage usé de la cour du temple. Menadel relut ce qu'il venait d'écrire et soupira. Derrière les fenêtres épaisses, on n'apercevait qu'un paysage morne d'où toute couleur semblait avoir disparu, noyé dans un jour terne où s'étiraient d'interminables nappes de brume.

Cette Grande Descente de Nuages finira par avoir raison de moi, songea le vieil homme. *Dès que je regarde le ciel, tous mes espoirs s'envolent, cédant la place aux doutes et aux craintes les plus sombres.*

Trois coups discrets résonnèrent alors à la porte de la salle.

– Oui? fit Menadel.

À sa grande surprise, Seth-Kind franchit le seuil et se dirigea vers lui. Il était seul.

– Je pensais bien vous trouver ici, déclara-t-il.

Il souriait, mais son regard reflétait une profonde inquiétude.

– Commandeur?

Sans cérémonie, Seth-Kind tira une chaise et prit place au côté de Menadel, s'accoudant à la table sur laquelle il travaillait. Il plongea son regard dans celui du vieil homme, puis déclara à mi-voix:

– Vous m'êtes précieux, Menadel. En tant que membre du Suprême Conseil, bien sûr, mais surtout en qualité de membre éminent de notre Communauté. Depuis toujours, j'admire votre sagesse, votre savoir, et j'ai une totale confiance en vous. Vous êtes le garant de nos racines, le gardien de notre mémoire et je vous en suis reconnaissant.

– Noé 123 vous a apporté de mauvaises nouvelles... murmura Menadel.

Le Commandeur hocha lentement la tête:

– Lors de l'investiture de Tubal-K, une cérémonie avait eu lieu, vous vous rappelez? Les dirigeants des trois Communautés étaient rassemblés pour consacrer leur alliance. En ce temps-là, on croyait encore à l'avenir de notre Fédération...

Menadel acquiesça en silence, attendant de saisir où Seth-Kind voulait en venir.

– Chacun se souvient de la légendaire poignée de main à trois ! dit le Commandeur avec amertume. Tous les citoyens des Communautés Associées l'ont encore en mémoire : la scène a été filmée, des photos ont été prises...

– En effet.

– L'équipe de Tubal-K a travaillé à partir de ces images. Sur l'une d'elles, on me voyait de face. Ils ont procédé à des agrandissements successifs, se concentrant sur mon visage, puis une partie de celui-ci : mes yeux. Ensuite, ils ont scanné le morceau qui les intéressait à l'aide d'un appareil qu'ils viennent de mettre au point, un nouveau dérivé du *Mémotron*. C'est ce qui leur a permis de découvrir ce qu'ils cherchaient.

Il s'interrompit une seconde fois, jeta un regard las vers le jour gris qui peinait à traverser les carreaux, puis lissa le bois de la table du plat de la main.

– Mes jours sont désormais comptés, Menadel.

Le vieil homme ressentit une vive émotion. Cependant, pas un trait de son visage ne tressaillit.

– Que cherchaient-ils? demanda-t-il calmement.

– Ils ont réussi à décoder l'iris de mes yeux, puis à partir de là, grâce à leurs connaissances extrêmement poussées en biométrie, ils sont remontés dix générations en arrière et ont reconstitué la signature iridienne de mon ancêtre. Celui qui vivait au XXIe siècle...

– Vous voulez dire... l'*Ancêtre*?

– Oui. Grâce à son IrisCode®, ils sont désormais en mesure de l'identifier.

– Vous pensez qu'il habite dans la région où se sont installés les Pionniers ? Il y est sans doute né, mais il n'y est peut-être plus ! Après tout, vous êtes toujours là : malgré l'épidémie, vous ne vous êtes pas « effacé »...

– Vous non plus, lui rappela Seth-Kind avec un sourire triste. La loi des probabilités a joué en notre faveur. D'autres n'ont pas eu cette chance... Tubal-K comptait probablement sur le virus pour m'éliminer. Voyant qu'il avait échoué, il a trouvé un moyen plus sûr d'atteindre son objectif.

– Encore faut-il qu'il parvienne à localiser l'*Ancêtre* !

– Vous oubliez qu'il a vingt-deux hommes sur le terrain. Il est possible qu'ils échouent, mais nous ne pouvons pas nous permettre de prendre le risque qu'ils réussissent. Dès qu'ils l'auront trouvé, ils le tueront.

Menadel posa les mains à plat sur ses genoux, inspira profondément et ferma les yeux un bref instant.

– Que comptez-vous faire, Commandeur ? demanda-t-il en rouvrant les paupières.

– Nous n'avons pas le choix : nous devons le trouver avant eux. Nous devons sauver l'*Ancêtre*.

CHAPITRE 2

Mediola.
Fin janvier 2021.

Après avoir gravi la trentaine de marches usées de la ruelle de l'Hospice, Luka déboucha sur la place du Capitole. Le jour se levait à peine. L'imposante façade de la *Winner's School* était encore plongée dans l'ombre. Les hautes grilles du portail n'ouvriraient pas avant une quinzaine de minutes. Le jeune homme flâna un moment sous les platanes, puis alla s'asseoir sur un banc. De là, il admira l'architecture du bâtiment principal perché sur un éperon rocheux qui dominait toute la vieille ville. Dans un sens, cela ne le surprenait guère de voir un lycée d'élite installé dans un ancien logis de gouverneur datant du XVIIe siècle. Le prestige du lieu devait faire partie intégrante du conditionnement des élèves : il constituait certainement une bonne incitation à viser l'excellence. Mais cela lui faisait un drôle d'effet de songer que cette bâtisse avait été construite environ sept cents ans avant sa naissance, alors que, pour tous les autres lycéens, le monument avait quatre siècles. Et à vrai dire, la plupart d'entre eux s'en fichaient pas mal. Ce qui les intéressait, c'était l'avenir. Ou plus exactement *leur* avenir. Luka, lui, s'intéressait de plus en plus à l'histoire et au passé. Le futur, il ne le connaissait que trop.

Apercevant une silhouette familière qui montait dans sa direction par la rue des Jacobins, Luka sourit. Emmitouflée dans un caban de laine et une écharpe enroulée deux fois autour de son cou, Pauline marchait d'un bon pas. Elle semblait chercher quelqu'un des yeux. Luka lui fit signe et, en le voyant, elle accéléra. Il se leva, courut jusqu'à elle et la serra dans ses bras.

– J'ai une bonne nouvelle ! annonça-t-elle.

– Moi aussi. C'est sans doute la même, répondit-il en souriant, heureux de pouvoir humer le parfum de ses cheveux.

– Ça m'étonnerait. Alors on commence par toi !

– Bon ! dit Luka en passant son bras autour de sa taille. Mais tu es forcément au courant : Norma est revenue !

– C'est pas vrai ! s'écria Pauline. Non, je ne savais pas !

– C'est ta meilleure amie et elle ne t'a pas prévenue ?

– Elle veut sûrement me faire la surprise, ça ne m'étonne pas d'elle. Comment tu sais qu'elle est de retour ?

– Je l'ai croisée hier soir en allant voir mon père au magasin, elle était en train de faire des courses en ville.

– Après des semaines passées à la campagne à son corps défendant, elle devait être gravement en manque de shopping ! dit Pauline en riant.

– Tu penses ! Elle m'a dit qu'elle reprenait les cours à la *Winner's* aujourd'hui. Elle ne devrait plus tarder maintenant.

– C'est génial !

Autour d'eux, les lycéens commençaient à arriver, seuls ou par petits groupes qui, le plus souvent, restaient entre eux : les Trilingue 1 ne se mélangeaient pas aux Trilingue 2, et encore moins aux 3. Chaque section regardait les autres avec méfiance. Les 2 et les 3 n'aspiraient qu'à une chose, passer en 1 au trimestre suivant, rejoindre la caste des « Seigneurs ». Quant aux 1, ils tremblaient à l'idée d'être un jour rétrogradés et mêlés à ceux qu'ils s'amusaient à nommer les « manants ».

– Bon, et ta bonne nouvelle ? demanda Luka, impatient.

Les yeux de Pauline brillaient d'excitation. Elle jeta un coup d'œil furtif aux alentours, puis, baissant la voix, elle annonça, triomphante :

– Je sais où Jessie se planque.

Luka sentit toute sa gaieté s'évanouir instantanément. Pour lui, ce n'était pas franchement une bonne nouvelle.

– Ah, fit-il sans enthousiasme.

– Angelo m'a appelée hier. Il m'a dit qu'il l'avait retrouvé complètement par hasard. Une longue histoire, il n'avait pas le temps de me raconter. Enfin, le plus important, c'est que maintenant qu'on sait où il est, on va pouvoir faire ce dont je t'ai parlé.

Une exclamation aiguë retentit à quelques mètres de là. Les deux jeunes gens tournèrent la tête et aperçurent en même temps une jeune fille brune à la tignasse ébouriffée qui se précipitait vers eux en tendant les bras.

– Voilà Norma ! s'exclama Luka avec soulagement.

– Il faut absolument qu'on parle, souffla Pauline. Passe chez moi ce soir après les cours, on mettra notre plan au point. On va devoir agir très rapidement !

Norma bondit jusqu'à eux en poussant des cris de joie.

– Salut les amoureux ! L'enquiquineuse est de retour ! s'écria-t-elle en leur sautant au cou, rapprochant leurs têtes pour donner à chacun une bise sonore.

Luka éclata de rire.

– Tu ne changeras jamais, toi !

– Ah, ça non, beau gosse. La preuve, je t'enlève ta fiancée, car je te rappelle que c'était d'abord *ma* copine et que tu l'as eue pour toi tout seul pendant un bon moment ! dit Norma en entraînant Pauline à l'écart.

Luka céda de bonne grâce.

– Okay, j'imagine que vous avez beaucoup de choses à vous raconter !

Pauline tendit la main vers lui et passa les doigts sur sa joue.

– Tu n'oublies pas, Luka. Tu m'as promis ! lui rappela-t-elle avant de s'éloigner au bras de son amie.

Le jeune homme les regarda franchir le portail du lycée et les suivit sans se presser. Certes, il avait promis. Mais une partie de lui espérait en secret qu'il n'aurait pas besoin de tenir sa promesse.

Car plus il y réfléchissait et plus il se disait que ce n'était vraiment pas une bonne idée.

Comme chaque mercredi, les deux dernières heures de cours étaient réservées à l'EPS.

Ce matin-là, les filles participaient à un match interclasses de volley au gymnase. À plusieurs reprises, l'affrontement entre les Premières Trilingue 1 et 2 faillit tourner au vinaigre. Les élèves des deux classes nourrissaient en effet une animosité réciproque qui n'avait fait qu'empirer ces dernières semaines. Malgré les multiples rappels à l'ordre de l'arbitre et du professeur, les insultes ne cessèrent de fuser dans les gradins, chaque classe soutenant son équipe à grand renfort de propos injurieux visant l'équipe adverse. Ayant manqué les deux derniers entraînements, Pauline ne faisait pas partie des joueuses sélectionnées et ça l'arrangeait. Elle se moquait éperdument que sa classe gagne ou perde le match. Elle avait des préoccupations autrement plus importantes. En entrant sur le terrain, le capitaine de l'équipe des Trilingue 2 lui lança un regard à la fois méprisant et provocateur. C'était Helena de Joncourt, la grande fille rousse avec qui elle avait eu une altercation au moment de l'élection des délégués au Conseil d'Administration du lycée. En guise de réponse, Pauline lui adressa un grand sourire faussement amical.

Comme elle revenait tout juste après plusieurs semaines d'absence pour cause d'épidémie, Norma ne jouait pas non plus. Le proviseur adjoint l'avait convoquée à l'heure précédente pour lui dire que sa réintégration en Première Trilingue 1 n'était qu'une tolérance due à des circonstances particulières, mais qu'on attendait qu'elle donne rapidement la preuve qu'elle était digne de rester dans cette section.

Furieuse, elle rejoignit Pauline dans les gradins, dix minutes après le début du match.

– ... Et pour couronner le tout, la pionne m'a obligée à me mettre en tenue alors que je ne joue pas. C'est complètement crétin ! pesta-t-elle en s'asseyant près de son amie.

– Bienvenue au club ! répondit Pauline en pinçant son maillot entre deux doigts. Le règlement, c'est le règlement. On fait partie d'une *team*, il faut que ça se voie !

– Je commence à me demander si j'ai bien fait de vouloir à tout prix être inscrite dans cette école... soupira Norma.

Après deux sets gagnants et une égalité à 24-24, la Trilingue 1 finit par remporter le match par 27 à 25 au troisième set. Des hurlements de joie et de colère résonnèrent aussitôt dans tout le gymnase. Pauline se boucha les oreilles.

– Viens ! dit Norma qui s'était levée d'un bond. On file aux vestiaires avant qu'elles arrivent toutes !

– Vas-y, je te rejoins dans cinq minutes, répondit Pauline, qui n'avait pas du tout envie de se presser.

– Allez, suis-moi ! insista Norma. J'ai encore des tonnes de trucs à te raconter !

À sa grande surprise, Pauline tint bon. Norma trouva même que son ton était un peu cassant lorsqu'elle répéta :

– J'ai dit que je te rejoignais dans cinq minutes.

Déçue et perplexe, Norma partit sans se retourner.

Pauline attendit que le terrain et les gradins soient vides pour quitter sa place et commencer à descendre. Elle détestait l'atmosphère des douches et des vestiaires lorsqu'ils étaient envahis de filles piaillant et caquetant de tous côtés. C'est pourquoi elle prit tout son temps. Elle était pratiquement arrivée au bas des marches lorsque, tout à coup, les lumières s'éteignirent. Surprise, elle trébucha et faillit plonger en avant. Elle se rattrapa de justesse au banc qui se trouvait sur sa droite et pesta intérieurement. Ils auraient pu vérifier que tout le monde était sorti avant de couper l'éclairage ! La jeune fille attendit quelques secondes que ses yeux s'habituent à la pénombre, puis, guidée par la lumière falote des blocs-secours, elle se dirigea avec précaution vers la sortie. Il lui sembla alors entendre un frottement et des chuchotements sur la gauche. Elle s'immobilisa et tendit l'oreille. Un claquement l'avertit que l'une des portes du gymnase venait de se fermer, sans doute l'une des deux issues de secours situées sous les gradins.

– Y a quelqu'un ? demanda-t-elle, agacée. Eh ! je suis là ! Vous ne m'enfermez pas, hein ?

Aucune réponse.

Elle soupira et descendit les dernières marches au jugé. Ensuite, il lui suffirait de longer le mur pour rejoindre la porte qui menait aux vestiaires. Elle tendit le bras et tâtonna dans le vide. Où pouvait bien se trouver ce satané mur ?

Soudain, une main glacée crocheta son poignet et la tira violemment en avant.

– Aïe ! Non, mais ça va pas ? cria Pauline.

La personne qui la tenait l'attrapa alors à deux mains et la projeta sur le côté, la lâchant au dernier moment, si bien que Pauline perdit complètement l'équilibre et alla s'affaler deux mètres plus loin. Elle tomba rudement sur le sol, se cognant méchamment un genou contre un banc de touche. Avant même qu'elle ait eu le temps de se relever, l'autre bondit sur elle, une lampe torche à la main. Braquée sur ses yeux, la lumière l'aveugla, la forçant à tourner la tête. Deux autres filles surgirent alors de sous les gradins et aidèrent la première à immobiliser sa victime en la saisissant fermement chacune par un bras. Elles étaient grandes, facilement une tête de plus que Pauline, et dotées d'une poigne de fer.

– Alors, la pimbêche, on fait moins la fière quand son chevalier servant n'est pas dans les parages, hein?

– Helena! cria Pauline en se débattant comme une furie.

– Oui, Helena! Celle qui n'est pas en Trilingue 1, qui n'est pas déléguée et n'a pas le mec qu'elle voulait. Tout ça à cause de toi!

– Quoi? s'étrangla Pauline. Mais tu es complètement malade!

Elle se démenait pour essayer de se dégager de l'étreinte des deux filles, mais en vain. Encore affaiblie par la maladie, elle savait qu'elle avait peu de chances de l'emporter face à trois sportives super entraînées. Haussant les épaules avec mépris, Helena lui tourna le dos, fit mine de vouloir s'éloigner, puis, tel un cheval qui botte, lui décocha soudain un coup de talon au creux de l'estomac qui lui coupa le souffle et la plia en deux. La grande rousse éclata de rire et revint se planter face à elle. Malgré la douleur, Pauline s'obligea à se redresser pour l'affronter du regard. Aussitôt, Helena lui flanqua une gifle magistrale.

– Il y a longtemps que j'attends ce moment. Maintenant, je te tiens et tu vas payer, ma petite!

Pauline garda un instant les yeux fixés sur le sol. Ses oreilles bourdonnaient et un voile rouge obscurcissait son regard. Elle serra les dents, mordant l'intérieur de ses joues. Lorsqu'elle sentit le goût du sang sur sa langue, elle se redressa et dit d'une voix sourde :

– T'as rien compris, ma pauvre fille. C'est moi qui vais te tuer.

CHAPITRE 3

Ed laissa sa voiture au grand parking de la place de Verdun, car la maison de Petersen se trouvait à quelques minutes à pied de là. Une pluie froide s'était mise à tomber et il bénit les arcades de la rue Chaudrier qui le protégeaient de l'averse. Il regarda l'heure et accéléra le pas. Il était légèrement en retard, ce qui n'était pas dans ses habitudes, mais Petersen l'avait prévenu à la dernière minute. Parvenu au numéro 7 de la rue, il sonna en utilisant le code convenu. La porte s'ouvrit en bourdonnant et il entra.

Il était le dernier. Jackson, Willson et Swensen se trouvaient déjà dans le petit salon au parquet usé, tous trois enfoncés dans des fauteuils au tissu élimé. Debout près d'eux, accoudé au linteau de la cheminée, Petersen était occupé à servir du cognac. La pièce était sombre et il y faisait à peine chaud.

– J'ai craint un moment que tu ne viennes pas ! déclara Petersen d'une voix forte.

– Pardon pour le retard. La pluie... fit Ed avec un geste d'excuse.

– Ah, oui ! La pluie, toujours elle ! fit son hôte en lui tendant un verre rempli d'alcool ambré.

Les trois autres Pionniers eurent un petit rire poli, puis se levèrent pour saluer celui qu'ils connaissaient sous le nom de Kane Adamsohn. Tous portaient un pull de couleur sombre sur lequel se détachait le même pendentif : un médaillon circulaire orné d'une étoile à cinq branches de part et d'autre de laquelle étaient gravés un *K* et un *1*.

Jackson accueillit le nouveau venu en lui serrant la main avec chaleur :

– Content de te revoir, Kane ! Tu projetais de venir à Iculisma, et finalement on se retrouve ici, plus tôt que prévu ! dit-il en souriant.

– Goûte-moi donc ce breuvage, je l'ai apporté de Conniaco exprès pour vous ! fit Swensen en lui tapotant l'épaule.

– Comment ça se passe à Rugiano ? demanda Kane à Willson.

– L'ABEL vient de passer au stade 2.

– Je vois...

Petersen se racla la gorge :

– Bien ! Messieurs, puisque nous sommes au complet, ne perdons pas de temps, nous avons tous beaucoup à faire.

Ses visiteurs écoutèrent ce qu'il avait à leur dire.

– Cette réunion n'était pas prévue, vous le savez, mais des circonstances exceptionnelles m'ont obligé à l'organiser au plus vite. Comme tous les Pionniers ne pouvaient pas se libérer au même moment, vous aurez la primeur des informations que j'ai à vous transmettre. Chacun de nous les relaiera ensuite auprès de nos dix-sept autres collègues.

Les quatre hommes opinèrent en silence.

– Ce que j'ai à vous révéler est de la plus haute importance, poursuivit leur hôte.

De l'index, il pointa le centre du pentagramme qui reposait sur son sternum.

– Ma diode s'est activée, annonça-t-il.

Il attendit quelques secondes avant de préciser :

– Le signal.

Ses visiteurs échangèrent un regard où l'impatience se mêlait à l'appréhension. Ils comprenaient ce que cela signifiait. Le président Tubal-K avait fait en sorte de pouvoir contacter ses Pionniers à n'importe quel moment *via* le *Signe de K1*. Chacun d'eux avait été entraîné aux procédures d'urgence. Ils savaient donc que, dès que la diode bleu outremer placée au cœur du pentagramme s'allumerait et clignoterait d'une certaine façon, il leur faudrait rejoindre au plus vite le portail temporel le plus proche afin de rallier K1. C'est ce que Petersen avait fait.

– Notre mission a évolué. Le président m'a chargé de vous transmettre ses consignes, expliqua-t-il d'un ton pénétré d'importance. Les travaux de l'équipe de biométrie du CRAQ[1] ont fini par aboutir. On a identifié l'*Ancêtre*.

1. Centre de Recherche Avancée en physique Quantique.

Petersen laissa à ses collègues le temps de digérer l'information. Puis il annonça sans s'émouvoir :

– Le président compte sur nous pour le trouver et l'éliminer au plus vite.

Kane eut l'impression qu'un bloc de glace chutait dans son estomac. Il observa les trois autres Pionniers : pas un n'avait bronché. Ils étaient visiblement au courant de quelque chose qui lui échappait. Mais naturellement, il était inenvisageable pour lui de poser la moindre question.

– Ne devions-nous pas procéder prochainement à l'installation de nouveaux Pionniers ? risqua-t-il.

Petersen balaya sa question d'un geste de la main :

– Elle est reportée. Notre nouvelle mission passe en priorité. De toute façon, compte tenu de la distorsion temporelle, ce travail qui nous demandera au plus quelques semaines ne retardera leur venue que de quelques jours, ce qui ne changera pratiquement rien pour eux...

– ... Mais tout pour nous, dans la mesure où nous serons désormais certains que l'exécution de notre programme pourra être menée à son terme, compléta Swensen.

– Exactement.

Jackson se racla la gorge avant de demander :

– Comment reconnaîtrons-nous l'*Ancêtre* ?

– J'allais y venir, répondit Petersen.

Il se leva, quitta la pièce un instant, puis revint muni d'une mallette métallique qu'il ouvrit après l'avoir posée sur la table du salon. Il en sortit plusieurs paires de lunettes d'apparence banale et en remit une à chaque Pionnier.

– Comme moi, vous avez tous abondamment photographié les habitants de votre ville depuis votre arrivée. Vous possédez donc un grand nombre de portraits que vous avez méthodiquement archivés. Il nous faut maintenant les examiner au plus vite un par un en nous concentrant sur les yeux de la personne photographiée. Ces lunettes nous permettront de décoder leur iris. Quand nous les porterons, nous serons également en mesure de lire la signature iridienne d'une personne se trouvant en face de nous. Cela demande un tout petit peu d'entraînement, mais je vous indiquerai comment faire.

– Nous allons donc tenir nos concitoyens à l'œil ! plaisanta Jackson.

– Oui, répondit Petersen sans sourire. Nous devons repérer l'*Ancêtre* le plus rapidement possible, que nous l'ayons photographié ou non. Cela va nous demander une vigilance de chaque instant.

Willson posa alors la question qui taraudait chacun depuis un moment :

– Nous sera-t-il facile de reconnaître son IrisCode® ? À quoi ressemble-t-il ?

Petersen eut un sourire mystérieux :

– Je vous garantis que vous le reconnaîtrez au premier coup d'œil. Il est *absolument impossible* que vous passiez à côté.

CHAPITRE

4

— *Bonjour, vous êtes bien sur mon portable, mais pas moi, donc vous savez ce qu'il vous reste à faire...*

Jessie raccrocha sans laisser de message. Si Paulo avait écouté les précédents, il l'aurait certainement rappelé. Qu'est-ce qu'il pouvait bien fabriquer, cet abruti?! Il n'allait tout de même pas lui courir après pendant des jours et des jours!

Faisant les cent pas dans l'unique pièce de la cabane de pêcheur, Jessie jeta un coup d'œil par la fenêtre. La nuit venait de tomber. Le vent qui avait soufflé toute la journée ne faiblissait pas, secouant le carrelet qui grinçait et gémissait sous les rafales. C'était marée basse. Les hauts pilotis qui soutenaient la bicoque et sa longue passerelle étaient à présent à sec, succession de maigres jambes de bois ancrées par paires sur le sol rocheux qui s'avançait vers la mer. Depuis plus de cent ans, de nombreux carrelets à ponton jalonnaient le littoral. Avec leur silhouette gracile, le plus souvent de guingois, ils avaient fini par faire partie du paysage.

Le carrelet de l'oncle, Jessie l'avait toujours connu. Il y avait passé des journées entières durant son enfance, sans doute ses meilleurs souvenirs de cette époque-là. Question confort, c'était rudimentaire : un lit, une table, une chaise, un buffet, un garde-manger. Mais question tranquillité, c'était royal. Et, dans sa situation actuelle, une véritable aubaine, alors il n'allait pas faire la fine bouche. Pourtant, il ne pouvait tout de même pas rester planqué là pendant des lustres. Surtout que, la nuit, il ne faisait vraiment pas chaud, même avec deux couvertures. Et depuis qu'il avait eu la sale grippe, Jessie avait tout le temps froid.

Il pensa soudain à Micky, un gars qui était en permanence enrhumé. Ses potes le charriaient à cause de ça. Ils l'appelaient La Goutte... Personne ne comprenait vraiment pourquoi, mais Paulo l'aimait bien et il traînait souvent avec lui. La Goutte saurait peut-être comment faire pour le joindre. Le problème, c'est que Jessie n'avait pas son numéro de téléphone...

Il s'immobilisa brutalement au milieu de la pièce. Il venait d'entendre un bruit à l'extérieur. Pas un bruit habituel. Comme la chute d'un objet lourd sur le ponton. Jessie gagna le lit à pas de loup, s'agenouilla pour récupérer l'arme qu'il avait glissée dessous, puis alla se poster à côté de la porte d'entrée de la cabane. Lorsqu'elle s'ouvrirait, elle le dissimulerait à ses visiteurs. À ce moment-là, il aviserait. Retenant son souffle, il tendit l'oreille. Pas de doute, quelqu'un marchait sur la passerelle. Est-ce que par hasard des *coyotes* avaient réussi à le localiser ? Peut-être les flics. Quoique... Eh bien, qui que ce soit, il allait les recevoir. Il plaqua son dos à la cloison et attendit, la carabine appuyée contre son torse, le doigt sur la détente. Les pas se rapprochaient. Apparemment, un seul *coyote*, mais méfiance : d'autres attendaient peut-être, planqués au pied du ponton. Jessie sentit l'excitation monter en lui. Enfin un peu d'action digne d'un *SB*. Piquer de la bouffe à la ferme ou s'introduire dans une des villas de l'île pour récupérer un phone, c'était bien trop pépère. Ce qu'il lui fallait, c'était un bon shoot d'adrénaline. Un vrai. Pas une dose pour fillette.

*

Il faisait nuit depuis un bon moment quand le capitaine Fournier regagna le commissariat. Il monta directement dans son bureau. Il avait besoin d'un café bien chaud. Celui du distributeur de boissons n'était pas fantastique mais il ferait l'affaire. La journée avait été longue. Placements en garde à vue, audition de témoins, bras de fer téléphonique avec le procureur, appel sur une scène de crime, réclamations de collègues débordés et à bout de nerfs, bref, la routine. Une routine qui devenait de plus en plus pesante. D'autant que des rumeurs prétendaient qu'à la préfecture c'était la gabegie. Plusieurs employés décédés durant l'épidémie n'avaient toujours pas été remplacés et ceux qui étaient toujours là refusaient tout surcroît de travail tant qu'on ne les augmenterait pas. Quant au préfet, il était la plupart du temps soit introuvable soit ivre mort. Fournier ricana intérieurement : en quelques semaines seulement, tous les efforts fournis depuis des années pour essayer de redorer le blason de la police nationale avaient été anéantis. Le sacro-saint concept de « sécurité » qui avait servi de tremplin à un certain nombre d'hommes politiques faisait aujourd'hui figure de miroir aux alouettes. Plus personne n'y croyait. Tout le monde avait peur de tout le monde et les flics réclamaient des primes de risque à tour de bras.

Fournier mit une pièce dans la machine et appuya sur *long, sans sucre*. Tandis que la boisson se préparait, il repassa dans sa tête la visite effectuée l'après-midi même au domicile de madame Boyer. Comme il le prévoyait, la fille du docteur Rieu avait fini par lui balancer le nom de son agresseur, même si elle y avait mis le temps. En revanche, il ne s'attendait pas à ce qu'elle lui propose un marché. Plutôt maligne, la gamine. Elle avait bien compris que c'était la pagaille partout, y compris dans les commissariats, et que, côté résultats en termes de lutte contre la criminalité, c'était carrément la bérézina. Il lui avait dit qu'il était okay, même s'il était certain qu'elle avait une idée derrière la tête. Du coup, il avait tout de suite commencé son enquête pour essayer de mettre la main sur ce Jessie Boyer, car il voulait à tout prix le trouver avant elle. Fournier connaissait le père de Pauline. C'était un type bien, quelqu'un de droit, une des rares personnes qui ne s'étaient pas mises à faire n'importe quoi depuis l'épidémie. Par respect pour cet homme, le policier avait envie de veiller à ce qu'il n'arrive rien de fâcheux à la gosse.

Il s'était promis d'y veiller personnellement.

Dès qu'il avait su le nom de l'agresseur, Fournier avait fait une recherche qui lui avait permis de cerner rapidement le profil du lascar. Repéré dès le collège, Jessie Boyer avait fait l'objet de plusieurs signalements aux Brigades de Sécurité Scolaire. Devenu lycéen, il avait été convoqué à plusieurs reprises par le référent judiciaire de son établissement avant d'être estampillé *SB*, puis finalement placé en Centre de Reclassement. Bien entendu, il s'était déjà fait connaître des services de police : interpellé pour vol, puis pour trafic de stupéfiants alors qu'il était encore mineur, il avait insulté une jeune policière et l'avait menacée de la violer dès qu'il serait dehors. Fournier avait une aversion particulière pour ces jeunes délinquants. Surtout depuis que sa propre fille s'était entichée d'un voyou de ce genre, quelques mois auparavant. Il s'en était aperçu par hasard, un de ses collègues l'ayant vue avec le gars lors d'une descente dans un quartier de la rive droite. Pour commencer, il n'avait pas voulu le croire. Puis il avait questionné sa fille. Ils s'étaient disputés. Elle lui avait dit qu'elle aimait ce garçon. Il avait voulu connaître son nom, elle avait refusé catégoriquement de le lui révéler, hurlant que ce n'était pas ses oignons et qu'elle en avait marre qu'il veuille faire la police dans sa vie. Quelques semaines plus tard, elle lui avait annoncé qu'elle avait rompu, mais qu'elle partait vivre chez sa mère. Depuis, il ne l'avait pas revue. Elle acceptait uniquement de lui parler au téléphone. Et encore, pas très souvent.

*

Jessie posa les yeux sur la poignée de la porte et eut un frisson de plaisir : elle tournait lentement ! Il laissa venir. Il n'avait pas fermé à clé. Le *coyote* qui se trouvait de l'autre côté ne rencontra donc aucune difficulté pour ouvrir et il poussa lentement le panneau de bois. Il fit un pas vers l'intérieur de la cahute... et se retrouva presque aussitôt avec une arme braquée contre la nuque.

– Stop. T'es chez moi ici, mon pote ! dit Jessie, qui jubilait.

Mais le visiteur se tourna vers lui, nullement impressionné :

– Erreur, bonhomme. C'est toi qui es chez moi.

*

Fournier porta le gobelet de café à ses lèvres. Il était bouillant. Sale journée décidément. La mère de Jessie l'avait reçu comme un chien dans un jeu de quilles. Non, elle n'avait pas revu son fils depuis qu'il était parti de chez elle. Oui, elle était inquiète car il avait chopé la sale grippe et elle priait pour qu'il ne soit pas mort. Non, elle n'avait aucune idée de l'endroit où il avait pu aller. Oui, il avait parfois de mauvaises fréquentations mais on avait tous fait des conneries quand on était jeunes. Non, elle ne connaissait aucun de ses copains, ni même leur nom. *Eh ben, avec ça, on est bien avancés !* s'était dit Fournier, furieux. Il s'apprêtait à repartir quand le fils cadet était arrivé, un gros garçon rougeaud prénommé Kevin. Le policier n'avait rien pu en tirer non plus, mais il avait senti le gamin moins buté que sa mère. À tout hasard, il lui avait laissé sa carte, «au cas où il se rappellerait un détail qu'il avait oublié...» Avant de quitter les lieux, Fournier avait fait une dernière fois le tour de l'appartement et avisé la photo d'un adolescent collée sur le frigo.

– Jessie? avait-il demandé.

La mère n'avait rien répondu. Kevin avait hoché imperceptiblement la tête.

– Je vous l'emprunte, avait dit le policier. Pour les besoins de l'enquête.

Madame Boyer avait fusillé son fils du regard.

*

– Putain, l'oncle, t'aurais pu prévenir, merde! jura Jessie en baissant son arme.

– Tu voulais peut-être que je m'annonce avec un haut-parleur, petit con!

Jessie regarda ses pieds, puis, se redressant brutalement, il donna un furieux coup de poing dans la porte.

– T'as raison, je suis trop nul!

– Arrête un peu ton cirque, dit l'oncle. Je t'ai apporté de la bouffe et un téléphone portable. Je me suis dit que ça pouvait servir.

– Comment t'as su?...

– Je suis passé chez ta mère. Elle m'a raconté tes exploits.

– Elle sait où je suis?

– Je lui ai demandé, elle est restée muette. Mais tu la connais: ses yeux en disent toujours plus long qu'elle.

– Tu crois qu'elle va me balancer aux keufs? demanda Jessie.

– Tu rigoles? On a le sens de l'honneur dans la famille.

*

Fournier prit le gobelet brûlant et alla le poser sur son bureau. Au fond de la pièce, un de ses collègues finissait de taper un rapport. Le capitaine lui tendit la photo de Jessie.

– Dès que tu as un moment, tu me prépares un avis de recherche. Je veux voir la tronche de ce môme placardée dans tous les lieux publics.

– C'est qui? Un *serial killer*?

– Non. Un nid à emmerdes.

*

Jessie ouvrit le sac que l'oncle avait posé sur la table. Il contenait du pain frais, du saucisson, du fromage, des chips, des biscuits et même un pack de bières.

– Je sais pas comment te remercier...

– En m'offrant une mousse et en évitant de me braquer la prochaine fois que je viendrai te voir, fit l'oncle en lui flanquant une bourrade.

– S'cuse-moi... fit piteusement Jessie.

– Tu comptes rester longtemps?

– Non. J'ai un plan pour aller dans le Sud-Est. Faut juste que j'arrive à joindre le mec...

– Je vois.

– Mais si ça te pose un problème, je trouve une autre planque vite fait, ajouta Jessie précipitamment.

– Tu restes autant que tu veux. Tant que ça ne te pose pas de problème, ça ne m'en pose pas non plus.

– Okay, c'est sympa.

– Bon, je m'attarde pas. La marée va pas tarder à remonter. J'ai pas envie de me faire coincer au milieu de la Passe-aux-Bœufs.

– Ouais. Bon, ben... merci.

D'une main, l'oncle le saisit par la nuque, et de l'autre, après avoir fermé le poing, il lui frotta vigoureusement le dessus du crâne avec les jointures de ses doigts.

– Putain, tu fais mal ! protesta vainement Jessie.

– C'est rien à côté de ce que tu mérites ! répliqua l'oncle.

Il le lâcha, puis se dirigea vers la porte qu'il n'ouvrit qu'après avoir écouté les bruits provenant du dehors.

– Ah, au fait, dit-il avant de s'en aller, fais gaffe au ponton, là, à un mètre devant. Il y a trois planches pourries. Ça fait un an qu'il faut que je les remplace, j'ai jamais le temps. Tout à l'heure, j'ai failli passer à travers.

– Ouais, j'ai vu. T'en fais pas, répondit Jessie.

Il ajouta, murmurant pour lui-même :

– Un excellent piège à *coyotes*.

– Un quoi? demanda l'oncle en s'éloignant.

– Rien. Des conneries.

Jessie salua l'oncle une dernière fois et referma la porte pour empêcher le vent de s'engouffrer dans la cabane. Il attrapa une couverture et s'enroula dedans avant d'aller s'ouvrir une deuxième bière.

Il grelottait.

CHAPITRE

5

Dans la salle capitulaire de l'abbaye, un silence consterné suivit la déclaration d'Anokhi. La cloche de l'abbatiale égrena ses douze coups dans la nuit froide, puis le maître *TsahDik* reprit la parole.

– Nous sommes à présent engagés malgré nous dans une véritable course contre la montre. Il nous faut à tout prix retrouver l'*Ancêtre* avant les Pionniers de K1.

Assis près de l'une des deux colonnes qui soutenaient la voûte romane, un homme au front dégarni et au beau regard bleu fit signe qu'il souhaitait parler.

– Nous t'écoutons, frère Iahllan.

– Nous n'avons aucun doute, hélas, sur ce qui se passera si l'*Ancêtre* tombe aux mains des Pionniers. Mais que ferons-nous si nous arrivons avant eux? J'entends bien qu'il est de notre devoir de le protéger, mais nous ne pourrons pas assurer sa protection jour et nuit. Il faudra donc le mettre à l'abri. Or, comment le convaincre de nous suivre?

Haruko leva à son tour la main pour demander la parole:

– Frère Iahllan a tout à fait raison. Je nous vois mal expliquer à cet homme que nous venons du futur, que nous sommes ses descendants et qu'il est impératif qu'il s'en remette à nous afin que sa lignée ne soit pas anéantie. En bref, que pour que notre passé puisse avoir un avenir, il est nécessaire qu'il nous aide à agir dans le présent...

Des toussotements et quelques rires discrets parcoururent la salle. L'atmosphère se détendit imperceptiblement.

– Une fois de plus, l'humour de notre frère Haruko attire notre attention sur un point essentiel, déclara Anokhi. L'urgence de la situation nous oblige en effet à recourir à des méthodes expéditives. Ce qui signifie que nous devrons mettre l'*Ancêtre* à l'abri *malgré lui*...

– En somme, nous procéderons à un enlèvement, commenta Haruko.

– Mais une fois qu'il sera à l'abbaye, que ferons-nous? intervint Ouriel. Le problème sera le même: nous ne pourrons tout de même pas le maintenir ici de force!

– C'est exact, répondit Anokhi. C'est pourquoi le Commandeur nous demande de le lui amener. Aussitôt que nous l'aurons trouvé, nous devrons transporter l'*Ancêtre* dans le Karakoram, en 2322.

Les maîtres *TsahDiks* ne purent cacher leur surprise. Une vague de murmures traversa la salle capitulaire. Cette décision risquait d'être lourde de conséquences. Ce fut Hahasiah qui formula à voix haute la question que tout le monde se posait :

– Le Commandeur envisage-t-il de lui révéler la vérité ?

– Sa décision n'est pas encore arrêtée. Ce qui compte avant tout, c'est de mettre l'*Ancêtre* en sécurité.

– Mais n'est-il pas extrêmement risqué de le rapprocher ainsi de Tubal-K ? s'étonna Reyel.

– Seth-Kind et Enos préparent d'ores et déjà un dispositif visant à assurer sa protection. Le Commandeur part du principe que le danger sera de toute façon moins grand si l'*Ancêtre* est temporairement soustrait à son milieu. Car c'est bien à son époque qu'il court sans le savoir le plus grand risque !

– « Temporairement soustrait », répéta Nanael. Cela signifie-t-il que l'on envisage de le ramener par la suite ?

– Absolument, confirma Anokhi.

– Et à quel moment ? demanda Iahllan.

– Lorsque nous serons en mesure de faire définitivement échec au Protocole de Nod.

Les maîtres *TsahDiks* se turent. Ils n'oubliaient pas que c'était là le but ultime de leur mission. Et ils gardaient également bien présent à l'esprit ce que cette victoire signifierait pour eux : l'impossibilité de retourner dans le futur, l'adieu définitif à tous ceux qu'ils aimaient. Mais chacun d'entre eux s'était engagé dans l'aventure en connaissance de cause, et ils se sentaient plus que jamais décidés à aller jusqu'au bout.

Ce fut Hahasiah qui rompit le silence :

– Ainsi donc, reprit-il, c'est son œil qui permettra d'identifier l'*Ancêtre*...

– La membrane de l'iris est constituée d'un réseau de tubes extrêmement fins qui définissent un motif propre à chaque individu, expliqua Anokhi. Ce dessin est unique et stable dans le temps, c'est pourquoi son décodage constitue un système de reconnaissance très fiable. Il est impossible de confondre l'IrisCode® d'une personne avec celui de quelqu'un d'autre.

– Mais comment les hommes de K1 parviendront-ils à repérer ce motif à des fins d'identification? demanda Reyel.

– Leurs recherches en biométrie sont très avancées et ils ont maintenant non seulement des connaissances très pointues dans ce domaine, mais aussi du matériel adapté. Il semble qu'ils aient mis au point un appareil optique grâce auquel ils seraient en mesure de décoder la signature iridienne en instantané.

– Bon... fit Iahllan en hochant pensivement la tête. Et nous, de quels moyens disposons-nous?

Anokhi ne chercha pas de faux-fuyants:

– Aucun, répondit-il.

Cette fois, l'assemblée eut du mal à se contenir. Chacun y allait de son commentaire, tant pour manifester son inquiétude que pour essayer de trouver une solution. Comment avait-on pu en arriver à une telle impasse? C'était inconcevable! Il y avait forcément un moyen de trouver une parade...

Anokhi remarqua soudain qu'une main s'était levée au milieu du tumulte et il demanda le silence:

– Je vous en prie, mes frères! Je crois que l'un d'entre nous a quelque chose à dire.

Il se tourna vers le maître *TsahDik* qui attendait patiemment le retour au calme.

– Tu as la parole, lui dit-il.

Ouriel se leva, la main posée sur la poitrine comme pour contenir son émotion :

– Vous le savez, comme beaucoup d'entre nous ici, je possède un don. On le nomme tour à tour précognition, prémonition, prescience, peu importe. Ce qui compte aujourd'hui, c'est que ce don me permet de voir ce qui ne peut être vu. Y compris le dessin caché dans le regard de chacun...

Les murmures reprirent aussitôt, teintés d'espoir cette fois.

– Tu veux dire que tu pourrais reconnaître l'œil de l'*Ancêtre*? demanda Reyel.

– Oui, affirma tranquillement Ouriel. À condition de connaître l'aspect de sa signature iridienne.

– Je pense qu'elle sera très facile à identifier, déclara Anokhi. Le dessin de son iris a la particularité de posséder la forme d'une étoile. Une étoile à cinq branches dont la pupille serait le cœur.

Un long « Ooooooooooh... » de surprise roula d'un bout à l'autre de la salle capitulaire.

Se faisant l'écho de ce que chacun pensait tout bas, Iahllan déclara alors :

– Un pentagramme ! Voilà qui promet...

CHAPITRE

6

Les quatre apprentis *TsahDiks* se tenaient devant Anokhi, prêts à partir et frémissants d'impatience. Leur période d'apprentissage touchait à sa fin et leurs parrains étaient contents d'eux. À l'instar d'Angelo, Ruben, Nils et Noah étaient parvenus à une maîtrise de leur don tout à fait satisfaisante et ils avaient maintenant hâte d'expérimenter la conjugaison de leurs talents respectifs : précognition, communication avec les animaux, téléportation et « persuasion ».

– N'oubliez pas de tenir vos émotions à distance, leur rappela Anokhi. Même chose en ce qui concerne les pensées parasites. Restez centrés sur l'instant présent. Soyez toujours en contact avec vos sensations. Tâchez de demeurer dans l'attention consciente.

Grâce à leur maître de méditation, les jeunes *TsahDiks* avaient appris à pratiquer cette forme particulière d'attention qui consiste à être conscient de ce qui se produit en soi et autour de soi sans attribution émotionnelle ni jugement intellectuel. Celle-ci requérait un effort constant, mais indispensable : parce qu'elle modulait l'activité du cortex préfrontal, elle permettait d'activer les dons dits « paranormaux ».

En quelques semaines, la vie des jeunes gens avait considérablement changé. Eux qui, pendant si longtemps, s'étaient sentis rejetés, observés avec méfiance, mis au ban d'une société dans laquelle ils ne se reconnaissaient pas, classés *X-Cases*, dénomination qui en faisait clairement des parias, voilà qu'ils accédaient à un tout autre statut. Aujourd'hui, des gens comptaient sur eux et leur faisaient confiance au point de leur transmettre leur savoir, lequel ne s'apprenait pas dans les livres et n'avait absolument rien de commun avec les connaissances qu'ils avaient pu acquérir jusqu'ici. Ils ignoraient d'où venaient ces maîtres *TsahDiks* et qui ils étaient exactement, mais au plus profond de leur cœur, c'était comme s'ils les avaient attendus depuis toujours.

– Vous êtes notre source, notre aube, leur avait dit Anokhi. Vous ne pouvez mesurer à quel point votre existence est précieuse pour l'avenir de l'humanité. Vous êtes un pas décisif dans l'évolution de sa conscience. C'est par vous que l'humanité commencera à changer. C'est parce qu'il y a eu des *X-Cases* qu'un jour il y aura des *TsahDiks*...

Cette dernière phrase leur avait semblé quelque peu mystérieuse, mais les déclarations d'Anokhi n'avaient pas fini de les surprendre. Par exemple, celui-ci n'avait pas tardé à leur révéler qu'on les avait tous réunis à l'abbaye non seulement pour les protéger, mais également pour les préparer à passer à l'action. Un fléau s'abattait depuis peu sur leur région, et si, inexplicablement, aucun d'entre eux n'avait été atteint, c'était justement parce qu'ils avaient un rôle à jouer dans la résistance à opposer à cette calamité nommée «ABEL». À ce jour, les jeunes gens vivant à l'abbaye commençaient à se faire une idée de plus en plus précise de la forme qu'allait prendre pour eux la lutte. Et cela les enthousiasmait.

Retenant leur souffle, les quatre garçons tournèrent leur regard vers Anokhi.

– Allons-y, annonça celui-ci. Il est temps.

CHAPITRE

7

– Eh bien ma vieille, tu peux te vanter de m'avoir fichu la trouille ! s'exclama Norma.

Pour toute réponse, Pauline leva les yeux au ciel.

– Je te rappelle que je t'ai retrouvée évanouie par terre dans le gymnase ! continua son amie. Tu étais pâle comme une morte et un filet de sang coulait entre tes lèvres...

– Arrête. C'est trop gore, fit Pauline.

Les deux filles sortaient du bâtiment principal de la *Winner's School*. Traversant le parvis avec lenteur, elles se dirigèrent vers la sortie. Leur matinée de cours venait de se terminer et elles projetaient d'aller déjeuner à l'*Irish Corner.*

– Avoue quand même qu'il y a de quoi flipper ! insista Norma.

Pauline haussa les épaules :

– T'inquiète, j'ai pas été mordue par un vampire dernièrement.

– Non, tu t'es juste fait agresser par trois harpies que tu refuses de dénoncer. Ça me dépasse !

– Écoute, on réglera ça plus tard, je te le promets. Elles ne perdent rien pour attendre.

– Y a intérêt... bougonna Norma.

– D'autant que ces pétasses m'ont fait louper deux jours et demi de cours.

Norma regarda son amie, interloquée. Il était rare que Pauline emploie ce genre de vocabulaire. Cela la fit rire.

– Toi, tu fais comme si de rien n'était, mais t'es vraiment furieuse ! s'esclaffa-t-elle.

– Non, tu crois ? Bon ! au lieu de jouer à la psy, tu ne voudrais pas m'aider ? Mon sac pèse une tonne et, avec mes béquilles, j'avance à une allure d'escargot, ça m'énerve !

Dépliant sa jambe droite, Pauline la tendit devant elle. D'un mouvement du menton, elle désigna sa cheville maintenue par une attelle.

– Je t'ai proposé de le prendre quand t'es arrivée, protesta Norma, indignée. T'as jamais voulu !

– Y a que les imbéciles qui ne changent pas d'avis.

– Et y a que les bonnes copines qui supportent les sautes d'humeur des éclopées !

L'air sincèrement ennuyée, Pauline se mordit la lèvre inférieure.

– Excuse-moi. Je n'avais vraiment pas besoin de ça en ce moment...

– T'en fais pas, je suis là. T'en as pour combien de temps ?

– Quinze jours, trois semaines. C'est juste une grosse entorse, il n'y a pas de fracture, heureusement.

– Tu t'en es bien sortie. À trois contre une, elles auraient pu te démolir!

Pauline haussa les épaules.

– Je me suis défendue. Elles ne s'y attendaient peut-être pas.

– Mouais. Sacrée baston, en tout cas. Il paraît que la de Joncourt a un méga-coquard et la bouche qui a triplé de volume! jubila Norma. Oh! j'aurais trop voulu être là pour t'aider à lui mettre une raclée...

– Laisse tomber. Tu fais pas partie de cette affaire.

Ébahie, Norma dévisagea une nouvelle fois son amie.

– Incroyable! Tu parles comme une *Bad*!

Pauline s'arrêta quelques secondes pour soulager la paume de ses mains, rendue douloureuse par la pression des cannes anglaises.

– Tu sais, déclara-t-elle d'un ton soudain plus grave, je pense qu'on a tous un *Bad* qui sommeille en nous.

*

– Comment ça, La Tronche, t'as rien pour nous? cracha le rouquin.

Du plat des deux mains, il poussa le lycéen blond à lunettes, et le dos de ce dernier alla heurter le mur du bâtiment désaffecté situé à deux pas de la *Winner's*.

– Hé, calmos! Je te dis que j'ai pas eu le temps...

– Ben voyons! On va te croire!

Le rouquin était accompagné d'un grand brun vêtu de noir. Celui-ci se mit à tapoter la joue du garçon qu'ils surnommaient La Tronche.

– Nous fais pas tes yeux de chien battu, tu sais bien que ça nous énerve, dit-il d'un ton mielleux.

Puis, d'un geste sec, il lui arracha ses lunettes.

– Rends-moi ça ! J'y vois rien sans...

– Hé oui ! ricana le rouquin. On le sait bien ! Alors on te les rendra quand tu nous donneras ce qu'on t'a demandé.

– Écoutez, j'ai vraiment pas eu le temps. J'avais un boulot de dingue hier soir, mais je peux vous le faire tout à l'heure, j'ai une heure de perm...

– Tsss, tsss, fit le grand brun. Depuis que môssieu est passé en T1, môssieu se la pète et méprise ses anciens copains de T2. Tu étais censé nous l'apporter à treize heures, *il est* treize heures.

– C'est pas vrai, tu peux pas dire que je vous méprise ! Quand vous avez eu la sale grippe, je vous ai filé tous les cours pour que vous soyez pas pénalisés...

– Et qui nous dit que t'en as pas gardé certains, hein? Après tout, t'es monté en Trilingue 1 au deuxième trimestre et pas nous, c'est bizarre, ça, non?

– Ouais ! renchérit le rouquin. C'est même *très* bizarre...

Le garçon brun attrapa alors le blond par le col de son blouson et le tira vers lui, amenant son front juste sous son menton. Il se mit à le renifler ostensiblement et déclara avec une moue dégoûtée :

– Ça sent le faux jeton par ici !

Puis il le repoussa brutalement en arrière. Cette fois, La Tronche se cogna méchamment la tête. Se frottant l'arrière du crâne, il fit un pas en avant et s'écria, furieux :

– Mais arrêtez, putain ! Vous m'emmerdez, à la fin ! Allez vous faire foutre, je ne vous donnerai rien du tout !

– Oh, oh, fit le brun en lui barrant le chemin, on veut jouer les héros !

Il fit un signe au rouquin et celui-ci alla tranquillement jusqu'à son sac à dos posé un peu plus loin. Il l'ouvrit et en sortit un pied-de-biche. Au même instant, son complice neutralisa leur victime en passant ses deux bras autour de son torse.

– Personne ne bouge !

La Tronche blêmit.

– Qu'est-ce qui vous prend ? Vous êtes devenus complètement chtarbés ! Y a pas si longtemps, on était potes...

– Ta gueule ! hurla le rouquin.

Et, décrivant un grand moulinet avec le bras, il abattit le levier métallique à quelques centimètres des pieds de son ancien ami, ce qui fit voler en éclats un morceau de goudron. Terrifié, La Tronche ne put s'empêcher de pousser un cri.

Soudain, deux chats surgirent de chaque côté de la rue. Deux gros matous tigrés. Des mâles. Non castrés. Ils déboulèrent à toute allure, miaulant et crachant, toutes canines dehors.

– Qu'est-ce que c'est que çaaa... Aaah ! glapit le rouquin.

Un premier chat avait bondi sur lui, lui plantant ses griffes dans le dos. Le second fit de même, sautant sur le garçon en noir. Consterné, La Tronche regarda ses agresseurs se débattre furieusement contre les félins en furie. Ils tentaient de les attraper pour les envoyer valdinguer, mais les chats se défendaient à grand renfort de griffes et de crocs. Le rouquin fut le premier à parvenir à se débarrasser du sien. Il le saisit à la nuque et le jeta loin de lui. Aussitôt après, il ramassa le pied-de-biche que le saisissement lui avait fait lâcher. À peine à terre, le chat revenait vers lui à fond de train. Le rouquin brandit son arme et se prépara à l'abattre sur l'échine du chat. Mais, alors qu'il levait le bras, il sentit une inexplicable résistance bloquer son geste. C'était comme si une personne placée derrière avait saisi la barre métallique et la retenait pour l'empêcher de s'en servir. Surpris, il tourna la tête et aperçut alors un garçon qui devait avoir à peu près son âge. D'où sortait-il, celui-là? Cette seconde d'inattention lui coûta cher. Le chat avait de nouveau bondi et, les griffes plantées au niveau de ses épaules, essayait de lui mordre le visage.

– Attention, chaud devant!... lui lança le garçon juste avant de disparaître comme par enchantement.

– Mais qu'est-ce qui se passe ici?... glapit le grand brun, visiblement atterré.

À ce moment-là, un sifflement retentit, venu du bout de la rue. Aussitôt, les chats abandonnèrent leurs proies et filèrent rejoindre un groupe de trois garçons qui se dirigeaient vers eux à grandes enjambées.

– C'est qui, ces mecs? fit le grand brun en écarquillant les yeux.

– Aucune idée. Viens, on se casse, lui dit le rouquin.

Ils ramassèrent leurs sacs en hâte et s'apprêtaient à prendre la fuite lorsqu'ils se trouvèrent nez à nez avec le «fantôme». Celui-ci avait récupéré le pied-de-biche et, campé face à eux dans une posture évoquant une pratique maîtrisée des arts martiaux, il leur barrait le passage.

Se tournant vers La Tronche, il déclara tranquillement :

– À ta place, j'irais en cours, il va bientôt être l'heure.

Effaré par ce retournement de situation, le garçon blond n'avait même pas eu le réflexe d'en profiter pour s'enfuir. Quant à ses agresseurs, ils semblaient partagés entre l'incrédulité et la panique. Les trois jeunes gens qui avaient rappelé les chats les avaient maintenant rejoints, leur interdisant de s'enfuir.

– Heu... mes lunettes... bredouilla La Tronche.

– Noah ? lança le «fantôme» à l'un de ses étranges compagnons.

Celui-ci fit un pas en avant.

– Tes lunettes ? Ça peut s'arranger, dit-il à l'intention du garçon blond qui clignait lamentablement des yeux.

Et aussitôt, se tournant vers les deux racketteurs, il se mit à les regarder alternativement avec une étrange intensité. Incapables de bouger, ceux-ci semblaient littéralement hypnotisés. Au bout de moins d'une minute, le visage du rouquin se décomposa comme s'il éprouvait la honte de sa vie. Quant au grand brun, il fouilla les poches de son blouson et en sortit la fameuse paire de lunettes. Il la tendit piteusement à son propriétaire en ayant l'air de se demander comment elles avaient atterri entre ses mains. La Tronche s'en empara et les remit sur son nez. Puis il se faufila entre les jeunes *TsahDiks.*

– Pauvres mecs ! lança-t-il à ses ex-amis avant de tourner les talons.

Ruben le regarda s'éloigner en courant.

– Et pas un mot pour nous? s'étonna-t-il. Il mériterait que je lui envoie les chats...

Angelo lui donna un coup de coude. Les deux agresseurs s'enfuyaient à toutes jambes dans la direction opposée.

– Mission accomplie, décréta Noah.

– Pas trop mal au crâne? lui demanda Ruben.

– Plus maintenant. J'ai appris comment faire.

– Angelo, tu es un vrai pro: aucune erreur dans tes prévisions! complimenta Nils, le «fantôme».

– Bon. On y va? suggéra Angelo en souriant.

– Et les chats? demanda Noah.

– Quoi, les chats?

– Pas un mot pour les remercier?

Ruben éclata de rire. Il s'agenouilla et les deux matous vinrent se frotter contre ses jambes. Dociles et affectueux comme deux parfaits animaux de compagnie, on avait quelque peine à reconnaître en eux les monstres griffus qui s'étaient jetés sur les deux lycéens un quart d'heure plus tôt. Ruben posa une main sur la tête de chacun d'eux et ferma les yeux quelques secondes. Un double ronronnement satisfait lui répondit, puis les deux bêtes s'éclipsèrent, sautant sur un muret qui donnait sur des jardins.

– Maintenant on peut y aller, déclara Ruben.

Avant de quitter les lieux, Angelo ne put s'empêcher de jeter un coup d'œil en direction de la *Winner's*. Les cours de l'après-midi allaient bientôt reprendre et des groupes d'élèves affluaient vers le grand portail de l'entrée. Angelo ressentit une impression curieuse en songeant que tout ceci faisait partie de son quotidien il y avait seulement quelques mois. En peu de temps, son existence s'était tellement transformée qu'il avait du mal à relier ce passé à ce qu'il vivait désormais.

Angelo se figea. Deux silhouettes qui ne lui étaient pas inconnues montaient en direction du lycée, l'une d'elles marchant à l'aide de béquilles. Le cœur du jeune homme se mit brutalement à battre la chamade.

– Pauline?! s'exclama-t-il.

Il allait s'élancer lorsqu'une main s'abattit sur son épaule, le forçant à se retourner.

– Vous avez fait du bon travail, mais il est temps de rentrer maintenant, dit Anokhi d'un ton sans réplique.

Jusqu'à leur arrivée à l'abbaye, Angelo fut absolument incapable de penser à autre chose. Indifférent à la joie de ses trois camarades, il se rongeait les sangs et se répétait en boucle : *Que lui est-il arrivé? Elle est blessée et je n'ai rien vu venir... Comment est-il possible que je n'aie rien vu? Comment?!*

CHAPITRE 8

– Tu penses qu'elle ne t'a pas dit la vérité, docteur? demanda Ning Wei en déposant sur la table deux bols en porcelaine chinoise remplis d'un thé au parfum subtil.

– Elle prétend avoir eu un étourdissement qui aurait provoqué sa chute dans les gradins. J'ignore pourquoi, mais j'ai l'impression qu'elle ment, répondit Rieu, le front soucieux.

– C'est ta fille. Tu la connais mieux que personne.

Rieu hocha la tête, pensif. Il porta son bol à ses lèvres et souffla doucement pour faire refroidir le breuvage.

– Elle a beaucoup changé ces derniers temps... confia-t-il, le regard inquiet.

– Comme tous ceux de tes patients qui ont eu la maladie et n'en sont pas morts, observa Ning Wei.

Rieu fixa l'herboriste avec intensité et formula enfin la question qui lui brûlait les lèvres depuis plusieurs jours :

– Alors tu crois toi aussi qu'il y a un lien entre les deux ?

Le vieux Chinois s'assit en face de lui, prenant place comme à son habitude sur un zafu recouvert d'un tissu pourpre. Il but une gorgée de thé en plissant les yeux, puis plongea son regard dans le liquide doré comme s'il pouvait y déchiffrer des vérités cachées.

– C'est un mal savant. Il inverse dans les cœurs la place du lotus et celle de la boue, déclara-t-il.

Habitué depuis longtemps au langage riche en paraboles de son ami, Rieu ne manifesta aucun étonnement. Il se sentit plutôt soulagé de pouvoir enfin exprimer tout haut ce qu'il subodorait depuis déjà un bon moment. S'il n'avait pas osé le verbaliser devant ses collègues, c'était par crainte de passer pour un illuminé.

– C'est ce que tu nommais l'autre soir le « stade 2 » de la maladie, n'est-ce pas ? demanda-t-il, simplement pour en avoir confirmation.

Ning Wei acquiesça en silence.

– Toutes mes observations convergent en effet dans ce sens, poursuivit Rieu. L'ABEL syndrome aurait pour effet de faire remonter la part d'ombre de celui qu'il a infecté. Une fois « guéris » de la sale grippe, les patients changeraient de comportement, et la face sombre de leur personnalité prendrait le dessus. Je ne trouve aucune explication scientifique à ce phénomène, mais je suis sûr que c'est de cela qu'il s'agit. Une maladie qui, après s'être attaquée au corps, laisserait son empreinte sur l'âme...

– Tu vois bien, finalement, que tu connais les réponses à tes questions, dit Ning Wei avec un fin sourire.

Rieu eut soudain le sentiment que tout devenait clair.

– Les trois jeunes qui t'ont braqué l'autre jour ont donc sûrement été contaminés. Tu disais qu'avant c'était plutôt des braves gamins...

De plus en plus songeur, il poursuivit sa réflexion à voix haute :

– Mes deux patientes, madame Gauthier et madame Martin, ont elles aussi été malades. Or, une fois guéries, l'une a lardé le chien de sa voisine de coups de couteau et l'autre a tué son mari en le poussant dans un escalier ! Quant au garçon qui a agressé ma fille, il l'a contrainte à lui apporter une grande quantité d'antiviraux, il était certainement malade lui aussi.

C'était donc cela. Sous l'action du virus, l'agressivité et la violence se trouvaient décuplées, la pulsion l'emportait sur la raison, la conscience n'avait plus la moindre emprise sur les actes. Le médecin était à la fois fasciné et terrifié par cette découverte.

– À terme, l'épidémie d'ABEL syndrome risque de déboucher sur un chaos généralisé, constata-t-il, atterré.

– C'est certainement dans ce but qu'il a été créé, commenta Ning Wei.

Sur ce point, Rieu se montra plus sceptique. Il adhérait moyennement à la thèse d'une nouvelle forme de guerre bactériologique. Pour lui, l'ABEL syndrome était un virus mutant dont l'apparition avait certainement une cause biologique naturelle. Il se refusait à y voir une intervention humaine. Quoi qu'il en soit, ce qui le préoccupait le plus pour le moment, c'était l'état de sa fille.

– Tout cela me rend de plus en plus inquiet pour Pauline, confia-t-il. Qui sait quels effets le virus va avoir sur elle...

– Nos médecines sont impuissantes à l'aider, docteur, dit le vieux Chinois. Dis-toi cependant que, même si la boue tente d'envahir son cœur, la fleur est toujours là, juste en dessous. Ta fille saura s'en souvenir quand le moment sera venu.

– Tu crois?

– Je l'espère, soupira Ning Wei. En attendant, veille bien sur elle. Il ne serait pas impossible qu'elle se mette en danger.

*

Pauline fulminait:

– Trois semaines! Moi qui comptais régler cette affaire avec Jessie le plus rapidement possible, ça me rend dingue!

Si elle avait pu, elle aurait fait les cent pas dans la chambre. À défaut, elle tambourinait des dix doigts sur son bureau, au milieu des classeurs ouverts et des manuels empilés à la diable. Debout derrière elle, Luka se pencha sur elle pour l'entourer de ses bras et déposa un baiser dans son cou.

– Un peu de patience, ce sera vite passé... murmura-t-il au creux de son oreille.

Il espérait l'apaiser, mais cela provoqua chez la jeune fille une réaction dont la vivacité le prit de court. Encore plus énervée, elle se retourna et se dégagea brutalement de son étreinte en s'écriant:

– Arrête de me parler comme à une gamine qui attend ses cadeaux de Noël ! Tu comprends donc pas à quel point c'est important pour moi ?! Ça m'étouffe, Luka, ça me mine. Et plus vite j'aurai agi, plus vite je m'en sortirai.

Blessé, le jeune homme alla s'asseoir au bord du lit, le visage fermé. Il commençait à en avoir assez de supporter la froideur et les crises de colère de son amie. Où était donc passée la Pauline qu'il avait connue, douce, tendre et aimante ? Depuis quelque temps, il ne la reconnaissait plus. Au départ, il avait attribué ce changement d'humeur au choc subi, à la fatigue et au stress. Mais plus les jours passaient et plus il se disait qu'il devait y avoir une autre explication. Quelque chose qui commençait sérieusement à l'inquiéter.

Parce que, voilà, *ça* venait de recommencer.

Ça. Le truc qu'il redoutait le plus.

Luka regarda fixement le sol devant lui et s'efforça de respirer calmement. Au bout de quelques minutes, le picotement et la chaleur qu'il sentait sur son sternum s'atténuèrent. C'était la troisième fois que cela se produisait.

Depuis peu, dès que Pauline avait une réaction un peu trop vive, voire hostile à son égard, le *Signe de K1* s'activait. Comment Pauline avait-elle pu insensiblement basculer du côté de ceux qui pouvaient représenter un danger pour lui ? Cette pensée le rongeait littéralement.

Elle ne me veut aucun mal. Elle souffre, mais elle m'aime, se répétait-il en boucle. Lorsqu'il fut certain que les fourmillements avaient totalement cessé, il leva de nouveau les yeux vers Pauline et lui dit avec douceur :

– Dis-moi ce que tu envisages de faire. Je t'aiderai. Je te l'ai promis.

Elle clopina jusqu'au lit, s'assit près de lui et lui prit la main en souriant. Luka sentit fondre instantanément sa peur de la perdre.

– Jessie est sur l'île de la Garenne, en face de Port-daus-Batias, annonça-t-elle, le regard brillant. Il se cache dans un carrelet. Alors, voici ce qu'on va faire. Les vacances d'hiver vont commencer à peu près au moment où je pourrai de nouveau marcher. Je vais expliquer à mes parents qu'un changement d'air me ferait le plus grand bien, ils seront ravis. On va s'organiser un petit séjour sur l'île, rien que tous les deux, je connais une dame qui loue des mobile homes, ce sera parfait. Il ne nous restera plus qu'à localiser Jessie, puis à organiser notre petite «visite surprise»...

Cette perspective paraissait l'enchanter.

– Bon... dit Luka, prudent.

Il se demandait ce qu'elle entendait exactement par «visite surprise».

– Tu as prévenu le capitaine Fournier? lui demanda-t-il.

– Je me méfie quand même un peu des flics, tu sais. Si je l'appelle maintenant, il risque de ne pas tenir sa promesse et de boucler Jessie avant qu'on ait eu le temps d'intervenir.

– Si je comprends bien, tu as peur qu'il ne joue pas franc jeu, alors tu préfères le devancer, résuma Luka.

– Ne t'en fais pas, je serai réglo. Je veux juste être sûre d'avoir le temps de faire les choses convenablement. Donc, je l'appellerai juste avant qu'on aille voir Jessie, ça te va?

– C'est okay, dit Luka qui pensait exactement le contraire.

Pauline l'attira à elle et l'embrassa tendrement.

– T'es vraiment génial. Je t'adore, murmura-t-elle en lui caressant les cheveux.

Il ferma les yeux, refusant de penser au lendemain.

CHAPITRE 9

— Oui, allô? Helena de Joncourt, j'écoute...

– Salut la belle, c'est ton vieux pote de maternelle, le tombeur des bacs à sable. Tu ne m'as pas oublié, j'espère?

La jeune fille rousse reposa sur son assiette la biscotte dans laquelle elle s'apprêtait à mordre et fixa le mur de la cuisine d'un air stupéfait.

– Jessie?...

– Ah, tout de même! Ça fait plaisir.

– Ben dis donc, ça fait un bail...

– Hé ouais! Coucou, me revoilou! On a pris des chemins différents, mais on s'entendait plutôt bien, toi et moi, non?

– Oui, oui... murmura Helena, songeuse.

– Tu te souviens de ce mec qui te tirait tout le temps les cheveux quand on était en CE2? Je lui avais éclaté la tronche. Après ça, il t'avait plus jamais approchée! dit Jessie en riant.

Helena ne put s'empêcher de sourire en revoyant la scène. Elle grimaça aussitôt, car sa lèvre encore tuméfiée venait de se rappeler à son bon souvenir.

– Oui, dit-elle entre ses dents, tu ne l'avais pas raté. Chaque fois qu'il te croisait, il rasait les murs ! Et... à part ça, qu'est-ce que tu deviens ?

– Je me débrouille. Ça va plutôt bien. Et toi, toujours à la Winner's ?

– Toujours.

Helena attendait qu'il en vienne au fait. Elle connaissait suffisamment Jessie pour savoir que ce n'était pas le genre de type à appeler simplement pour prendre des nouvelles. Et, en effet, il ne tarda pas à entrer dans le vif du sujet :

– Je me disais... Il n'y aurait pas dans ton école une nana qui traîne avec un mec un peu bizarre ?

– On est six cents dans ce lycée, Jessie.

– Ouais, bien sûr... Pauline, je crois qu'elle s'appelle. Pauline Rieu.

Helena poussa un cri de rage :

– Tu parles si je la connais ! Je viens de l'envoyer à l'hosto !

– Oh !... Tu n'as plus besoin de moi, à ce que je vois !

Curieusement, Jessie semblait à la fois content et contrarié par cette nouvelle.

– Je te rappelle qu'on a grandi. Tu connais cette petite conne ? Qu'est-ce que tu lui veux ?

– C'est une longue histoire. Disons que j'ai une affaire à régler avec elle et son copain. Et lui, c'est qui ?

– Luka Damson. Il est dans sa classe.

– Luka... Oui, c'est ça... Il est à la Winner's depuis longtemps? s'enquit Jessie.

– Non, il est arrivé cette année. Sa famille s'est installée à Mediola l'été dernier. Son père a ouvert une boutique de photographe sur le Cours, tu es sûrement passé devant...

– Où ça? Je vois pas...

– En haut du Cours national. Tu peux pas louper le magasin, c'est le seul type encore assez fou pour ne bosser qu'en noir et blanc. Tu veux te faire tirer le portrait? Il assure, tu sais!

– Disons que c'est pas dans mes projets immédiats, mais j'y penserai.

– Bon, il faut que je te laisse, j'ai un taf de folie...

– Okay, ma belle. Juste un dernier truc... Tu voudrais pas me rendre un petit service?

*

Contrariée, Helena éteignit son téléphone. Pourquoi est-ce qu'elle avait commis la bêtise de répondre? D'habitude, quand elle voyait s'afficher un numéro inconnu, elle ne décrochait jamais. Quelle idiote! À présent, elle était obligée d'aller jusqu'au bout. Elle savait pertinemment que Jessie était devenu un *SB* et qu'il valait mieux rester dans le camp de ses amis si on ne voulait pas risquer de gros ennuis. Elle ferait donc ce qu'il lui avait demandé. Elle lui avait dit qu'il fallait qu'elle réfléchisse, qu'elle s'organise. Il lui avait donné quinze jours. À son ton, elle avait senti que ce ne serait pas une bonne idée d'exiger davantage.

Furieuse, elle mit fin à son petit-déjeuner en envoyant valdinguer son assiette qui explosa sur le carrelage de la cuisine. Quinze jours... Avec tout ce qu'elle avait à faire !

Sans compter qu'elle n'avait pas la moindre idée de la façon dont elle allait s'y prendre.

*

Jessie avait décidé de changer son fusil d'épaule. Puisque Paulo était injoignable, il fallait imaginer un plan B. Le point le plus délicat était maintenant réglé, ou presque. Il savait qu'Helena s'exécuterait. Pour la simple et bonne raison qu'elle avait peur de lui. À cette pensée, un mauvais sourire étira ses lèvres.

Restait l'annexe du plan B, à savoir : les deux *coyotes* de la *Winner's*. Il était hors de question qu'ils s'en tirent comme ça. La fille avait été amochée par Helena, c'était bien fait pour elle, même si Jessie ne pouvait s'empêcher d'avoir la désagréable sensation qu'on lui enlevait le pain de la bouche. Peu importe, il aurait bien un jour l'occasion de finir le travail lui-même. Quant au mec, en attendant de trouver une idée géniale pour lui piquer son laser bizarroïde, Jessie allait se soulager en commençant à lui mettre la pression. Et ça, ce n'était pas trop compliqué.

Il composa sans attendre le numéro de Karl. C'était un des rares potes sur qui il pouvait encore compter pour ce genre de boulot. En cas de besoin, il lui rappellerait qu'il avait une dette envers lui. L'année précédente, Karl s'était sévèrement embrouillé avec une bande de dealers et, sans l'intervention de Jessie, les autres lui auraient réglé son compte fissa.

Au bout de deux sonneries, Karl décrocha.

– *Allô?*

– Salut ma couille, c'est Zorro à l'appareil. J'ai un petit job pour toi. Tu connais le photographe qui est sur le Cours national?...

*

Le chef de l'Unité Spéciale pénétra dans le bureau du directeur d'*Objectif Réussite*.

– Bon, alors? lui demanda Lambert. Vous avez une piste pour Jessie?

– Négatif, répondit Bauer. On a interrogé la mère, mais elle n'a rien lâché. Il aurait fallu qu'on commence beaucoup plus tôt. Je vous rappelle qu'il y a un mois et demi que ce petit con s'est fait la malle.

– Et moi je vous rappelle qu'ici c'était le bazar et que j'attendais les ordres, répliqua le directeur d'un ton sec.

– Et les ordres, maintenant, c'est quoi?

– Je suis obligé de renvoyer chez eux ses deux comparses, Franck et Alan.

Bauer ne put cacher son étonnement, bien qu'il ne fît aucun commentaire. Visiblement mécontent, Lambert poursuivit:

– La Brigade de Reclassement considère qu'ils ont fait leur temps au Centre et qu'il vaut mieux les remettre dans le circuit normal. Quitte à les boucler de nouveau à la prochaine incartade.

– Qu'est-ce que le docteur Tricard pense de ça?

– Pas grand-chose. Depuis qu'on nous a enlevé les *X-Cases,* il suit l'affaire de beaucoup plus loin. Les *Bads* l'intéressent nettement moins, alors il nous laisse nous dépatouiller avec eux.

– Mais le programme continue?

– On fait comme si. Avec l'ABEL, c'est le souk : ordres, contre-ordres... J'ai un mal fou à obtenir des infos précises.

– Et Jessie Boyer dans tout ça?

Le directeur d'*Objectif Réussite* fit la grimace :

– Le référent judiciaire de son lycée commence à nous faire des ennuis, vu que le gamin est dans la nature. On a donc intérêt à le retrouver rapidement. Je n'ai pas du tout envie que les flics ou la justice viennent fouiner dans nos affaires.

– Je pense que le petit frère de Jessie aurait balancé une ou deux infos si sa mère n'avait pas été là, déclara Bauer. Je vais retourner le voir et m'arranger pour qu'il soit seul. Je vous tiens au courant.

CHAPITRE

10

Dans l'air vif de ce matin de février, Ed marchait d'un pas rapide, le col remonté pour se protéger du vent. Le jour se levait. Enfin débarrassées de la lumière terne des réverbères, les façades de pierre retrouvaient peu à peu la couleur crème du calcaire crayeux typique de la région. En arpentant les rues de la vieille ville, encore peu fréquentées à cette heure-ci, Ed songeait qu'il s'était attaché à cet endroit. Il aimait son climat, son architecture, son inestimable patrimoine historique, la douceur des paysages environnants.

Lorsqu'il avait accepté de faire partie des vingt-deux Pionniers envoyés par Tubal-K, il ne s'était pas attendu à se retrouver dans des lieux aussi plaisants. Il avait avant tout été motivé par la possibilité d'offrir de meilleures conditions de vie à sa famille, un «avenir» à ses enfants. Le prestige lié au caractère extraordinaire de sa mission avait également beaucoup compté dans sa décision. Très vite, il était devenu quelqu'un d'important au sein de la Communauté de K1. Du moins, c'est ce qu'il pensait à cette époque-là. Maintenant, il en était moins sûr. Mais surtout, il comprenait qu'il avait été guidé par son ambition, voire sa vanité... Le fait nouveau, c'est qu'il avait pris goût à cette vie qui était devenue la sienne et il se rendait compte qu'il aimait la simplicité qu'elle aurait pu lui offrir...

... S'il n'avait pas été lié par son serment.

Après avoir longé la cathédrale et traversé la place du marché, Ed s'engagea dans la rue Alsace-Lorraine pour remonter vers le Cours national. Un peu plus haut, il bifurqua sur la droite et fit un crochet par la Brûlerie du Puits où il commanda un expresso.

– C'est quoi, le café du jour? demanda-t-il en s'asseyant à l'une des quatre tables de la minuscule salle du rez-de-chaussée.

– Pérou, répondit le patron.

Un chaud et rond parfum de café fraîchement moulu flottait dans l'air. Ed ferma les yeux un bref instant. La sérénité du moment ne parvenait pas à chasser de son esprit l'inquiétude qui, depuis la veille au soir, le taraudait.

Il n'aurait pas dû parler à Jackson.

Plus il y pensait et plus il se disait qu'il avait commis une erreur.

Pourtant, lors de la réunion impromptue chez Petersen, il avait eu l'impression que Jackson était quelqu'un en qui il pouvait avoir confiance. En tout cas, c'était certainement le

Pionnier dont il se sentait le plus proche. Le psychologue qu'il était les avait tous observés attentivement au moment où Petersen avait annoncé que leur objectif prioritaire était désormais d'éliminer l'*Ancêtre*. Jackson avait plaisanté mais, sous son apparente décontraction, Ed avait perçu les signes d'un malaise certain, bien que très habilement dissimulé. Cela l'avait rassuré. Ainsi, il n'était pas le seul à trouver que leur mission allait trop loin. C'est pour cette raison qu'il avait choisi de confier ses doutes à Jackson. Sans compter que, durant la longue période de préparation qui avait précédé leur départ de K1, Jackson et lui avaient appris à se connaître et avaient noué un lien assez proche de l'amitié. Du moins lui semblait-il...

Ed but une gorgée de café. Il revit en pensée les quatre Pionniers sirotant tranquillement leur cognac tout en envisageant d'assassiner un inconnu. Car, à ses yeux, c'était de cela qu'il s'agissait : un meurtre avec préméditation. Commandité par leur président, qui plus est ! Comment en était-on arrivés là ? Comment la situation avait-elle pu déraper à ce point ? C'est avec ces questions qu'il avait interpellé Jackson, à qui il avait rendu visite la veille au soir :

– Beaucoup de gens sont déjà morts par notre faute, allons-nous continuer à être les mercenaires d'un homme qui n'agit que pour son propre compte ? s'était-il emporté.

Cependant, à sa grande surprise, Jackson lui avait répondu qu'il exagérait. Que les Pionniers devaient continuer à faire confiance au dirigeant de K1 et poursuivre leur travail au sein du Protocole de Nod. Que tout avait été prévu dans les moindres détails. Et que l'élimination de l'*Ancêtre* faisait partie des inévitables *dommages collatéraux* qu'entraînait nécessairement toute mission d'envergure.

– Nous avons répandu le virus à notre insu ! s'était écrié Ed.

– Nous savions parfaitement ce que nous faisions. Allons, ne te monte pas ainsi la tête...

Ed s'était tu un instant, atterré par cette réaction.

– Ton ambition personnelle t'aurait-elle privé de toute clairvoyance ? Je refuse de le croire ! s'était-il finalement insurgé.

Mais Jackson avait coupé court à l'entretien. Lui posant la main sur l'épaule avec beaucoup de compassion, il lui avait dit qu'il s'inquiétait beaucoup de le voir soudain sujet à ce genre de crise de paranoïa.

– Tu as sans doute trop travaillé ces derniers temps. Rentre chez toi et repose-toi, lui avait-il conseillé en le raccompagnant jusqu'à la porte.

Les lèvres serrées, Ed avait franchi le seuil, regrettant amèrement sa visite et se disant cependant qu'il ne pouvait pas en rester là. Qu'il fallait que Jackson l'écoute. Qu'il finirait bien par le convaincre. Qu'ensemble ils pourraient ensuite fédérer d'autres Pionniers. Qu'il était encore temps...

Mais Jackson lui avait alors pris le bras et avait fait quelques pas avec lui dans la rue. Puis, brusquement, tout en lui donnant une brève accolade, il lui avait murmuré à l'oreille avant de rentrer chez lui en hâte :

– Nous sommes surveillés. Sois extrêmement prudent.

Ed déposa quelques pièces sur la table, se leva et quitta la Brûlerie. Lorsqu'il arriva à l'angle de la rue Alsace-Lorraine et du Cours national, il sentit brusquement un picotement désagréable au niveau du sternum. Il comprit immédiatement que quelque chose ne tournait pas rond. Glissant la main dans la poche intérieure de son épaisse veste de cuir, il saisit la paire de lunettes que lui avait remise Petersen, la chaussa et regarda attentivement autour de lui. Un vertige passager le fit légèrement chanceler. Ed accommoda son regard et le phénomène s'estompa. En remontant le Cours, il observa attentivement les yeux de chacun des passants qu'il croisait. Aucun regard ne retint son attention. Sur sa poitrine, le médaillon du *Signe de K1* devenait de plus en plus chaud et émettait des ondes en vagues de plus en plus rapprochées. Tous les sens en alerte, Ed se demandait d'où allait surgir la menace.

On entendit alors, venu d'un peu plus haut dans la rue, le fracas épouvantable d'une vitrine qui explose. Ed se rua en avant. Il eut le temps d'apercevoir une silhouette vêtue de noir et encapuchonnée qui s'enfuyait. L'individu sauta à l'arrière d'une moto qui démarra aussitôt sur les chapeaux de roues. Ed ouvrit sa veste et plongea la main dans le col de son pull pour en extraire son médaillon, mais il était trop tard. Les deux fuyards étaient déjà loin. Le photographe ralentit en arrivant devant son magasin. La veille au soir, il n'avait pas pu descendre complètement le rideau de fer. Le mécanisme s'était bloqué pour une raison inconnue. L'esprit absorbé par des préoccupations d'un autre ordre qui, à ses yeux, étaient nettement plus graves, Ed avait bouclé le magasin, pris la route d'Iculisma où habitait Jackson et n'avait plus pensé à cet incident.

La devanture de gauche était couverte d'une inscription peinte en rouge : *Fais gaffe. On t'a à l'œil.* Quant à celle de droite, elle gisait en mille morceaux éparpillés tant sur le trottoir qu'à l'intérieur de la boutique.

*

– Vous avez fait constater le délit ? demanda la policière de l'accueil.

Ed opina.

– Si vous voulez bien patienter quelques minutes, on va venir vous chercher pour enregistrer votre plainte.

Elle inscrivit son nom et le motif de sa venue sur le registre. Ed alla ensuite prendre place sur l'une des chaises crasseuses et bancales du commissariat. Sur une table basse s'entassaient quelques numéros d'une revue publiée par la police nationale, ainsi que divers dépliants émanant d'associations de prévention contre la délinquance. Ed regarda l'heure et soupira.

– Excusez-moi... fit-il, vous pensez qu'il y en a pour longtemps ?

– Nous garantissons un temps d'attente à l'accueil limité à vingt minutes ! récita fièrement la policière.

– Ah...

– Dites, vous les avez achetées où, vos lunettes ? Elles sont drôlement tendance !

– Heu... je... je ne sais pas, répondit Ed, interloqué. C'est... un cadeau.

– Ah, dommage.

Pour calmer sa nervosité, Ed se leva et se mit à faire semblant d'observer les affiches placardées aux murs. Son regard glissait dessus sans vraiment les voir tandis qu'il essayait de mettre un peu d'ordre dans ses idées. Voyons... se pouvait-il qu'il y ait un rapport entre sa visite à Jackson et l'acte de vandalisme dont il venait d'être victime? Non, c'était absurde. Mais qui pouvait bien le menacer ainsi? Il était clair que quelqu'un cherchait à l'intimider. Mais d'où cela pouvait-il venir, sinon d'un membre de la Communauté de K1?

Tout à coup, Ed se figea. Il venait de recevoir une espèce de mini décharge électrique dans le cerveau. Une nausée soudaine lui souleva l'estomac. Que lui arrivait-il? Il essaya de tourner la tête: impossible. Il ne pouvait rien faire d'autre que regarder devant lui. Le mur qui lui faisait face.

Sur ce mur, la photo de quelqu'un.

Les yeux de quelqu'un.

Tout ce qui environnait cette image s'estompa, puis disparut. Ed ne voyait plus rien d'autre. Paralysé, il respirait par à-coups. Devant lui, là, à cinquante centimètres, deux yeux.

Les yeux.

Ceux de l'*Ancêtre*.

– Monsieur? Ça va être à vous. Vous vous sentez bien?

Ed s'ébroua. Inspira profondément. Lentement, son corps retrouva sa mobilité. Il hocha la tête pour rassurer la policière.

La photo de l'*Ancêtre* figurait sur un avis de recherche.

Juste en dessous, on pouvait lire: *Jessie Boyer, 18 ans.*

TROISIÈME PARTIE

L'*Ancêtre*

«Nos ennemis ont d'étranges pouvoirs,
et aussi d'étranges faiblesses! dit Theoden.
Mais il y a longtemps que l'on dit:
La volonté du mal ruine souvent le mal.»

J.R.R. Tolkien, *Le Seigneur des anneaux*

CHAPITRE

1

Dans le réfectoire de l'abbaye, les conversations allaient bon train. Plusieurs groupes de jeunes *TsahDiks* avaient dans la journée procédé à des interventions sur le terrain. La lutte qu'ils menaient contre l'ABEL syndrome et ses effets dévastateurs donnait chaque jour de meilleurs résultats, ce qui les encourageait à persévérer. Ils étaient maintenant tous organisés en équipes de trois ou quatre. Parmi eux, il y avait toujours une fille ou un garçon doué de précognition et un qui possédait le don de persuasion. À eux deux, ils représentaient en quelque sorte les piliers du groupe. On les nommait l'« informateur » et le « convaincant ». Les « informateurs » avaient appris à se connecter mentalement aux flux d'énergie transportant le type d'informations dont ils avaient besoin. Un flash visuel leur permettait de déterminer où et quand un acte violent allait être commis par une ou plusieurs personnes en stade 2 d'ABEL syndrome, ces gens qu'ils avaient baptisés les «ténébreux». L'équipe se rendait alors sur place, utilisait les dons propres à chacun de ses membres pour neutraliser les fauteurs de troubles et entraver leur action. À la suite de quoi le «convaincant» remplissait son office : il «nettoyait» les esprits infectés par le virus, laissant la part lumineuse de la personnalité reprendre l'ascendant sur la part d'ombre. Les jeunes *TsahDiks* appelaient cela «remettre au clair un ténébreux». Une fois ce travail accompli, leur mission était généralement terminée et ils regagnaient l'abbaye sous la conduite d'un maître.

Chaque jour aux heures des repas, les murs du réfectoire de l'abbaye résonnaient d'histoires dans lesquelles il était question de vols, de racket, d'agressions, de tortures infligées avec une cruauté et un raffinement grandissants. Les «ténébreux» s'en prenaient à tous ceux qui, à leurs yeux, étaient importuns, c'est-à-dire qui, d'une façon ou d'une autre, se dressaient en travers de leur route ou, tout simplement, avaient une tête qui ne leur revenait pas.

À Mediola comme dans les environs, l'ABEL syndrome avait touché indifféremment toutes les tranches d'âge, mais, paradoxalement, on comptait une majorité d'adultes parmi les malades qui avaient succombé à la première attaque du virus. La proportion de rescapés passés en stade 2 était donc plus importante parmi les populations jeunes. Aussi des enfants et des adolescents chaque jour plus nombreux se transformaient-ils en êtres dominés par la colère, la haine, la jalousie ou la peur. Leur insouciance et leur gaieté avaient disparu. Ils étaient devenus mornes, agressifs, minés par une rage sourde qui menaçait d'exploser à tout moment.

– C'est de ceux-là que vous devrez vous occuper en priorité, avait recommandé Anokhi aux apprentis *TsahDiks*. Car les enfants d'aujourd'hui sont les adultes de demain. Concentrez-vous sur eux. Nous nous chargeons de leurs aînés.

Et en effet, parallèlement aux actions menées quotidiennement par les groupes d'anciens *X-Cases,* des commandos de maîtres *TsahDiks* semblables à celui qui avait opéré dans la boutique de Ning Wei intervenaient eux aussi sans relâche.

Après le repas, Angelo et ses trois amis montèrent au dernier étage de l'abbaye où se trouvaient les salles de détente. Après s'être faufilés entre les énormes poutres de chêne de la charpente, les quatre jeunes gens s'installèrent confortablement dans deux vieux canapés usés qui occupaient l'un des angles de la première pièce. Ruben se renversa contre les coussins du divan en soupirant :

– Tout ça me déprime ! Les gosses de ce pays sont en train de devenir complètement dingues, et nous, on passe nos journées à jouer les *french doctors*...

Nils se mit à rire :

– C'est vrai que, depuis quelque temps, nous sommes en mission humanitaire ! Qui plus est, nous portons secours à des gens malades...

– Moi, je nous vois plutôt comme de nouveaux Casques bleus, dit Noah. Après tout, nous œuvrons pour le rétablissement de la paix !

– Au sein d'une organisation pas vraiment gouvernementale, rappela Nils.

– Oui, eh bien, si vous voulez mon avis, il y a des soirs où je trouve ça pesant d'être un bienfaiteur de l'humanité, déclara Ruben.

– On ne va pas baisser les bras alors qu'on vient à peine de commencer et qu'on obtient tous d'excellents résultats ! protesta Noah.

Ruben se redressa dans son fauteuil. À son expression, les autres virent qu'il n'avait plus envie de plaisanter :

– Réveille-toi, mon frère ! s'exclama-t-il. Tu sais combien de personnes ont été contaminées par l'ABEL syndrome ? On n'est pas assez nombreux. On en a pour des années !

Ses camarades se turent quelques minutes, visiblement ébranlés par cet argument. Puis Nils leur fit une révélation surprenante :

– Avant-hier, j'ai entendu mon parrain et Iahllan discuter avec Anokhi. Ils ont les mêmes inquiétudes que nous, figurez-vous. Ils semblent même assez découragés.

Ruben eut un bref hochement de tête qui signifiait : « Qu'est-ce que je vous disais ?! »

– Comment tu as fait pour surprendre une conversation de maîtres ? demanda Noah à Nils.

– Je m'entraînais à disparaître et réapparaître dans le cloître, près de la salle capitulaire. Ils en sont sortis à ce moment-là...

– Qu'est-ce que tu as entendu exactement ?

– Sur le moment, je n'y ai pas vraiment prêté attention. Je me demandais si je devais réapparaître pour qu'ils sachent que j'étais là. Ce n'est qu'après coup que j'ai réalisé ce qui s'était dit. Je me souviens notamment des dernières phrases: «Ils ont la supériorité du nombre. La seule solution serait d'arriver à mettre fin au Protocole de Nod en une seule fois»...

– Eh bien! moi qui croyais que les *TsahDiks* avaient l'affaire en main... fit Ruben, songeur. Qu'est-ce que tu penses de ça, Angel? On ne t'a pas beaucoup entendu ce soir.

– Hein? Pardon...? fit Angelo dans un léger sursaut.

Ses trois amis le dévisagèrent, surpris.

– Tu as l'air ailleurs, observa Nils. Ne me dis pas que tu travaillais! Tu as eu un nouveau flash?

– Non, pas du tout! En fait, je... je réfléchissais.

– Et on peut savoir à quoi?

– Rien de grave. Des trucs perso... répondit Angelo.

– Bon, eh bien, on reparlera de tout ça demain, dit Ruben en se levant. Vous savez ce qui manque ici? Une cheminée et un bon gros chat. Comme il n'y a ni l'une ni l'autre, moi je vais me coucher. Allez, à demain!

Noah ne tarda pas à l'imiter, à l'instar des quelques autres jeunes *TsahDiks* qui étaient montés se détendre un moment après le dîner. Bientôt, Nils et Angelo se retrouvèrent seuls dans la pièce mansardée. Quelques petites lampes étaient restées allumées sur les tables basses. Leur lumière tamisée formait des cônes mordorés semblables à des îlots posés çà et là dans la pièce à présent noyée dans la pénombre.

– Je ne comprends pas ce qui se passe avec Pauline, finit par dire Angelo après un long moment de silence.

– C'est elle qui te tracasse?

– Oui. Tu te souviens, je l'ai aperçue l'autre jour, près de la *Winner's*...

– Tu nous as dit qu'elle marchait avec des béquilles. Tu as pu l'appeler pour savoir ce qui lui était arrivé?

– Oui. Elle s'est fait une entorse en tombant dans un escalier.

– Ce n'est pas trop grave, observa Nils, qui s'étonnait de l'inquiétude manifestée par Angelo.

– Le problème, c'est que je n'ai *rien vu* avant que ça n'arrive, Nils. Et ça, ce n'est pas normal.

– Tu ne peux pas *tout* voir. Tu te concentres tellement pour recevoir des infos sur les «ténébreux». On en est maintenant à au moins deux missions par jour, je te rappelle!

– Pauline a toujours eu la priorité dans mes flashs. Chaque fois qu'il lui est arrivé quelque chose, je l'ai su. Et là, rien... Je ressens quelque chose de très bizarre. C'est comme si... on avait interrompu la connexion. Mais, entre ma sœur et moi, ce genre de chose est absolument impossible! On a toujours été reliés.

– Ça va sûrement revenir, ne t'en fais pas... tenta Nils.

– Il le faut. Il le faut absolument!

– Pourquoi? Tu as peur qu'il lui arrive encore quelque chose? La malchance ne va tout de même pas s'acharner sur elle à ce point.

– Il n'y a pas que la malchance, Nils...

– Qu'est-ce que tu veux dire?

Angelo hésita un instant avant de poursuivre. Cependant, son besoin de confier ses angoisses à quelqu'un l'emporta:

– Le jour où Ouriel et moi avons failli nous faire descendre par Jessie, j'ai tout de suite appelé Pauline. Je voulais qu'elle sache qu'il n'avait pas quitté la région et qu'il était encore plus dangereux qu'avant. Je souhaitais la mettre en garde. Je l'ai suppliée de faire très attention. Je ne sais pas ce que Jessie a après nous, mais je le crois capable de tout. Et j'ai déjà eu tellement peur pour ma sœur !

– Ça se comprend...

– Mais pendant que je lui parlais au téléphone, je me suis rendu compte qu'il se passait quelque chose d'anormal : elle n'avait pas du tout l'air effrayée. Au contraire, c'était comme si... comme si elle était contente.

– Contente ?

– Elle essayait de le cacher, mais je la connais tellement bien ! Après coup, je me suis dit que je me faisais sans doute des idées. Et puis j'ai eu un flash, très bref. Je les voyais de nouveau tous les deux, et ça m'a fait froid dans le dos. Une image très rapide, j'ai à peine eu le temps de réaliser ce que je voyais et pfuiiiiiit ! plus rien. Il faisait nuit, comme aux arènes, mais c'était ailleurs. La scène était confuse, mais je suis sûr que c'était eux. C'est le dernier flash que j'ai eu sur Pauline. Depuis, impossible de capter quoi que ce soit.

– C'était peut-être le stress, suggéra Nils.

Angelo secoua la tête et répondit d'une voix anxieuse :

– J'ai fait d'autres tentatives dans les jours qui ont suivi. Elles ont toutes donné le même résultat : dès que j'essaie de me connecter à elle, je ne vois plus rien. Ou plutôt si, mais...

Il frémit et son visage pâlit.

– Mais quoi? le pressa Nils.

Angelo se mordit la lèvre:

– Je vois un truc bizarre, tu vas me prendre pour un fou...

– Ne dis pas de bêtises! Qu'est-ce que tu vois?

– Un œil.

Angelo inspira profondément avant d'ajouter:

– En gros plan. Un œil gros comme une planète. L'image envahit mon cerveau, puis elle se met à vibrer. C'est comme... une sorte de courant électrique dont l'intensité augmenterait petit à petit. Au bout de quelques secondes, j'ai l'impression que ma tête va exploser. J'ai mal à hurler, alors... je me déconnecte. Et puis plus rien.

– Tu devrais peut-être en parler à Ouriel.

– Je voudrais arriver à comprendre de moi-même ce qui se passe, dit Angelo en soupirant.

– Tu sais à qui appartient cet œil?

– Aucune idée.

Les deux garçons se turent un moment pour réfléchir.

– Il y a peut-être une explication... hasarda finalement Nils. Mais je pense qu'elle ne va pas te plaire.

– Dis toujours.

– Et si tout ça avait un lien avec l'ABEL syndrome?

– Quel genre de lien? dit Angelo, de plus en plus nerveux.

Posant la main sur l'avant-bras de son ami, Nils murmura:

– Ta sœur a été contaminée par le virus, Angelo... Elle a «guéri», ce qui veut dire qu'elle est passée au stade 2 de la maladie. Donc aujourd'hui... c'est une «ténébreuse»!

Le visage d'Angelo se crispa. Il supportait difficilement que l'on assimile sa sœur à ces malades qui faisaient tout et n'importe quoi.

– Je sais que tu n'as pas vraiment envie d'entendre ça, insista Nils, mais c'est la vérité ! Et c'est peut-être ce qui explique que tu ne puisses plus exercer ton don de précognition avec elle.

Angelo eut un rire amer :

– Tu plaisantes ! Toute la journée, j'ai des flashs sur les « ténébreux » !

– Oui, mais Pauline est la seule d'entre eux à être de ta famille. C'est insupportable d'admettre qu'elle soit devenue une « ténébreuse » ! C'est sûrement pour cette raison que ton don se censure de lui-même et t'impose une image récurrente qui fait écran. L'œil n'est qu'une création de ton esprit destinée à cacher ce que tu refuses de voir...

Angelo agita les mains devant lui, repoussant avec mépris ces élucubrations.

– Arrête ta psychanalyse à deux balles...

Nils tenta en vain de le convaincre du bien-fondé de son raisonnement. Son ami lui opposa un silence buté. Comprenant qu'il était inutile d'insister pour le moment, Nils finit par se lever pour aller se coucher. Angelo sortit alors brutalement de son mutisme et, levant vers lui un regard bouleversé, il lui demanda, la gorge nouée :

– À ton avis, qu'est-ce que ça peut donner, si deux « ténébreux » qui se haïssent se retrouvent face à face ?

Le silence de Nils lui sembla encore plus terrifiant qu'une réponse.

CHAPITRE

2

— Il faut que je te parle de quelque chose. C'est important, avait simplement dit Luka en entrant dans le magasin.

Sans doute y avait-il dans son ton ou dans l'expression de son visage un signe qui avait alerté Ed. Toujours est-il qu'il avait hoché la tête tout en posant l'index sur ses lèvres et, après avoir fermé la boutique, il avait emmené son fils dans un café très fréquenté du centre-ville, le plus grand et le plus branché. Intrigué, Luka s'était installé avec lui à une petite table placée juste sous le grand écran plat qui diffusait des clips vidéo non stop. C'était bien la première fois qu'il voyait son père choisir ce genre d'emplacement, lui qui détestait les endroits bruyants où l'on était obligé de hausser le ton pour discuter. Ils s'accoudèrent tous deux au minuscule guéridon de bistrot, et, leurs épaules se touchant, Luka se rendit compte qu'ils pouvaient se parler sans difficulté malgré le volume sonore de la musique diffusée juste au-dessus d'eux. En revanche, il aurait été extrêmement difficile à quelqu'un d'arriver à entendre leur conversation. C'était très exactement ce qu'Ed recherchait, comme le comprit Luka un peu plus tard.

– C'est à propos de Pauline... amorça-t-il dès que le serveur eut posé deux cafés devant eux. Elle a beaucoup changé ces derniers temps.

Ed mit deux sucres dans sa tasse et remua délicatement le breuvage à l'aide de sa petite cuillère. Il mettait dans cette tâche un peu plus d'application que nécessaire, ce qui agaça son fils.

– Tu n'as rien remarqué quand on est allés dîner chez les Rieu? continua l'adolescent.

– Si, reconnut Ed. Elle m'a semblé moins gaie qu'avant.

Comme à contrecœur, il ajouta:

– Peut-être un peu moins douce également.

Luka saisit la balle au bond:

– Elle est même carrément devenue hyper agressive, oui!

– Tu sais, avec les femmes, il faut s'attendre à ce genre de surprise...

– Arrête, papa! Tu sais très bien ce qui arrive à Pauline. La même chose qu'à la moitié des gens de cette ville. Elle a eu la maladie. Cette saloperie d'ABEL syndrome! C'est ça, la mauvaise surprise.

Il avait haussé le ton. Jetant des regards autour de lui, son père lui fit signe d'être plus discret.

– Ce virus est en train de rendre les gens fous, murmura Luka en rapprochant son visage de celui de son père. Il n'y a aucune raison pour que Pauline y échappe ! Je ne sais pas comment tout ça va finir, mais je n'ai pas honte de te le dire : j'ai la trouille.

Ed sentit sa gorge se serrer. La sincérité de son fils et la confiance qu'il lui témoignait l'émouvaient profondément, et il se rendit compte que sa peur faisait écho à la sienne. Car même s'il se gardait bien de le montrer, lui aussi ressentait une angoisse grandissante face à la tournure que prenaient les événements. D'autant qu'il n'ignorait plus quelle responsabilité il avait dans cette sombre histoire. Pendant encore combien de temps allait-il dissimuler la vérité à son fils ?

– Il se passe quelque chose de terrible, lui confia alors Luka en plaquant la main sur son sternum. Le *Signe de K1*...

Ed tressaillit. Incapable de parler, il interrogea son fils du regard.

– Maintenant, il s'active quand je suis avec Pauline !

– Tu veux dire... contre elle ?

– Oui ! Chaque fois qu'elle me parle mal, qu'elle se met en colère après moi, je sens le médaillon se mettre à chauffer et à me piquer la peau. L'autre jour, il était à deux doigts d'envoyer un rayon sur elle !

– Il te protège de son agressivité... Ce qui voudrait dire qu'il y a encore plus de violence en elle que tu ne le penses.

Luka tourna vers son père un regard implorant.

– Tu crois qu'elle va devenir comme eux, papa ? Comme tous ces gens qui n'ont plus aucun self-control et laissent s'exprimer le pire d'eux-mêmes sans le moindre remords ?

– Je ne sais pas, fils. Je souhaite que non. De tout mon cœur.

– Et si moi je lui fais du mal? J'ai vu ce que peut provoquer le médaillon. Il est capable de tuer! Qu'est-ce que je ferai s'il se déclenche contre Pauline? Je n'ai aucun moyen de l'empêcher de s'activer. Je me dis que la seule solution serait que je me débarrasse du *Signe de K1*.

– Ne fais pas ça! ne put s'empêcher de s'écrier Ed.

– Et pourquoi pas? Après tout, qu'est-ce que j'en ai à faire de ce truc?

– Il ne... il ne faut pas, bredouilla Ed. Il te protège...

– Contre qui? Contre quoi? Tu crois que je ne saurais pas me défendre tout seul?

Ed détourna les yeux et se mit à regarder fixement sa tasse.

– Il nous relie à K1. Nous ne pouvons rompre ce lien...

– Mais quel lien? Nous ne retournerons jamais là-bas! Et puis, au fait, pourquoi les autres ne nous rejoignent-ils pas? Depuis le temps qu'on est là...

– Tu le sais bien. C'est à cause de la maladie, répondit Ed, de plus en plus mal à l'aise.

– La maladie? fit Luka, les yeux soudain brillants de colère. Mais elle faisait partie du programme! C'est bien nous qui l'avons apportée, n'est-ce pas?

Ed tourna la tête vers son fils, interloqué. Il ouvrit la bouche, mais aucun son n'en sortit.

– Tu me croyais donc si naïf? reprit Luka à voix basse. Tu pensais que je n'avais pas compris? Les graines, les pigeons, le mystérieux virus qui frappe les oiseaux, puis les humains... Qu'est-ce que nous sommes *réellement* venus faire ici, papa?

L'expression de son visage ne laissait aucune place au doute. Son œil bleu était encore plus froid et déterminé que son œil marron, et tous deux fouillaient sans vergogne le regard brun et vert qui leur faisait face. Luka voulait des réponses et ne se contenterait plus de faux-fuyants. Avec étonnement, Ed se rendit compte que, dans le fond, cela le soulageait.

– Je me pose exactement la même question, figure-toi, répondit-il d'une voix sourde.

Frémissant, Luka ne le lâchait pas des yeux. D'un bref mouvement du menton, il enjoignit son père de poursuivre.

– Au départ, j'ai cru ce qu'on nous avait dit. Je faisais confiance à Tubal-K et je trouvais son idée formidable. Non seulement nous allions sauver les nôtres, leur éviter de périr dans un nouveau Déluge et leur offrir de nouvelles perspectives de vie, mais notre action allait s'étendre bien au-delà. Tu sais, j'ai sincèrement pensé que notre mission allait permettre d'infléchir le cours de l'Histoire, de donner une nouvelle chance à l'Humanité. Et puis, progressivement, je me suis rendu compte que quelque chose clochait, mais je te l'avoue, j'ai commencé par ne pas vouloir l'admettre...

Luka ne dit rien. Les poings serrés, le visage impassible, il écoutait, avide d'en entendre davantage. Ed soupira:

– J'ai aujourd'hui la certitude que Tubal-K s'est servi de nous, mais j'ignore encore quelles sont ses intentions exactes. Ce que je sais, en revanche, c'est qu'en m'opposant à lui je mettrais toute ma famille en danger, et ça, je m'y refuse !

– Que peut-il contre nous ?

– Je ne le sais pas exactement, mais je le crois capable de tout.

– Alors tu vas continuer à lui obéir ? s'insurgea l'adolescent. Et nous, on continuera à regarder les gens s'entretuer en se disant : *De toute façon, je ne crains rien, je suis protégé par le* Signe de K1 ?

Ed posa une main sur l'épaule de son fils et la serra convulsivement.

– Si tu savais comme je m'en veux de vous avoir entraînés là-dedans, Luka. J'ai... j'ai honte de ce que j'ai fait. Je n'arrête pas de me dire que des gens sont morts par ma faute et que d'autres vont bientôt mourir à leur tour, mais maintenant que la machine est lancée, comment l'arrêter ?

– Certainement pas en se lamentant ! Est-ce que tu as parlé aux autres Pionniers ?

– Bien sûr ! Ils m'ont clairement laissé entendre que je n'avais pas intérêt à manifester mon désaccord. Le dernier à qui j'ai tenté de me confier était quant à lui tellement terrorisé qu'il a refusé de me laisser parler. Il m'a mis à la porte et, une fois dans la rue, m'a dit que nous étions surveillés. Je suis seul, Luka. Alors, qu'est-ce que je peux faire ?

– Tu n'es pas seul, papa. Je suis là, dit Luka avec détermination.

Ed eut un sourire triste :

– S'il t'arrivait quoi que ce soit, je ne me le pardonnerais jamais.

– Mais tu ne comprends pas? Le jour où j'ai appris qui nous étions et d'où nous venions, je suis devenu un grain de sable dans les rouages du Protocole de Nod. Si, comme tu le dis, les Pionniers sont surveillés, je suis déjà en ligne de mire, alors nous n'avons plus le choix. Nous devons tenter quelque chose.

Le père du jeune homme sentit son cœur se gonfler de joie et de fierté. Une soudaine étincelle ralluma alors en lui une flamme qu'il croyait éteinte : celle de l'espoir. Il n'eut pas besoin de réfléchir longtemps pour prendre sa décision. Oui, ils allaient passer à l'acte, entrer en résistance. Comme par un fait exprès, une occasion venait justement de se présenter... Ed se rapprocha de son fils et murmura :

– Il y a peut-être un moyen...

Au même moment, il eut l'impression de sentir son médaillon devenir plus chaud. *Sans doute une conséquence de l'émotion*, pensa-t-il.

– Une nouvelle mission nous a été confiée dernièrement. Il s'agit de retrouver quelqu'un... Quelqu'un de gênant pour Tubal-K. Une fois que nous l'aurons identifié et localisé, nous devrons... – il hésita quelques secondes avant de terminer sa phrase – ... l'éliminer.

Sur sa poitrine, les picotements et la sensation de chaleur s'intensifièrent. Ed jeta des coups d'œil inquiets aux alentours. Dans le café, l'ambiance était on ne peut plus ordinaire. Des couples ou des groupes d'amis venus prendre un verre bavardaient tranquillement.

– Un meurtre ! Il vous a commandité un meurtre !... souffla Luka, horrifié.

– Je sais qui c'est, reprit Ed, de plus en plus oppressé. Celui qu'ils cherchent... je l'ai identifié. Et tu peux peut-être m'aider à le trouver.

– Moi ? Mais...

– Il faut que nous le protégions, Luka. Que nous les empêchions de le tuer !

Les traits crispés, Ed semblait avoir du mal à respirer.

– Papa ? Qu'est-ce qu'il y a ?

– Le *Signe de K1*, souffla Ed. Tu ne sens rien ?

Luka pâlit imperceptiblement :

– Non.

Et sans attendre, il relança son père :

– Qui devons-nous protéger ? C'est quelqu'un que je connais ?

– Oui. Enfin, pas vraiment. Il s'appelle...

Ed fit alors un bond sur sa chaise comme s'il venait de recevoir une décharge électrique. Plaquant les deux mains sur sa poitrine, il dit d'une voix rauque :

– Va-t'en d'ici, Luka ! Vite !

– Mais, papa...

– File immédiatement !

Jetant un coup d'œil vers l'entrée du café, Luka aperçut trois silhouettes massives qui se dirigeaient vers eux.

– Ton *Signe de K1* ? demanda-t-il, la gorge nouée par l'angoisse.

– Ils l'ont neutralisé. File !

– Je ne peux pas te laisser...

– Je t'en supplie ! implora Ed. Si tu veux m'aider, va-t'en. Va-t'en tout de suite !

Luka repoussa sa chaise et bondit en direction de l'arrière-salle. Le cœur battant à tout rompre, il gagna les toilettes, priant pour y trouver une issue de secours ou au moins une fenêtre donnant sur l'arrière.

Il n'y avait ni l'une ni l'autre.

Dans la pièce mal éclairée au carrelage émaillé, un urinoir et deux lavabos faisaient face à quatre portes de W.-C. qui s'arrêtaient à vingt centimètres du sol.

Éperdu, Luka se rua dans la dernière cabine, tira le verrou et se jucha sur la cuvette, l'oreille aux aguets. Le sang cognait à ses tempes, son souffle était court et il tremblait de tous ses membres. Soudain, il entendit la porte des toilettes s'ouvrir et quelqu'un entra. Au bruit que faisaient ses pas, ce devait être un homme de forte constitution. Paniqué, Luka retint sa respiration. L'homme longea les cabines sans se presser, repoussant la porte de chacune d'elles d'un geste brusque, de telle sorte qu'elles allaient cogner contre la cloison. À chaque fois, Luka sursautait un peu plus. L'homme se rapprochait inexorablement. Il finit par s'immobiliser. Tous les sens en alerte, Luka comprit qu'il était là, juste devant lui. Un simple panneau de contreplaqué les séparait. Tout à coup, l'homme donna un coup de pied dedans. Le garçon crut que son cœur allait se décrocher. Il ferma les yeux. La porte ne céda pas.

L'homme soupira bruyamment, puis s'éloigna.

Luka l'entendit pénétrer dans l'une des cabines et en tirer le verrou.

– Ces sacrés Français ont encore des progrès à faire, question hygiène ! dit l'homme d'une voix forte.

L'adolescent descendit sans bruit de son perchoir, ouvrit la porte avec précaution, puis se précipita hors des toilettes. Lorsqu'il déboucha dans la salle après avoir contourné le comptoir, il se retourna pour vérifier que personne ne le suivait. Le maniaque de la propreté n'était pas encore ressorti. Luka s'avança et vit alors que son père n'était plus là. Le cœur serré, il le chercha des yeux, se disant qu'Ed avait peut-être simplement changé de table. Mais il savait bien qu'il se mentait à lui-même. Arrêtant un serveur qui passait à côté de lui, il l'interrogea :

– Vous n'avez pas vu l'homme qui était assis là avec moi tout à l'heure ?

– Il est parti avec les trois messieurs, répondit placidement le garçon. Vous me devez quatre euros cinquante.

Après avoir réglé l'addition, Luka se précipita dehors. Il eut beau examiner avec attention chaque passant et chaque voiture, il n'aperçut Ed nulle part. De rage, il donna un coup de poing dans le vide, tourna plusieurs fois sur lui-même, puis prit au pas de course la direction de la *Winner's*. *Avec un peu de chance*... se disait-il.

À cette heure-ci, la place du Capitole était déserte. Luka courut jusqu'à la poubelle qui se trouvait au pied d'un platane, plongea sans hésitation la main dedans et farfouilla jusqu'à ce qu'il trouve ce qu'il cherchait.

Quel crétin ! jura-t-il en lui-même. *Si seulement j'avais su !*

Et, crochetant sur sa nuque le fermoir de la chaîne en argent, il reprit possession du *Signe de K1*.

Sur sa paume, comme sur celle de Lila quelques semaines auparavant, une étrange brûlure avait laissé une marque rouge. On aurait dit un sceau en forme d'étoile.

La punition que le médaillon infligeait à celui qui osait l'ôter.

Un pentagramme gravé dans sa chair.

CHAPITRE

3

Ça y est, mes affaires sont prêtes. Il me tarde d'être à demain matin. J'ai donné rendez-vous à Luka à 8 heures. C'est ma mère qui nous conduira sur l'île. Son amie Martine nous a réservé son meilleur mobile home, elle est tout émoustillée à l'idée d'accueillir les «deux tourtereaux»! Quelle gourde!... On ne vient pas pour roucouler, on a mieux à faire. J'espère que Luka sera à la hauteur. Je suis tellement impatiente que je ne tiens plus en place. Je sens que je ne vais pas dormir de la nuit. Pourtant, il faut que je sois en forme! Le moment que j'attends depuis si longtemps est maintenant proche. Mais jamais les heures ne m'ont semblé s'écouler aussi lentement. C'est pour tenter de les meubler que j'ai commencé ce journal. Il faudra que je pense à le détruire lorsque tout sera fini. Il y a des moments où je me demande si j'aurai assez de cran pour aller jusqu'au bout.

Je pense que oui. De toute façon, il n'y a pas d'autre issue. Jessie va comprendre qu'il a commis une erreur en s'en prenant à Angelo et moi. Je ferai en sorte qu'il regrette amèrement le mal qu'il nous a fait. Oui, je sais que je saurai m'y prendre.

Ma cheville va mieux, c'est déjà ça. Je peux maintenant marcher normalement. C'est parfois un peu douloureux, mais rien de grave. J'ai même essayé de courir (on ne sait jamais!) et ça va. Il faut juste que je fasse attention à poser mon pied bien à plat. Mon père m'a donné un onguent fabriqué par Ning Wei et je dois dire qu'il a été efficace. Sacré bonhomme, ce vieux Chinois! Quand j'y pense, je lui dois quand même une fière chandelle. Mais, depuis quelque temps, je n'aime pas trop la manière dont il me regarde. On dirait qu'il essaie de lire ce qu'il y a dans ma tête et j'ai horreur de ça.

J'ai également l'impression qu'il se méfie de moi. Peut-être que je me fais des idées. De toute façon, je m'en fiche, de Ning Wei. Je dois rester concentrée sur mon objectif. Tâcher de ne rien oublier. Norma a été géniale. Quand je suis passée chez elle cet après-midi, elle m'avait préparé ce que je lui avais demandé. Planqué dans un sac à dos, ça rentrait pile poil. Avec ça, je suis parée. J'ai dit à ma mère que c'était des bouquins que j'emmenais pour bosser pendant les vacances. Si Luka me pose des questions, je lui raconterai la même chose.

Ah, mon portable vibre... Un SMS apparemment...

Pauline tendit le bras pour attraper son téléphone. Elle blêmit en lisant le message:

Pb pour demain. T'apL ds 1/2h. Luka

– Qu'est-ce que c'est que cette histoire? pesta-t-elle à haute voix.

D'un claquement sec, elle referma le carnet dans lequel elle était en train d'écrire et composa le numéro de Luka. Occupé. Avec un grognement exaspéré, elle jeta son mobile sur son lit, puis passa une nouvelle fois en revue le contenu de ses bagages afin de vérifier qu'il ne manquait rien. Elle s'énerva un moment car elle n'arrivait plus à mettre la main sur l'horaire des marées, puis elle finit par le retrouver, plié en quatre et glissé entre les pages de son agenda.

Quel «problème» pouvait bien avoir Luka? Cette question tournait en boucle dans sa tête. Depuis le début, elle sentait qu'il n'était pas vraiment chaud pour l'accompagner. Il lui avait promis de l'aider mais elle s'était bien rendu compte qu'il se forçait pour lui faire plaisir. Et elle détestait ça. Se rasseyant à son bureau, elle rouvrit son carnet et écrivit:

Dans le fond, je me demande si Luka est aussi courageux que je le croyais.

C'est Norma qui m'a mis la puce à l'oreille en me disant: «Eh bien moi, si j'étais ton copain, j'aurais immédiatement réglé son compte à Helena après ce qu'elle t'a fait. Et lui, non seulement il ne bronche pas, mais je peux même te dire qu'il l'évite soigneusement. L'autre jour, je l'ai vu faire demi-tour dans un couloir alors qu'il allait la croiser. C'est comme s'il avait peur d'elle. On croit rêver! Quel lâche, ce mec!»

Sur le moment, je l'ai défendu. J'ai dit qu'on s'était mis d'accord tous les deux pour régler cette affaire plus tard. Mais en réalité, ça m'a fichu les boules, parce que je me disais que Norma avait raison ! Ça ne m'aurait pas déplu que Luka colle une raclée à la rouquine comme il l'avait fait avec Jessie. En fait, j'ai l'impression que, depuis le soir des arènes, il n'ose plus se servir de son pouvoir. Il a sans doute peur d'être repéré et qu'on l'emmène dans un centre avec les autres X-Cases... *Et quand bien même ? Angelo y est bien, lui. Il n'y a pas de raison, après tout ! Du coup, la de Joncourt se pavane dans le lycée en racontant à qui veut bien l'entendre qu'elle a « déglingué la déléguée ». Et en plus, elle se croit drôle, la pauvre...*

Le portable vibra de nouveau et Pauline plongea sur le lit pour l'attraper :

– Allô ?

– *C'est moi*, fit Luka d'une voix mal assurée.

– Bon, c'est quoi, le problème ?

Luka inspira profondément pour tenter d'endiguer son stress :

– *C'est mon père.*

– Quoi, ton père ? Il ne veut plus te laisser partir ? Tu n'as plus douze ans, je te rappelle !

– *Pauline... Arrête de t'énerver !*

Au ton de sa voix, la jeune fille comprit qu'elle était allée un peu trop loin.

– Excuse-moi, dit-elle en faisant tout son possible pour dissimuler son agacement. Qu'est-ce qui se passe, alors ?

Luka attendit trois secondes avant de lâcher :

– *Il a disparu.*

– Disparu ? répéta Pauline, estomaquée. Comment ça ?

– Je suis passé le voir à la fermeture du magasin ce soir. On est allés prendre un pot en ville avant de rentrer. Au Café du Centre. C'est là qu'il a disparu...

– Mais qu'est-ce que tu racontes?

– J'étais aux toilettes. Quand je suis revenu, mon père n'était plus là. Il n'est pas rentré à la maison, il n'est pas non plus au magasin. On l'a cherché partout, il n'est nulle part. Il ne répond pas au téléphone. Ma mère est morte d'inquiétude.

– Vous avez prévenu les flics?

– Pas encore. On s'est dit qu'on attendait jusqu'à demain matin.

– Ton père sera sûrement rentré d'ici là.

– J'aimerais le croire...

– Écoute, vous vous affolez peut-être pour rien. Imagine que son téléphone soit déchargé...

– Il en aurait trouvé un pour nous appeler!

Les deux adolescents se turent durant quelques dizaines de secondes, puis Pauline demanda :

– Ne le prends pas mal, mais... tu es sûr qu'il n'a pas une maîtresse?

– *Quoi?!* s'étrangla Luka.

– Oh, ne sois pas vieux jeu! Ça arrive à des tas de bons pères de famille, tu sais!

– *Comment tu peux dire une chose pareille?* fit Luka, hors de lui. *Mon père n'est pas comme ça! Et de toute façon, je suis sûr que ce sont ces types qui l'ont enlevé...*

– Quels types?

Luka se mordit la lèvre.

– *Trois hommes. Ils sont entrés dans le café juste avant que je m'absente. Le serveur m'a dit qu'il l'avait vu partir avec eux.*

– Dans ce cas, il les connaissait !

– *Non. Il m'en aurait parlé.*

Pauline soupira :

– Un père ne dit pas tout à son fils, Luka !

– *Écoute, j'ai de bonnes raisons de croire qu'il est en danger.*

– Tu regardes trop de séries policières à la télé, mon vieux.

– *C'est sûrement ça*, dit Luka, piqué au vif. *Eh bien, télé ou pas, pour moi il est impossible de partir demain. Je ne peux pas laisser ma mère et ma sœur seules à la maison.*

– Alors, comme ça, tu me lâches à la dernière minute ! s'exclama Pauline, furieuse.

– *Je ne te lâche pas, j'agis par ordre de priorité. Essaie de comprendre ! Qu'est-ce que tu ferais à ma place ?*

La jeune fille prit le temps de réfléchir avant de répondre :

– Okay ! Remarque, après tout, je peux me passer de toi. Tu fais comme tu le sens, moi, je m'en vais demain matin comme prévu.

– *Arrête, Pauline ! Il est hors de question que tu ailles trouver Jessie sans moi.*

– D'accord. Je t'attendrai, mais là-bas. De toute façon, j'ai besoin de vacances. L'air de la mer me fera le plus grand bien. Je me baladerai et je bosserai mes maths...

Luka hésita un instant avant de demander :

– Tu me jures que tu ne tenteras rien tant que je ne serai pas là ?

– Mais oui !

– Bon. Si c'est toi qui as raison et que mon père revient demain ou après-demain, je te jure que je te rejoindrai dès qu'il sera rentré. De toute façon, je te tiens au courant.

– Allez, ne t'en fais pas. Je suis certaine que ce n'est pas grave.

– *Je l'espère*, répondit Luka d'un ton sinistre.

Pauline éteignit son portable et reprit son carnet. Elle se défoula en couvrant plusieurs pages de dessins informes et de griffonnages rageurs. À la suite de quoi, elle se remit à écrire :

J'en étais sûre, Luka me laisse tomber au dernier moment.

Ça ne fait rien. J'ai bien réfléchi et, finalement, c'est peut-être mieux comme ça.

Qui sait s'il n'aurait pas essayé de m'empêcher de faire ce que j'ai à faire ? Je vais devoir être très prudente, mais au moins je ne l'aurai pas dans les pattes. À tous les coups, il m'aurait fait la morale.

Et ça, ça m'aurait vraiment énervée.

CHAPITRE

4

Entre la sortie du centre commercial et l'arrêt de bus, il n'y avait pas plus de cent mètres, mais Kevin comprit tout de suite qu'il n'avait aucune chance d'y arriver avant eux. Postés à mi-chemin, les deux hommes se dirigèrent vers lui dès qu'il eut franchi les portes automatiques, et Kevin reconnut aussitôt le type de l'Unité Spéciale qui était venu les interroger, sa mère et lui, au sujet de Jessie. Durant un instant, il eut la tentation de s'enfuir, mais il y renonça rapidement. La carrure d'athlète de ces hommes ne laissait aucun doute sur l'excellence de leur condition physique. Avec ses quinze kilos de trop, Kevin, lui, soufflait comme un bœuf au bout de trois minutes de course. Et là, ce serait encore pire, vu qu'il venait de s'enfiler deux hamburgers et une montagne de frites. De toute manière, il détestait courir, exécrait l'effort en général et tout type de sport en particulier. Pas vraiment le profil d'un marathonien. Dans certaines situations, cela pouvait s'avérer regrettable, mais la plupart du temps il s'en accommodait assez bien. Il acheta une grosse boule de chewing-gum dans une tirette et l'enfourna tout entière dans sa bouche.

Feignant d'ignorer la présence des deux types, il traversa la rue sans accélérer l'allure. Bauer et son acolyte l'interceptèrent au moment où il posait le pied sur le trottoir d'en face. Ils l'encadrèrent aussitôt, l'attrapant discrètement chacun par un coude.

– Tu viens avec nous, bonhomme, on va bavarder gentiment. Ne t'inquiète pas, ce ne sera pas long.

Kevin n'opposa aucune résistance. Il avait une petite idée de ce qu'ils voulaient.

Ils le firent monter dans une berline grise garée un peu plus loin. Bauer s'installa à côté de lui sur la banquette arrière tandis que son collègue prenait place à l'avant, sur le siège passager. Après avoir actionné le verrouillage automatique des portières, ce dernier se tourna vers Kevin et dit avec un sourire glacial :

– Tu connais le monsieur qui est assis près de toi ? Il pense que tu as oublié de lui dire des choses importantes la dernière fois que vous vous êtes vus.

L'adolescent ne répondit pas. Il se contenta de regarder droit devant lui, mâchant avec ostentation son énorme chewing-gum. Bauer s'adressa alors à lui sur un ton presque amical :

– Ton frangin s'est mis dans un sacré pétrin, tu sais. Et dire que c'est toi qui vas en faire les frais ! Quel dommage !

Sans cesser de mastiquer, Kevin tourna la tête vers lui et haussa un sourcil interrogateur.

– Tu ne vois pas pourquoi? Voyons, réfléchis un petit peu, mon garçon! Dans ton dossier scolaire, il est mentionné partout que ton frère est un *SB*. Un délinquant multirécidiviste, qui plus est! Or, tu as certainement entendu parler du décret qui a été voté dernièrement dans le cadre de la nouvelle loi sur la délinquance génétique: tout jeune ayant un *Bad* dans sa famille, ascendant ou collatéral, sera considéré comme sujet à risque et placé en établissement spécialisé à partir de l'âge de treize ans.

Kevin souffla une grosse bulle de chewing-gum et la fit éclater. La pâte rose se colla sur ses lèvres et il la décrocha à coups de langue en produisant de petits bruits humides.

– Étant donné que tu es né le 7 mars 2008, tu auras treize ans dans moins de deux semaines. Ça commence à devenir chaud pour toi, non?

Le gros garçon ne répondit rien. Il haussa les épaules comme s'il se moquait bien de tout cela, mais il interrompit brutalement son horripilante mastication, et ses yeux se mirent à rouler sans arrêt de droite à gauche.

– Bien entendu, tu connais également le nouveau programme des établissements pour *Bads*: suppression du français, de l'histoire-géo et des matières artistiques, et triplement des heures d'éducation physique et sportive. Le ministre lui-même a déclaré qu'il n'y avait rien de mieux pour calmer les délinquants que de les épuiser! Tu vas adorer ça, j'en suis sûr.

Cette fois, Bauer vit clairement passer une lueur d'affolement dans le regard de Kevin.

– Tu ne me sembles pas très enthousiaste, observa le chef de l'Unité Spéciale. Quelque part, je te comprends, mais que veux-tu, la loi, c'est la loi !

– Vous voulez quoi ? se résolut enfin à demander Kevin, dont l'élocution était notablement entravée par le volume de la pâte à mâcher.

Bauer fit comme s'il n'avait pas entendu :

– On m'a rapporté dernièrement une histoire désolante à propos d'un de ces centres, poursuivit-il. Un jeune qui faisait l'objet de moqueries incessantes de la part de ses camarades, parce qu'il n'avait pas... disons... d'aptitudes physiques, a fini par se donner la mort. C'est navrant. Les adolescents entre eux sont parfois d'une cruauté !

Kevin se mit à s'agiter sur son siège tout en se grattant frénétiquement le poignet.

– Tout va bien ? demanda l'homme assis à l'avant. Tu veux que j'ouvre un peu la fenêtre ?

Il n'obtint pas de réponse.

– Bien entendu, quand on est malin, il y a toujours moyen de s'en sortir, continua Bauer, imperturbable.

Le garçon s'immobilisa et tourna vers lui son visage rougeaud où des gouttes de sueur commençaient à perler.

– Il paraît que certains gamins se font pistonner : ils connaissent des gens bien placés qui récupèrent leur dossier au moment du passage en commission et qui... comment dire ?... effacent les informations gênantes.

– Oui, mais ce n'est pas donné à tout le monde! commenta son collègue.

– Ah non, bien sûr. Ce n'est pas donné à tout le monde. Ou plutôt... je pense que c'est donnant, donnant. Tu vois, quelque chose dans ce genre-là.

– Évidemment!

– Évidemment, répéta Bauer.

Kevin se remit à se gratter jusqu'au sang. Puis, regardant toujours droit devant lui, il marmonna:

– Il doit être au carrelet.

– Pardon?

– Le carrelet de l'oncle. Sur l'île de la Garenne. Je suis sûr que c'est là qu'il se planque.

– Eh bien, tu vois, quand tu veux!

Dès qu'ils furent certains d'avoir toutes les informations nécessaires, les hommes de l'Unité Spéciale laissèrent Kevin descendre de la voiture. Bauer prit le volant et démarra en trombe.

– Tu sais quoi? dit-il. On va faire une petite surprise à Lambert. On ne lui dit rien pour l'instant, on chope le Jessie et on le lui ramène emballé comme un paquet-cadeau.

– Ça roule, ma poule!

CHAPITRE

5

— …La vie n'est pas une affaire individuelle. Une expérience et ses leçons n'ont d'utilité que si elles sont partagées, dit Ouriel avec conviction.

Dans la salle capitulaire de l'abbaye, les jeunes *TsahDiks* l'écoutaient depuis près d'une heure mais, comme chaque fois, ce qu'ils entendaient les passionnait tellement qu'ils ne mesuraient plus le temps écoulé.

– Notre devoir est d'aider l'humanité à changer, car il en va de sa survie. Vous êtes plus que jamais confrontés chaque jour à la violence. L'ABEL syndrome n'a fait que l'exacerber, mais elle faisait déjà partie de la condition humaine. Il serait absurde de vouloir l'éradiquer complètement. En revanche, nous pouvons agir pour métamorphoser cette violence, pour la transformer en énergie positive et constructive. Vous l'avez compris lors de vos interventions, les *TsahDiks* sont en quelque sorte des miroirs qui obligent chacun à se regarder en face, sans concession. Mais n'oubliez pas que notre travail implique également que nous reconnaissions notre propre violence et que nous ne fermions pas les yeux sur celle qui nous entoure, même si elle nous laisse souvent démunis...

Les yeux rivés sur son parrain debout devant lui, Angelo ressentit une émotion particulièrement vive en entendant cette dernière phrase.

– Affronter la violence, c'est aussi accepter d'y être mêlés, poursuivit Ouriel. Mais pas n'importe comment. Pour tâcher de me faire comprendre, je vais vous donner une image : celle de la montgolfière. Il est impossible de la diriger de la même façon qu'un avion. On est tributaires du vent. Pour manœuvrer l'aérostat, on ne peut que monter ou descendre de façon à se retrouver dans un courant d'air qui nous entraînera là où nous voulons aller. Eh bien, en ce qui concerne la violence, c'est un peu la même chose : s'il est vrai que nous ne sommes pas responsables du vent qui souffle, nous sommes en revanche responsables de nos actes face à ce vent.

Il laissa ses auditeurs méditer quelques instants sur ce qu'il venait de dire avant de conclure :

– Et n'oubliez pas : ne craignez pas de commettre des erreurs, n'ayez pas peur d'être imparfaits. La perfection de l'homme réside dans sa perfectibilité. J'en ai assez dit pour aujourd'hui.

Ouriel se rassit, posa les mains à plat sur ses genoux et parut s'absorber dans une profonde réflexion. Les jeunes gens se levèrent et quittèrent peu à peu la salle en petits groupes silencieux. Angelo attendit que tout le monde soit sorti pour aller trouver son parrain :

– Aurais-tu un peu de temps à m'accorder ? Quelque chose me soucie...

Ouriel hocha la tête et fit signe à son filleul de le suivre. Quittant la salle capitulaire, ils traversèrent le cloître pour rejoindre l'entrée du bâtiment conventuel qui jouxtait l'abbatiale. Ils gravirent tous deux en silence les marches en pierre blanche du large escalier qui conduisait aux étages. Parvenus au premier niveau, ils bifurquèrent sur la gauche et empruntèrent un couloir étroit qui débouchait sur l'aile où se trouvaient les logements des maîtres. Ouriel fit entrer le jeune homme dans son bureau, une pièce de dimensions modestes. Un bureau, une chaise, un meuble bas à tiroirs et un vieux fauteuil en cuir en constituaient tout le mobilier. Le soleil du matin pénétrant par l'unique fenêtre donnait aux murs une lumineuse teinte crème qui égayait l'atmosphère un peu austère du lieu.

– Tu t'es enfin décidé à venir me parler ! observa Ouriel après avoir refermé la porte.

– Tu sais déjà... ? fit Angelo.

– Je sais que tu as quelque chose d'important à me confier. Mais j'ignore encore de quoi il s'agit, car tes secrets sont bien gardés, jeune homme, répondit son parrain en souriant.

Il lui désigna le fauteuil :

– Assieds-toi donc.

Angelo s'exécuta et Ouriel déplaça la chaise pour venir s'installer près de lui.

– Je suis venu te voir parce qu'il m'arrive quelque chose que je ne m'explique pas, commença Angelo à mi-voix. Durant des semaines tu le sais, j'ai travaillé avec application et j'ai progressé continuellement. Mais depuis quelque temps, je ressens... une sorte de blocage. Ça m'inquiète.

Ouriel posa sur son filleul un regard empreint de bienveillance et de compréhension :

– Tu as appris à te servir de ton don, tu te poses maintenant la question de ta responsabilité face à son utilisation, dit-il avec douceur. Tu n'es pas le seul, tu sais. Je crois bien qu'à l'heure qu'il est, tous tes compagnons se demandent eux aussi comment faire de leur mieux. Jusqu'ici, vous avez travaillé, guidés par vos maîtres, avec rigueur, droiture et persévérance. À présent, vous comprenez que vous ne pouvez plus vous contenter d'exécuter ce qu'on attend de vous. Vous devez manifester votre volonté propre, mais il n'est pas toujours aisé de distinguer où elle commence et où elle finit. Chacun de vous doit maintenant mesurer son degré d'engagement dans l'œuvre commune et faire des choix.

– Je ne suis pas sûr de comprendre...

– Je veux dire par là que l'heure est venue de se poser la question du sens. L'ouvrier qui a appris à tailler et assembler des pierres peut construire une cathédrale... ou une prison !

Angelo hocha la tête. Il n'avait pas envisagé les choses sous cet aspect-là, mais cela lui semblait tout à fait juste. Une fois de plus, les mots d'Ouriel faisaient écho en lui, ils entraient en résonance avec des pensées enfouies qu'ils aidaient à remonter à la surface de sa conscience. Le jeune homme soupira. Certes, écouter son parrain lui faisait du bien, mais ce n'était pas suffisant.

– En ce moment même, ce qui me préoccupe, c'est surtout le sens de mon blocage, déclara-t-il.

– Qu'entends-tu exactement par «blocage»?

Comme il l'avait fait lorsqu'il s'était confié à Nils, Angelo lui expliqua alors ce qui se passait avec Pauline, s'efforçant de n'oublier aucun détail.

– Je suis incapable de voir quoi que ce soit qui la concerne! conclut-il, l'air désemparé. J'ai essayé de comprendre tout seul ce qui se passait, mais je n'avance pas et le phénomène empire de jour en jour. J'ai besoin de ton aide, Ouriel.

– En ce qui concerne ta sœur, je pense que ce que t'a dit Nils n'est pas loin de la vérité. Et, à mon avis, ton blocage prend sa source à un moment précis: la dernière fois que tu as eu un flash concernant Pauline, tu as vu qu'elle était en danger mais tu n'étais pas en capacité de l'aider. Depuis, tu as probablement peur de te retrouver dans la même situation, donc une partie de toi préfère «ne pas voir» et fait obstacle à ton don.

Angelo acquiesça en silence. Son parrain l'examinait à présent avec une intensité presque dérangeante.

– Je souhaiterais que tu m'en dises un peu plus au sujet de cet œil, fit-il, les sourcils froncés.

Angelo serra les poings et sa mâchoire se crispa:

– C'est... insupportable. Dès que je pense à Pauline, il surgit et je ne vois plus que lui. Il est immense. En quelques secondes, il envahit l'intérieur de ma tête, il cogne dans mon cerveau, sa lumière me fait mal, il brille... comme un œil de rapace. Il me fixe comme un épervier qui a repéré une proie. Il ne me lâche plus. Et je sens que, si je ne trouve pas un moyen de me déconnecter, il va... me tuer ! Oh, Ouriel, qu'est-ce que c'est?

Le maître *TsahDik* resta un moment silencieux.

– Je ne vois qu'un moyen de le savoir, annonça-t-il finalement. Et je pense qu'aujourd'hui tu es prêt.

À cet instant, Angelo ferma les yeux et se cambra comme si on lui avait pointé une épée dans les reins.

– Un flash? demanda Ouriel avec intérêt. Montre-moi...

Et, avançant la main vers le visage de son filleul, il posa le pouce et l'index sur ses yeux clos.

*

Kevin s'apprêtait à entrer dans la boulangerie de son quartier lorsque deux gars au sourire faussement amical lui barrèrent la route et l'obligèrent à faire demi-tour.

– Salut, Bouboule, tu te souviens de nous? fit Franck en lui assénant une claque sur la nuque.

– Tu penses ! renchérit Alan en l'imitant. Comme s'il pouvait oublier les copains de son grand frère chéri !

Kevin courba l'échine, jetant des regards à droite et à gauche. Les rares passants présents dans la rue à ce moment-là ne lui prêtaient aucune attention.

– C'est curieux, reprit Franck, j'ai toujours entendu Jessie dire qu'il pouvait pas saquer son gros tas de petit frère, pas toi?

Son comparse ricana.

– À bien y réfléchir, je crois que t'as raison. Et toi, le morveux, qu'est-ce que t'en penses? demanda-t-il en lui pinçant méchamment la joue.

Le visage de Kevin devint cramoisi, mais il ne dit rien.

– Hé, on t'a causé! dit Franck en lui tirant discrètement les cheveux au niveau de la tempe.

Les yeux du gros garçon se remplirent instantanément de larmes, mais il garda les lèvres obstinément serrées.

*

– Trois garçons, murmura Ouriel. Deux adolescents et un préado... Les deux grands malmènent le plus jeune. Ils ne font pas ça gratuitement. Ils veulent obtenir quelque chose de lui... Bien. Continue...

*

Kevin commençait à en avoir assez de tous ces gens qui venaient lui parler de Jessie. Déjà qu'à la maison il avait droit aux constantes jérémiades de sa mère, «ton frère par-ci, ton frère par-là, avec tout ce que j'ai fait pour lui, et patati et patata...».

Franck et Alan le conduisirent jusqu'à un petit square désert situé non loin de là et le firent asseoir sur un banc. Debout devant lui, l'un à sa droite, l'autre à sa gauche, ils posèrent chacun un pied sur le rebord et se penchèrent en avant, le coude sur le genou et le menton dans la paume de la main.

– On a juste une question à te poser, dit Franck. Si tu nous réponds bien gentiment, on ne te fera pas de mal. N'est-ce pas, Alan?

L'autre secoua vigoureusement la tête.

*

Ouriel sentit la tension d'Angelo se relâcher et sa respiration devenir plus régulière. Il recula et ôta ses doigts du visage de son filleul.

– Plus de danger. Ils vont le laisser, dit Angelo juste avant d'ouvrir les yeux.

*

Franck et Alan firent claquer les paumes de leurs mains l'une contre l'autre en poussant un cri de victoire. Après avoir donné une dernière bourrade à Kevin, ils s'éloignèrent rapidement. Trois rues plus loin, il y avait un bar assez miteux où ils avaient leurs habitudes. Ils entrèrent en riant et commandèrent deux bières. Puis Franck sortit son téléphone portable et composa un numéro:

– Fred? fit-il, le sourire aux lèvres. J'ai une bonne nouvelle pour toi: on a localisé qui tu sais...

*

– Comment te sens-tu? demanda Ouriel.

– Bien, répondit Angelo. J'ai juste un peu la tête qui tourne, mais ça va.

Il regardait son parrain avec étonnement :

– Tu t'es... branché sur ma vision, c'est ça ?

– Oui. Je n'avais jamais tenté l'expérience auparavant car tu n'étais pas encore armé pour cela. À présent, tu possèdes les outils qui te permettent de supporter mon « intrusion ». Tu es sûr que tu ne ressens aucune douleur ? Aucune sensation de picotement dans la tête ?

Angelo fit signe que non.

– Bon, alors nous allons essayer d'en apprendre plus sur cet œil. Tu vas commencer par respirer profondément, très lentement, et quand je te le dirai, tu concentreras toute ton attention sur Pauline.

Ouriel surprit une lueur d'appréhension dans le regard de son filleul.

– Si tu ne te sens pas prêt, nous pouvons remettre l'essai à plus tard.

– Non, répondit fermement le jeune homme. Je veux savoir. Il est temps.

– Très bien.

Angelo cala son dos contre le dossier du fauteuil et posa ses avant-bras sur les accoudoirs, les paumes contre le cuir usé, les doigts détendus. Il ferma les yeux et suivit les recommandations d'Ouriel. Son souffle devint de plus en plus lent et régulier, et il relâcha un à un les muscles de son corps, des pieds à la tête. Assis tout près de lui, son parrain l'observait attentivement. Lorsqu'il sentit que le moment était venu, le maître *TsahDik* lui donna le signal. Le résultat ne se fit pas attendre. Au bout de quelques secondes à peine, le visage d'Angelo se crispa et sa respiration s'accéléra. Ouriel renouvela alors son geste : posant les doigts sur les yeux de son filleul, il se connecta à sa vision et reçut immédiatement une secousse.

L'œil s'immisça à l'intérieur de sa tête et envahit son esprit, captant son attention avec une force aussi terrifiante que fascinante. Ouriel dut rassembler toute son énergie pour lutter contre l'incroyable puissance d'attraction que développait cette vision. Elle absorbait toute autre forme de pensée et il fallait une volonté extraordinaire pour parvenir à lui résister et à garder le contrôle.

Sur le fauteuil, la tête renversée en arrière, Angelo se mit à haleter.

– Tu vois ? murmura-t-il. Tu vois...

– Oui, répondit Ouriel dans un souffle. Reste concentré. Surtout, ne lâche pas.

La première surprise passée, le maître *TsahDik* regagna du terrain. Il voulait en savoir plus. Déployant l'étendue de son don, il força la vision à reculer afin de percevoir son environnement. Rempli de haine et de colère, l'œil était collé à un instrument optique. Ouriel envoya une nouvelle poussée mentale et le champ s'élargit. C'était un viseur. Le viseur d'un fusil à lunette.

– Jessie ! s'écria Angelo d'une voix rauque.

Ouriel relâcha la pression une seconde et l'œil fonça aussitôt en avant, envahissant leur espace mental. On ne voyait plus maintenant que son iris, aussi rond et brillant qu'une planète observée dans un télescope.

Et brutalement, Ouriel la vit.

Tellement évidente, tellement obsédante qu'il lui était à présent impossible de voir autre chose.

Au cœur de l'enchevêtrement de lignes colorées qui remplissaient l'intérieur du disque, il vit l'éclatante figure géométrique dont chaque pointe pénétra telle une flèche dans son cerveau.

Crucifié dans le fauteuil, les ongles arrachant le cuir des accoudoirs, Angelo gémissait de douleur.

Ouriel rassembla alors toutes ses forces dans un même but : arracher son filleul et lui-même à cette vision qui risquait de les anéantir. Les veines de ses tempes et de son cou se gonflèrent sous l'effort, son corps tout entier se mit à trembler. Il prit une inspiration interminable, puis expulsa l'air d'un coup en poussant un cri proche du feulement. Il ouvrit brutalement les yeux et tout cessa.

Le corps d'Angelo se cambra, puis s'affaissa dans le fauteuil. Sa tête roula sur le côté. Il avait perdu connaissance.

Consterné, Ouriel regarda son filleul inanimé.

Grâce à lui, il savait désormais à qui appartenait l'œil étoilé.

CHAPITRE

6

Lorsque Ed Damson ouvrit les yeux, il ne vit que du gris. La pièce dans laquelle il était enfermé avait la même couleur ciment du sol au plafond. Un matelas jeté dans un coin en constituait tout le mobilier. Trois des murs étaient en béton lissé, le quatrième était constitué d'une épaisse paroi de verre donnant sur un corridor plongé dans l'ombre. Une porte y avait été aménagée, mais un système de verrouillage électromagnétique empêchait de l'ouvrir de l'intérieur. Ed n'avait aucune idée de l'endroit où il se trouvait. Il tâta en vain la surface de chaque mur, n'y décelant aucune aspérité, aucun défaut, pas même un courant d'air. Quant à ses yeux, ils peinaient à distinguer quoi que ce soit, hormis le couloir sombre sur lequel donnait sa cellule. La seule lumière qui lui permettait de ne pas être complètement plongé dans les ténèbres provenait d'un bloc LED fixé au mur de l'autre côté de la vitre.

Brusquement, des projecteurs s'allumèrent en claquant, inondant le corridor et la cellule d'une clarté aveuglante. Totalement ébloui, Ed dut se protéger les yeux avec son avant-bras. Il entendit au loin le déclenchement d'une serrure magnétique, puis des pas résonnèrent dans le couloir. Ils venaient dans sa direction. S'habituant peu à peu à la luminosité, Ed abaissa son bras et ouvrit complètement les yeux. Il reçut aussitôt un choc. Devant lui, de l'autre côté de la paroi de verre, se tenait Tubal-K en personne.

Le président de K1 lui jeta un regard méprisant puis appuya sur un analyseur digital encastré dans l'un des montants de la paroi vitrée. Celle-ci s'irisa et Ed entendit la voix de Tubal-K aussi nettement que s'il s'était trouvé à l'intérieur de la cellule avec lui.

– *Bienvenue à la maison, Adamsohn.*

Ed, *alias* Kane, le regarda droit dans les yeux sans broncher.

– *Vous ne vous attendiez sans doute pas à rentrer un jour. Surtout dans ces... conditions, n'est-ce pas? Mais je dois dire que vous m'avez beaucoup déçu*, continua Tubal-K.

Ed se concentra pour rester de marbre. En réalité, son cœur battait à tout rompre et une sueur glacée dégoulinait dans son dos.

– *Pendant longtemps je vous ai considéré comme un excellent élément, Adamsohn. Vous étiez brillant, ambitieux et compétent. Il est vrai que je pouvais difficilement me passer d'un homme tel que vous pour la mise en place du Protocole de Nod. Néanmoins...* fit le président avec une grimace, *je n'ignorais pas votre point faible. J'ai toujours su que vous étiez trop émotif. C'est pourquoi nous avons veillé à ce que vous soyez convenablement conditionné par le Mémotron tout au long de votre préparation. Certaines données du projet ne vous ont pas été révélées, car elles risquaient de devenir des points sensibles qui auraient pu entraîner chez vous des réactions... disons inappropriées. Aujourd'hui, je constate qu'apparemment nous n'avons pas pris suffisamment de précautions avec vous. C'est tout à fait regrettable... Si l'on vous avait laissé faire, vous auriez été à deux doigts de faire capoter notre projet. Vous avez même tenté d'entraîner vos collègues Pionniers dans votre folie! Je crains d'avoir sous-estimé votre capacité de nuire. Vous êtes un esprit subversif, Adamsohn, ce que j'ai particulièrement en horreur. Quoi qu'il en soit, vous devez comprendre une chose: je ne laisserai personne me mettre des bâtons dans les roues. Vous m'entendez?* Personne*!*

Son ton s'était durci à la fin de son laïus et ce que Kane lut dans son regard s'apparentait très clairement à la haine. Le Pionnier eut la sensation qu'un bloc de béton lui tombait dans l'estomac.

À ce moment précis, il eut la certitude que ses jours étaient désormais comptés.

*

La voiture de Florence Rieu roulait depuis un quart d'heure en direction de la côte lorsque Pauline reçut un appel de Luka.

– Du nouveau? lui demanda-t-elle immédiatement.

– *Non*, fit Luka d'une voix morne. *Il n'est pas rentré et n'a toujours pas donné signe de vie. Je pense que ma mère ne va pas tarder à prévenir la police.*

– Ah ! finalement, vous vous êtes décidés.

– *Oui. Ça ne servirait à rien d'attendre plus longtemps. Est-ce que tu pourrais me donner le numéro du capitaine Fournier ? On a des chances que ça aille plus vite si c'est lui qui s'en occupe...*

Pauline ouvrit la bouche mais, durant une poignée de secondes, elle fut incapable de proférer un son. Elle se mit à réfléchir à toute allure.

– *Allô ? Tu m'entends ?* fit Luka, tendu.

– Oui, oui, je crois qu'on a un petit souci de réseau par ici...

– *Bon. Tu me donnes le numéro, s'il te plaît ?*

– Bien sûr. Attends une minute... Ah, mince !

– *Quoi ?*

– Je suis désolée, je ne l'ai pas sur moi.

– *Mais... tu devais pourtant appeler ce flic une fois sur l'île !*

À ce moment, Pauline entendit un petit bip lui indiquant que quelqu'un essayait de la joindre.

– Dépêche-toi, j'ai un autre appel. Tu disais ?

– *Tu m'avais promis de prévenir Fournier dès qu'on serait sur place.*

– Oui, bien sûr. Son numéro est sûrement noté sur mon agenda qui est dans mon sac. Écoute, je te l'envoie par SMS au plus tard dans un quart d'heure, okay ?

– *Fais vite, s'il te plaît !*

– Mais oui ! Allez, à plus.

Pauline raccrocha avec empressement et consulta l'écran de son mobile pour savoir qui avait essayé de la joindre. Elle lut *Angelo* et se frappa la cuisse du plat de la main.

– Oh, merde!

– Un problème? interrogea sa mère.

– Non, rien. J'ai loupé un appel. Attends, j'écoute le répondeur...

Le téléphone plaqué contre l'oreille pour que le son ne filtre pas, elle écouta attentivement le message que lui avait laissé son frère:

– *C'est moi, petite sœur. Écoute-moi bien, je voudrais que tu me jures de ne pas t'approcher de Jessie, tu m'entends? Si jamais il te retrouvait, tu serais en grand danger. Je ne plaisante pas, je l'ai vu. Je... je vous ai vus tous les deux. Il ne faut surtout pas que tu ailles sur l'île de la Garenne. Sous aucun prétexte! Reste loin de lui et fais très attention. Allez, rappelle-moi. Je t'embrasse. À très vite.*

Pauline éteignit son portable et le glissa dans la poche de sa veste.

– Rien d'important? lui demanda négligemment Florence.

– Non. C'était Norma qui voulait me souhaiter de bonnes vacances.

– Ah... Et l'autre appel?

– Oh... un copain qui organise un concert. Il voulait que je lui file le numéro de Norma. Mais comme je sais qu'elle ne l'aime pas beaucoup, j'ai trouvé une bonne excuse pour ne pas le lui donner!

*

Le docteur Rieu venait juste de raccompagner un patient à la porte de son cabinet lorsque son téléphone sonna. Il courut jusqu'à son bureau pour décrocher à temps.

– Luka? fit-il, surpris.

– *J'aurais un service à vous demander*, annonça le jeune homme.

Le docteur lui répondit d'un ton embarrassé:

– Pauline m'a dit que vous vous étiez disputés. Je... je suis navré. Elle est un peu nerveuse en ce moment. Mais ça lui passera, tu sais. Et quoi qu'il en soit, je voudrais que tu saches que ma femme et moi t'apprécions beaucoup. Donc, si je peux te rendre service...

– *Monsieur Rieu, nous ne nous sommes pas disputés.*

– Comment? Mais alors, pour quelle raison n'es-tu pas parti avec elle?

– *Mais enfin, c'est à cause de mon père!*

– Ton père?

– *Elle ne vous a rien dit?*

– Mais de quoi tu parles?

Luka marqua un temps d'arrêt. Il ne savait plus quoi penser.

– *Mon père a disparu depuis hier*, expliqua-t-il, de plus en plus perdu. *Et si je vous appelle, c'est pour vous demander de me donner le numéro de ce policier...*

– Le capitaine Fournier?

– *Oui.*

– Ne quitte pas...

Le père de Pauline ne mit que quelques secondes à retrouver la carte de l'officier de police, et Luka s'empressa de noter les chiffres qu'il lui dictait.

– Dis-lui bien que tu appelles de ma part. Et surtout, tu me tiens au courant, n'est-ce pas?

– *Oui*, promit Luka. *Merci beaucoup.*

Perplexe, Rieu reposa le téléphone et s'octroya une minute avant d'aller chercher le patient suivant. Il se sentait brutalement accablé. Le doute n'était désormais plus possible. Sans le vouloir, Luka venait de lui donner la preuve que sa fille lui mentait.

*

Le capitaine Fournier soupira.

Il ne s'attendait vraiment pas à ce que ce Luka l'appelle un jour. En revanche, ce qu'il lui avait révélé ne l'étonnait pas du tout. Ainsi Pauline Rieu avait réussi à retrouver Jessie Boyer avant lui, et elle avait bien l'intention de s'en occuper toute seule... Heureusement que son petit copain avait un peu plus de plomb dans la cervelle! D'après ce qu'il avait raconté à Fournier, ils s'étaient disputés la veille et leur projet de vacances était tombé à l'eau. Voyant que Pauline décidait de partir quand même, il avait eu peur qu'elle ne fasse une grosse bêtise. Et, par chance, il avait eu le réflexe de lui téléphoner pour le prévenir. Fournier l'avait d'ailleurs félicité. Visiblement, la fille du médecin avait la tête dure. *Presque autant que ma propre gamine*, songea le policier avec amertume. *Quand elles font leur crise d'adolescence, les filles sont parfois pires que les garçons... Je peux comprendre que Stella soit partie vivre chez sa mère, pour une jeune fille, c'est sans doute plus logique. Mais qu'elle coupe ensuite les ponts avec moi sous prétexte que je voulais «faire la police dans sa vie privée», c'est vraiment fort de café!*

Revenant à l'affaire qui le préoccupait, Fournier bénit la dispute entre Pauline Rieu et son petit ami. Si elle n'avait pas eu lieu, le gamin aurait accompagné la demoiselle sur l'île. À eux deux, ils se seraient crus plus forts que le *SB* et Dieu sait ce qui aurait pu se passer.

Après l'avoir averti, Luka ne s'était pas attardé au téléphone. Il paraissait pressé. Fournier l'avait remercié et lui avait assuré qu'il allait faire le nécessaire immédiatement. À la fin de leur entretien, il avait eu l'impression que le jeune homme avait autre chose à lui dire.

Mais, au dernier moment, il s'était ravisé.

*

La matinée était froide et brumeuse. Aucun promeneur n'était en vue lorsque Luka arriva aux arènes. Frissonnant autant d'appréhension que de froid, l'adolescent se dirigea tout droit vers la porte *Libitinensis*. Il se faufila à l'intérieur de l'étroit passage de pierre, saisit le médaillon qui reposait sur son sternum et attendit. Au bout de quelques secondes, tout se mit à vibrer en lui et autour de lui. Des fourmillements coururent à la surface de sa peau, et dans sa main la température du pentacle augmenta notablement. À la hauteur de son épaule gauche, un boîtier rectangulaire de couleur noire émergea de la paroi rocheuse. Luka regarda les cinq diodes mauves s'allumer et se mettre à clignoter autour d'un emplacement circulaire. Rien de tout cela ne lui était inconnu. Il savait ce qu'il lui restait à faire. Il s'efforça de ne prêter attention ni au nœud qui lui tordait l'estomac ni au tremblement de ses mains. Il prit une profonde inspiration, puis, d'un geste relativement ferme, il ôta le pendentif de son cou et appliqua le *Signe de K1* contre le cercle lumineux.

Le médaillon et le boîtier s'emboîtaient parfaitement.

Le portail temporel venait de s'enclencher.

À présent, Luka ne pouvait plus faire marche arrière.

CHAPITRE 7

— Un *Bad*... Notre *Ancêtre* serait un *Bad* ! s'exclama Haruko.

Dans la salle capitulaire où les maîtres s'étaient réunis en urgence, la consternation était générale.

– C'est impossible, décréta Reyel. Il y a forcément erreur !

– Tu sous-entends que mon don ne serait pas fiable ? s'irrita Ouriel.

– Allons, allons, mes frères ! intervint Anokhi avec un geste d'apaisement. Inutile de nous quereller. Nous savons tous parfaitement que notre frère ne s'est jamais trompé. S'il dit que ce garçon est celui qui porte la marque de l'œil étoilé, c'est qu'il s'agit bien de lui, et cette affirmation ne saurait être remise en cause, quelles que soient ses implications.

L'extrême fermeté de son ton réduisit le concert de protestations à un bourdonnement de murmures. Iahllan sollicita alors la parole et, se levant pour mieux se faire entendre, il balaya l'assemblée de son intense regard bleu avant de déclarer :

– Je pense qu'il serait bon de commencer par exprimer tout haut ce que beaucoup pensent tout bas. Nous sommes tous extrêmement surpris, voire choqués par cette révélation inattendue. Nous qui avons pour unique but d'œuvrer pour le bien de l'humanité, voilà que nous nous découvrons un ascendant peu reluisant, il est vrai. «Comment une telle chose est-elle possible?» se demandent beaucoup d'entre nous. Eh bien, je ne pense pas qu'il soit utile de s'appesantir plus longtemps sur cette question. Cela est, point. Personne ne peut rien y changer. Ce qui importe à présent, c'est de décider ce que nous allons faire. Car nous devons agir sans tarder! Je vous rappelle que les hommes de K1 sont à la recherche de l'*Ancêtre*. Peut-être même l'ont-ils déjà trouvé à l'heure qu'il est. Les laisserons-nous l'abattre? Voilà la vraie question. Celle à laquelle il me paraît urgent de répondre!

Les commentaires reprirent et s'amplifièrent, certains *TsahDiks* saluant les propos de Iahllan par de brefs applaudissements tandis que d'autres manifestaient ouvertement leur désapprobation. Frappant à trois reprises du plat de la main sur la table qui se trouvait devant lui, Anokhi réclama le silence :

– Notre frère Iahllan vient de s'exprimer fort sagement et je souhaiterais à mon tour vous inviter à méditer sur ce que cette révélation a provoqué en nous. Incrédulité? Révolte? Colère? Mais n'y aurait-il pas derrière tout cela une grande part d'orgueil, mes frères? Ne nous sentirions-nous pas en quelque sorte entachés par cet ancêtre honteux?

En observant l'expression des visages de ses auditeurs, Anokhi put constater que l'argument avait fait mouche.

– Au lieu d'être catastrophés par ce que nous venons d'apprendre, je vous propose d'examiner l'autre versant des choses. Cette découverte ne nous fournit-elle pas l'occasion de nous souvenir que si nous aspirons tous à la lumière, c'est grâce à la part de ténèbres que chacun de nous porte au plus profond de lui?

Il marqua un temps d'arrêt afin de laisser se déployer toute la portée de ses paroles, puis annonça d'un ton sans réplique :

– Allons, mes frères, nous avons assez perdu de temps. Craignant que nous ne puissions intervenir à temps, notre Commandeur envisage de négocier avec Tubal-K, je viens d'en être informé. Notre long et patient travail n'aboutirait donc qu'à cela, un compromis qui, tôt ou tard, conduirait à une soumission?!

L'assemblée répondit par des exclamations indignées.

– Tout n'est pas perdu et nous avons encore une chance de sauver la situation, conclut Anokhi. Par conséquent, partons immédiatement pour l'île de la Garenne. J'ai besoin de quatre hommes. Qui souhaite m'accompagner?

Ouriel, Iahllan, Hahasiah et Nanael levèrent la main.

– Je vous remercie, dit Anokhi. Nous allons nous réunir immédiatement pour mettre au point notre intervention. Je propose que celle-ci ait lieu dès ce soir...

– Pourquoi pas avant? demanda quelqu'un dans la salle.

– Nous n'avons qu'un moyen de nous rendre sur les lieux, car il n'y a pas de port sur l'île. Nous arriverons donc par la terre, via le tombolo[1] de la Passe-aux-Bœufs, accessible uniquement à marée basse, soit à des heures très précises.

Posant une feuille devant lui, il ajouta :

– En attendant notre retour, je vous charge de tout préparer conformément aux instructions que voici. Vous informerez également nos jeunes *TsahDiks*. Après tout, il en va de leur avenir autant que du nôtre...

*

Dès que Florence Rieu eut déposé sa fille au camping situé au cœur de l'île, celle-ci la congédia, déclarant qu'elle avait besoin d'être seule pour réfléchir. La femme du médecin aurait aimé qu'elles prennent le temps de se promener toutes les deux avant qu'elle rentre à Mediola, mais Pauline lui opposa un refus catégorique et elle n'insista pas. S'efforçant de dissimuler sa peine, elle l'embrassa et prit le chemin du retour. Elle avait parcouru une dizaine de kilomètres lorsque de grosses larmes se mirent à rouler sur ses joues.

*

Le sourire aux lèvres, Franck composa sans attendre le numéro d'Alan.

---

1. Cordon littoral constitué par une levée de galets ou de sable, reliant une île au continent.

– Fred vient de m'appeler, annonça-t-il. Il nous attend ce soir au bowling à dix heures. D'après lui, on devrait être sur l'île vers onze heures au plus tard...

– Il a vérifié que la passe était ouverte à cette heure-ci?

– T'inquiète, il a les horaires de marées. Aucun souci jusqu'à deux heures du mat'. Ça nous laisse largement le temps de régler l'affaire.

– Génial! Bon, à ce soir.

– C'est ça. Il me tarde de donner une bonne leçon à cet enfoiré de Jessie.

*

Pauline posa ses affaires dans le mobile home, puis ralluma son portable et envoya un message à Angelo. *Ne crains rien, je ne prendrai aucun risque. Promis-juré.* Puis elle le mit en mode «silence».

Après avoir enfin réussi à se débarrasser de la patronne du camping qui se désolait de la voir sans son petit ami, elle décida d'aller tout de suite en repérage. Pour gagner du temps, elle s'était renseignée avant de quitter Mediola. Elle savait donc que, sur l'île de la Garenne, les carrelets étaient regroupés dans deux secteurs: au sud, le long du littoral qui s'étendait entre la plage du Verger et la Passe-aux-Filles – c'était là qu'ils étaient le plus nombreux –, et au nord, à proximité du puits des Insurgés, au pied des falaises calcaires qui dominaient l'anse de Soubise. Pauline opta dans un premier temps pour le sud. Elle avait envie d'une longue promenade sur la plage et se disait que cela ferait le plus grand bien à sa cheville. En quittant le camping, elle parcourut une centaine de mètres sur la route principale puis prit à droite le chemin qui menait à la mer en passant par la ferme aquacole. Dix minutes plus tard, elle se retrouvait face à l'océan. Elle s'arrêta un instant pour écouter le bruit des vagues et remplir ses poumons d'air iodé. À cet instant, des images remontèrent involontairement à sa mémoire, des souvenirs qu'elle aurait voulu pouvoir effacer à tout jamais. Elle se revit face à Jessie, ce fameux soir dans les arènes. Brusquement, tout lui revint : son haleine, ses yeux fous, l'odeur de sa sueur, le poids de son corps plaqué contre le sien, sa rage de la posséder... Toutes ces sensations abominables qu'elle avait refoulées durant des mois. Le plus atroce moment de toute son existence. Elle eut un haut-le-cœur, fit quelques pas et se força à respirer calmement. Si Luka n'était pas arrivé à temps...! Pour la première fois, elle accepta d'envisager ce qui aurait pu se passer ensuite. *Si je m'étais retrouvée enceinte de Jessie, que serait-il advenu ?* se demanda-t-elle, surprise de découvrir en elle de telles pensées. *Aurais-je gardé l'enfant ?* Et, soudain, une certitude s'imposa à elle. Même si les circonstances de la conception étaient inacceptables, elle se rendit compte qu'il lui était impossible de s'imaginer prenant la décision d'interrompre la grossesse...

Elle secoua la tête, refusant de se perdre ainsi en conjectures, et se remit en marche. Par précaution, elle avait enfoncé un bonnet sur sa tête et remonté l'écharpe enroulée autour de son cou de manière à dissimuler le bas de son visage. Les yeux cachés derrière des lunettes de soleil, elle observa attentivement les environs. À cette saison, l'île n'était pas très fréquentée, mais quelques promeneurs arpentaient çà et là les sentiers qui permettaient de découvrir le site réputé pour sa beauté sauvage. Pauline croisa deux couples et une famille de vacanciers avant d'arriver sur la zone de pêche où s'alignaient une série de carrelets. Leurs longues passerelles de bois s'avançaient loin dans l'eau, à une vingtaine de mètres du bord. Pauline aperçut soudain la silhouette de quelqu'un qui sortait de la première cabane de pêcheur. Un homme. Assez jeune apparemment. La jeune fille sentit son rythme cardiaque s'accélérer. Le type emprunta le ponton puis descendit l'échelle et prit pied sur la plage, marchant dans sa direction. Pauline eut la tentation de faire demi-tour. *Non, c'est trop bête!* se ravisa-t-elle. *Il ne peut pas me reconnaître, et moi, il faut que je sache si c'est bien lui.* Les mains dans les poches et la tête rentrée dans les épaules, elle continua donc à avancer. Ils ne tardèrent pas à se croiser.

– Bonjour! fit une voix agréable.

Pauline leva les yeux. Ce n'était pas Jessie. L'homme devait avoir une trentaine d'années. Son teint tanné et ses yeux malicieux rendaient son visage sympathique.

– Bonjour, répondit-elle.

– En vacances?

– Oui.

– Je travaille à la ferme aquacole, venez donc y déjeuner, on y mange très bien. Ce midi, il y aura du bar. La patronne le fait cuire dans une croûte de sel, c'est inoubliable!

– Tous ces carrelets sont à vous? demanda Pauline avec audace.

L'homme éclata de rire :

– Aux propriétaires de la ferme, oui ! On est quatre pour les faire tourner : pas le temps de s'ennuyer.

– Je croyais qu'il y avait des carrelets privés sur l'île...

– Ah oui, mais pas de ce côté. Ce sont ceux de la pointe nord. Vous vous intéressez à la pêche ?

– Je prépare un mémoire sur les métiers de la mer.

– Oh ! fit le pêcheur impressionné. Raison de plus pour venir nous voir. À très bientôt, alors ?

– Oui, à bientôt.

La jeune fille s'éloigna rapidement. Inutile de perdre davantage de temps de ce côté. Elle remonta la plage jusqu'à la pointe de la Passe-aux-Filles. Les silhouettes courbées en deux des adeptes de la pêche à pied y arpentaient à pas lents les rochers plats dont les nombreuses flaques scintillaient au soleil. Pauline ne leur jeta qu'un rapide coup d'œil. Elle longea les quatre uniques villas que possédait l'île et bifurqua à droite pour rejoindre la route du camping. Elle avait une faim de loup.

Un repas un peu copieux serait le bienvenu, d'autant qu'elle aurait besoin d'énergie pour l'excursion de l'après-midi. Elle savait maintenant dans quel secteur se cachait Jessie. Il ne lui restait plus qu'à dénicher le bon carrelet.

Ensuite, elle mettrait son plan à exécution sans attendre.

CHAPITRE

8

Le président Tubal-K passa les mains derrière sa nuque pour ôter son pendentif. Saisissant délicatement le pentacle, il le retourna et, du bout des doigts, actionna un mécanisme qui s'ouvrit sans bruit, révélant un compartiment caché à l'arrière du médaillon. Après avoir extrait la minuscule carte plastifiée qui se trouvait à l'intérieur, il inséra celle-ci dans un lecteur et tapa le code confidentiel sur le miniclavier: CAIN.

Ce qui apparut sur l'écran lui fit pousser une fois de plus un soupir d'exaspération. Quelques lettres clignotantes, des fragments de mots: ... *ich... entité... Copen... Je... Bo... sept... profession... bio...* Et tout de suite après, un bug se produisit. Le lecteur émit un *bip* d'alarme et l'écran s'éteignit. Même s'il s'y attendait, Tubal-K ne put s'empêcher de pester. Il reprit la carte et la replaça au dos de son médaillon. Puis il alla s'asseoir à son bureau et contempla longuement le pendentif qui reposait sur sa paume. Son histoire était singulière. Un bijou semblable lui avait été remis par son père quelque temps avant sa mort.

– *Mon fils, ceci est l'emblème de notre famille*, avait dit le vieil homme au futur président de la Communauté de K1. *Depuis fort longtemps, je ne saurais te dire exactement combien d'années, nous nous le transmettons de père en fils. Conserve-le et prends-en soin. En ces temps troublés, il est plus que jamais nécessaire de garder un lien avec ses racines. N'oublie jamais ceci : pour savoir où l'on va, il faut savoir d'où l'on vient...*

Mais un jour, alors que le président Tubal-K traversait une rue de la ville haute, un des maillons de la chaîne du pendentif s'était brisé, sans doute à cause de l'usure. Le médaillon était tombé et, avant que Tubal-K n'ait eu le temps de le ramasser, un véhicule l'avait brisé en roulant dessus. C'est en le récupérant que son propriétaire s'était aperçu que le bijou possédait un compartiment caché. Il en avait extrait la carte à puce et l'avait aussitôt confiée à ses ingénieurs à des fins de décryptage, lequel s'était malheureusement révélé presque impossible. Mais Tubal-K avait insisté : il voulait connaître le contenu de la puce. Peu importait le temps que cela prendrait, mais il fallait trouver un moyen, coûte que coûte !

Il avait également commandé au meilleur orfèvre de K1 une réplique du médaillon et, depuis, le bijou ciselé dans un alliage précieux reposait sur sa poitrine et offrait ses reflets irisés aux yeux de tous. Mais rares étaient ceux qui savaient ce qu'il contenait.

Appuyant aussitôt sur l'intercom qui se trouvait sur son bureau, Tubal-K fit demander un certain Moreno. Moins de dix minutes plus tard, l'ingénieur se présentait devant lui.

– Alors? demanda le président en se contentant de désigner le lecteur de carte à circuit intégré. Où en êtes-vous?

– Nous progressons, monsieur le président. Comme je vous l'ai expliqué, le micromodule a été endommagé, ce qui rend impossible l'accès à certaines informations stockées dans le circuit. Néanmoins, nous nous sommes rendu compte que nous avions fait une erreur en essayant de définir le type de carte dont il s'agit. Nous avons tout d'abord pensé que le composant ne pouvait être accessible que par contact, l'interface entre les contacts de la puce et ceux du lecteur étant le fameux circuit. Sa détérioration entraînait donc une perte irrémédiable d'une partie des données. Or, il s'agit en réalité d'une carte «combi» ou «dual interface»...

– Ce qui signifie?

– Qu'elle peut être lue à la fois par contact et par radiofréquence à courte ou moyenne portée. C'est pourquoi nous travaillons activement à la mise au point d'un autre système de lecture combinant les deux types d'accessibilité.

– Quand sera-t-il prêt? demanda Tubal-K avec un frémissement d'impatience.

Moreno le regarda en souriant:

– Monsieur le président, ce n'est maintenant plus qu'une question d'heures...

*

Sensiblement ragaillardi, Tubal-K décida de s'entretenir immédiatement avec son prisonnier. Il commença par appeler le responsable de la Sécurité et lui donna une série d'instructions. Après quoi, il convoqua trois gardiens qu'il chargea d'aller chercher Adamsohn et de l'amener en salle d'interrogatoire. Lorsqu'il y entra un quart d'heure plus tard, Ed *alias* Kane était assis sur une chaise fixée au sol. Ses poignets et ses chevilles étaient entravés et reliés par une chaîne dont la longueur ne lui permettait pas de se mettre complètement debout. Le visage blême et les traits tirés par l'absence de sommeil, il paraissait complètement abattu.

– Vous avez mauvaise mine, mon cher, observa Tubal-K en tournant autour de lui. On dirait que le soleil de Mediola vous manque...

Les yeux volontairement rivés au sol, Ed ne daigna pas répondre.

– Comme je vous l'ai exposé précédemment, il était toutefois indispensable que je vous isole des autres Pionniers, vous le comprendrez aisément.

Le président continuait à arpenter la salle en affichant un air satisfait.

– L'assemblée ne va pas tarder à statuer sur votre sort, Adamsohn. Inutile de vous préciser que vous risquez la peine capitale pour haute trahison...

Immobile sur sa chaise, Ed ne broncha pas.

– Il va cependant sans dire que si vous décidiez de vous montrer un peu plus coopératif, cela serait apprécié et jouerait peut-être en votre faveur. Je suis absolument persuadé que vous détenez des informations que vous avez refusé de livrer à vos collègues Pionniers. C'est pourquoi je vous le demande une dernière fois : que savez-vous au sujet de l'*Ancêtre* ?

Le président n'obtient pour toute réponse qu'un silence obstiné.

– Bien ! s'exclama-t-il alors d'un ton presque enjoué. Vous avez décidé de jouer la carte du sacrifice héroïque ? Je vais vous montrer quelque chose qui a de fortes chances de vous faire changer d'avis...

Sur ce, Tubal-K alluma un écran incorporé au mur face au prisonnier. Une image apparut, mais Ed gardait la tête obstinément baissée, refusant de regarder. Le président passa alors derrière lui, attrapa une poignée de ses cheveux et tira d'un coup sec, l'obligeant ainsi à relever le menton. Ed retint un juron. En apercevant l'image, il sentit brusquement tout son sang refluer vers ses pieds. Dans une cellule semblable à la sienne, un autre prisonnier était recroquevillé sur une paillasse. Son visage portait de sérieuses ecchymoses et ses vêtements étaient en partie déchirés.

– Luka ! ne put s'empêcher de crier Ed.

– Je constate avec plaisir que vous devenez un peu plus raisonnable, commenta le président.

– Qu'est-ce que vous lui avez fait, espèce de... ?

– Tsss, tsss ! Ne prononcez pas des mots que vous risqueriez de regretter ! Votre fils ne se porte pas trop mal, rassurez-vous. Du moins pour l'instant. La suite des événements va dépendre entièrement de vous, mon cher...

Ed s'affaissa sur sa chaise. En quelques secondes, il semblait avoir vieilli de plusieurs années.

– J'ai... identifié l'*Ancêtre*, commença-t-il d'une voix à peine audible. Il... il est âgé de dix-huit ans. Il s'appelle... Jessie Boyer.

Le regard de Tubal-K s'illumina. Son corps tout entier se mit à trembler d'excitation.

– Où est-il? demanda-t-il avec frénésie.

– Je n'en sais rien...

– OÙ EST-IL, ADAMSOHN?! Je ne le répéterai pas!

– Je vous dis que je ne sais pas! Il est recherché par la police. J'ai vu sa photo sur un avis de recherche, c'est comme ça que j'ai pu le retrouver...

– Très bien! déclara le président. Dans ce cas, je vais de ce pas interroger votre fils. Étant donné qu'ils ont pratiquement le même âge, je ne serais pas étonné qu'il ait lui aussi des choses à m'apprendre. Enfin, je l'espère pour lui...

– Noooooooooon!!! cria Ed.

En vain.

Tubal-K venait de quitter la salle d'interrogatoire. Quelques minutes plus tard, Ed le vit pénétrer dans la cellule de Luka, accompagné de deux gardiens.

Puis, brusquement, l'écran s'éteignit.

CHAPITRE

9

– Voilà ce que tu m'as demandé, dit Helena, le visage fermé. Ça n'a vraiment pas été facile de rassembler autant d'argent. Maintenant, il va falloir que je trouve un moyen de rembourser tous les gens à qui j'ai emprunté...

– Ça, c'est ton problème, ma grande, répliqua Jessie en ouvrant l'enveloppe pour recompter les billets.

Helena fit la moue. Lorsque tout cela serait terminé, elle ne voulait plus jamais avoir affaire à Jessie. Elle trouverait bien un moyen de le tenir définitivement à distance. On n'obtenait décidément rien de bon lorsqu'on frayait avec les *Bads*.

– Plutôt sympa, ta planque, fit-elle en observant l'intérieur de la cabane en bois.

– Si on veut. De toute façon, je me casse ce soir.

Jessie referma l'enveloppe et la glissa à l'intérieur d'un sac posé au pied du lit.

– Le compte y est, déclara-t-il. Bon, t'as des clés et une adresse à me filer?

Helena se mordit la lèvre inférieure. À contrecœur, elle sortit une seconde enveloppe de sa poche et la posa sur la table:

– C'est un studio qui appartient à mes parents. Ils ne l'utilisent que quelques jours par an. Tu peux y rester maximum une semaine, mais fais gaffe, mon frère aîné a la clé et des fois il y va sans prévenir. J'ai pas trouvé mieux.

Jessie la dévisagea d'un air soupçonneux:

– Et s'il débarque?

– Tu dis que tu es un de mes copains et tu dégages vite fait.

– Tu as prévenu tes vieux?

– Bien sûr que non!

– Ça vaut mieux pour toi...

De plus en plus mal à l'aise, Helena ne cessait de se ronger les ongles tout en surveillant Jessie du coin de l'œil. Elle ne se sentait absolument pas en sécurité dans ce carrelet avec lui et n'avait qu'une hâte: rentrer chez elle et oublier tout ça.

– Quand tu quitteras le studio, jette les clés dans la boîte aux lettres de la gardienne, précisa-t-elle.

– Bon. Ça ira, lâcha finalement Jessie. Je t'offre un truc à boire?

– Merci, non. Il faut que je file, ils ne vont pas tarder à refermer la passe...

Jessie promena effrontément son regard sur elle et répondit, un sourire ironique aux lèvres:

– C'est dommage !

La jeune fille sentit brusquement le sang battre à ses tempes.

– Bon, j'y vais, dit-elle avec précipitation. Je te souhaite bonne chance !

– C'est ça, ouais...

Jessie la regarda avec amusement gagner la porte d'entrée et se précipiter dehors. Il s'affala sur la couchette, croisa les bras derrière sa nuque et ferma les yeux. La soirée et la nuit allaient être longues. Une petite sieste serait la bienvenue.

En y réfléchissant, il se dit qu'il aurait cependant été plus agréable d'avoir de la compagnie un peu plus longtemps...

*

Je ne trouverai jamais dans lequel se cache ce salaud ! se disait Pauline, découragée.

Depuis environ un quart d'heure, elle était postée sur la falaise qui surplombait les carrelets de la côte nord et les observait l'un après l'autre à l'aide de jumelles. Tout à coup, elle vit la porte de l'une des cabanes en bois s'ouvrir et une jeune fille à la chevelure flamboyante se propulser sur la plate-forme. Cette dernière emprunta ensuite d'un pas pressé la passerelle soutenue par dix paires de pilotis, courant presque jusqu'à ce qu'elle atteigne le raide escalier de planches qui permettait de redescendre sur la grève. Pauline n'en croyait pas ses yeux : « Helena !... murmura-t-elle. Qu'est-ce qu'elle fait là ? »

Au même moment, quelqu'un cria quelque chose et la rouquine stoppa net, se retournant vers le carrelet. Penché sur la balustrade de la plate-forme, l'occupant des lieux agitait une écharpe, probablement oubliée par la visiteuse. Cette dernière leva les bras et les croisa, index pointés en l'air, pour signifier que sa réponse était négative. Puis elle tapota le dessus de son poignet gauche comme si elle voulait montrer l'heure et se remit en marche après avoir salué de la main celui qui l'avait appelée. Braquant alors ses jumelles sur lui, Pauline lâcha un cri de stupeur: «C'est pas vrai! Jessie...»

Le cœur battant, elle le vit rentrer dans la petite habitation perchée au-dessus de l'eau. De son côté, Helena progressait tant bien que mal sur les rochers qui s'étendaient entre la zone des carrelets et le pied de la falaise. Leur surface irrégulière, glissante par endroits, nécessitait une attention constante et rendait sa progression difficile. Avec des postures grotesques d'équilibriste débutante, elle finit par rejoindre l'étroite bande de sable située à l'aplomb de la paroi de roche calcaire. De là, elle grimpa jusqu'au sentier douanier. Un scooter l'y attendait. Elle l'enfourcha, démarra aussitôt et s'éloigna à vive allure. *Voilà qui devrait me faire gagner un temps précieux,* songea Pauline en reprenant la direction du camping.

Au bout de quelques mètres, la douleur se réveilla dans sa cheville, mais elle s'en rendit à peine compte. Une sorte de joie féroce s'était emparée d'elle, lui faisant oublier absolument tout le reste.

*

La nuit venait de tomber. Pauline avait étalé devant elle tout ce dont elle aurait besoin quelques heures plus tard. Rien ne manquait. Il lui tardait à présent d'en finir.

Elle sentit soudain son téléphone vibrer dans sa poche et regarda qui l'appelait.

Sa mère.

Réprimant avec peine un soupir d'agacement, Pauline décrocha. Florence Rieu était bouleversée. Elle lui annonça sans préambule qu'elle venait de recevoir la visite d'Ann Damson. Son mari et son fils avaient disparu et elle paniquait complètement.

– Quoi ?! s'exclama Pauline, encore plus contrariée qu'inquiète.

– Oh, ma chérie, c'est affreux ! D'abord Ed, puis Luka. Je ne sais pas ce qui a pu arriver. Ton père essaie de joindre le capitaine Fournier, mais il est tout le temps sur messagerie. Il faut absolument que nous aidions Ann. Elle est toute seule avec Lila, tu te rends compte !

Muette de stupeur, Pauline se demandait dans quel guêpier Luka avait bien pu se fourrer.

– Je suis morte d'inquiétude à l'idée de te savoir seule sur cette île... confia Florence, au bord des larmes.

– Quel rapport ? Maman, je ne risque absolument rien ! Il n'y a que des gens en vacances, ici, des familles...

– Ça ne se raisonne pas, Pauline ! coupa Florence. *J'ai peur pour toi, et ton père aussi. Il faut que tu rentres à Mediola.*

– Mais...

– *C'est décidé, nous viendrons te chercher demain matin,* annonça la mère de la jeune fille d'un ton sans réplique.

Pauline serra les poings. La fureur la faisait trembler.

– *Nous serons là vers huit heures. Tiens-toi prête,* ordonna Florence pour finir. *Et d'ici là, s'il te plaît, promets-moi de ne prendre aucun risque.*

– Mmm, mmm... fit Pauline, exaspérée d'être traitée comme une gamine.

Lorsqu'elle eut raccroché, elle se dit qu'il n'était décidément plus question de tergiverser.

Ce serait cette nuit ou jamais.

*

Il était vingt-deux heures passées lorsque Pauline ouvrit sans bruit la porte du mobile home. Éclairées par quelques maigres réverbères qui ne dispensaient qu'une lumière falote, les allées du camping étaient désertes. Son sac à dos rivé aux épaules, la jeune fille gagna discrètement la sortie et prit le chemin qui reliait le fort à la Passe-aux-Filles. Ayant arpenté l'île une bonne partie de la journée, elle était maintenant familiarisée avec les lieux et se dirigeait sans trop de peine dans la nuit. Il lui fallut moins de vingt minutes pour arriver au pied des falaises de l'anse de Soubise. C'était de nouveau marée basse, les carrelets étaient donc accessibles à pied sec. On entendait au loin le murmure des vagues qui déployaient sur les hauts-fonds leurs longs rouleaux tranquilles. La pleine lune baignait le paysage d'une clarté froide qui habillait la mer d'un scintillant drapé.

Pauline compta les carrelets afin de ne pas faire erreur. Celui de Jessie était le quatrième en partant de la gauche, elle l'avait bien repéré quand il faisait jour. Descendant sur la grève, elle marcha à pas prudents en direction de la construction de bois dont la fine ossature se découpait dans l'ombre. On aurait dit un gros insecte à tête carrée et au corps démesurément long. Parvenue au pied de l'escalier constitué d'étroites planches un peu tordues bordées par une rampe rudimentaire, elle s'arrêta et tendit l'oreille. Aucun bruit ne lui parvint. S'obligeant à respirer lentement pour maîtriser les battements de son cœur, Pauline posa le pied sur la première marche.

*

Le capitaine Fournier était très énervé. Depuis le moment où il avait raccroché son téléphone après l'appel du jeune Luka, il n'avait pas eu une minute à lui. Le commissariat était plus que jamais débordé. Les prévenus s'entassaient dans les cellules. Sur les bureaux, les dossiers en attente formaient des piles qui commençaient à ressembler à des buildings. Le standard téléphonique était au bord de la saturation. On manquait cruellement d'hommes et de véhicules pour pouvoir envoyer des patrouilles sur tous les lieux requérant l'intervention des forces de police. Les personnes venues déposer plainte s'agglutinaient à l'accueil et il n'y avait plus assez de chaises pour tout le monde... Bref, tout au long de la journée, Fournier s'était littéralement arraché les cheveux et il avait tout juste eu le temps de réquisitionner deux hommes pour la soirée.

– Mais capitaine, vous n'êtes pas de nuit aujourd'hui ! s'était étonné le lieutenant Guillaumet.

– On s'en fout. Y a urgence, avait rétorqué Fournier.

Pour finir, ce n'est qu'à vingt-deux heures trente qu'il put récupérer Christin et Guillaumet, sauter avec eux dans une voiture et, ayant mis en route le gyrophare collé en hâte sur le toit, foncer vers la côte.

Direction, Port-daus-Batias.

*

Pauline venait de prendre pied sur le long ponton de bois lorsqu'elle ôta son sac à dos et le posa délicatement devant elle. Elle s'agenouilla pour l'ouvrir et sortit le bidon que lui avait préparé Norma. Elle referma le sac désormais vide, le remit sur ses épaules, puis, tâtant les poches de son blouson, elle vérifia encore une fois que la boîte d'allumettes s'y trouvait bien. Tout était en place, elle pouvait commencer.

Elle dévissa alors le bouchon de la nourrice et, tout en avançant lentement sur la passerelle, elle laissa couler un filet de liquide. Un ruban luisant se déroula peu à peu sur la partie droite du ponton.

Dans l'air froid de la nuit, une odeur d'essence se mêlait à présent à celle de l'iode et du varech.

CHAPITRE

10

À cette heure-ci, il n'y avait ni piéton ni véhicule à l'entrée de la Passe-aux-Bœufs. Fred ralentit et s'engagea prudemment sur le tombolo, car celui-ci n'était pas éclairé. De part et d'autre de la piste s'étendait une zone rocheuse entourée d'eau. La passe n'était pas non plus balisée et il fallait être vigilant pour ne pas sortir de l'étroit cordon de galets et de sable qui reliait l'île au continent. Les phares de la voiture éclairèrent une pancarte plantée sur le bas-côté de la chaussée : *Priorité en face.*

– Vas-y, fonce ! Y a personne, dit Alan au conducteur.

– Toi, tu te calmes ou je te débarque, avertit Fred sans le regarder.

– Pfff !... soupira le *SB* en s'affalant sur la banquette arrière. Si on peut même plus rigoler !

– Ferme-la un peu ! jeta Franck.

Puis il ajouta à l'adresse de Fred :

– En arrivant sur l'île, tu prends à droite en direction du fort. Je t'indiquerai où il faut laisser la bagnole.

– Okay. T'as bien pris les lampes torches?

– Elles sont dans mon sac.

– Impec.

– Quand même, j'en reviens pas ! murmura Franck après quelques minutes.

– Quoi? interrogea Fred sans quitter la route des yeux.

– Que cet enfoiré t'ait refilé des boîtes d'Oseltam entamées ! Franchement, il a abusé...

– Ça va être le moment de me verser des dommages et intérêts, lâcha Fred en ricanant.

– J'espère pour lui qu'il a braqué une banque avant de venir s'enterrer dans ce trou ! lança Alan.

Adossé à la portière, il avait étendu ses jambes sur la banquette et admirait le paysage nocturne par la lunette arrière. Ils avaient parcouru environ un kilomètre sur le tombolo lorsqu'il dit négligemment :

– Tiens, il y a une voiture derrière nous.

Fred jeta un coup d'œil dans le rétroviseur. Il aperçut en effet des phares au loin, juste à l'entrée de la passe.

– Non, deux, rectifia-t-il. Sûrement des gens d'ici qui rentrent chez eux.

*

Elle y était presque.

La cabane de pêcheur à l'intérieur de laquelle se terrait Jessie n'était plus qu'à trois mètres devant elle.

Pauline secoua le bidon d'essence afin d'évaluer son contenu. Au bruit, elle estima qu'il lui restait juste de quoi arroser les murs de la bicoque. Ensuite, elle partirait le plus vite possible et, arrivée au bout du ponton, elle n'aurait plus qu'à jeter une allumette enflammée. Puis elle remonterait sur la falaise et admirerait le spectacle. Sans doute le plus beau feu de joie qu'elle aurait jamais l'occasion de voir...

Elle sentit ses jambes trembler, mais l'excitation supplantait à présent la peur. Elle était si près du but! Se rapprochant de l'épaisse cloison de bois qui lui faisait face, elle imprima à son bras un mouvement de balancier de manière à asperger la bicoque. Elle répéta l'opération tout en se déplaçant latéralement, puis finit de vider la nourrice sur le sol de la passerelle. À cet instant précis, la porte s'ouvrit à la volée et Jessie apparut sur le seuil.

*

En arrivant à Port-daus-Batias, Fournier avait demandé à Guillaumet de rentrer le gyrophare. Ils n'en avaient plus besoin et il était préférable d'opter pour une approche discrète. Leur véhicule était banalisé, il n'attirerait donc pas l'attention des habitants de l'île.

À l'entrée de la Passe-aux-Bœufs, le capitaine dut laisser passer une voiture qui s'engagea sur le tombolo après avoir forcé le passage. Mécontent, Fournier tourna la tête vers le conducteur au moment où celui-ci le doublait, afin de voir à quoi ressemblait ce chauffard. Il eut alors un mouvement de surprise:

– Bauer et ses sbires ! s'exclama-t-il. Qu'est-ce que les mecs de l'Unité Spéciale font ici à cette heure ?

Depuis que ces brigades d'un genre très particulier avaient été créées, environ un an auparavant, on ne pouvait pas dire qu'elles étaient en odeur de sainteté parmi les fonctionnaires de police. Ceux-ci leur reprochaient en effet d'aller trop souvent sur leurs brisées et contestaient aussi bien la légalité de leurs interventions que la légitimité de leur existence.

– M'est avis qu'ils viennent pour la même chose que nous, chef, observa le brigadier Christin.

– Mouais. Et je n'aime pas du tout ça, répondit Fournier.

Appuyant sur l'accélérateur, il s'arrangea pour rester à courte distance de l'autre voiture.

– Vu la taille de l'île, ils ne pourront pas nous semer, affirma-t-il. Je leur file le train et on les coince. J'ai horreur qu'on marche sur mes plates-bandes.

*

Pauline bondit en avant.

Mais au bout de deux enjambées, elle poussa un cri. Une planche de la passerelle venait de craquer, s'effondrant en partie sous son poids. Avec horreur, Pauline vit son pied s'enfoncer dans le trou ainsi créé, la stoppant net dans son élan. Sa cheville ripa, se tordit, et la jeune fille s'écroula en hurlant de douleur. Elle tenta de dégager sa jambe, mais les planches cassées la retenaient comme les mâchoires d'un piège, les éclats de bois s'enfonçant un peu plus dans sa chair à chaque mouvement.

– Tiens, tiens ! Regardez donc qui voilà, fit Jessie en lui braquant une lampe dans les yeux.

*

– C'est bon, tu peux t'arrêter là, indiqua Franck. On continue à pied, ce n'est pas très loin.

Fred gara la voiture sous les arbres. Ils prirent chacun une lampe torche et traversèrent un large pré avant de déboucher sur le sentier douanier. Ils suivirent alors celui-ci sur une distance d'environ cinq cents mètres, longeant le bord de la falaise qui, à peine un peu plus loin sur leur droite, plongeait à pic dans l'ombre.

– Wahou, c'est haut ! fit Alan, impressionné. Hé, les mecs, on a intérêt à regarder où on met les pieds !

– À moins que tu n'aies envie d'un baptême de l'air, lui lança Franck.

– Très drôle...

– Vos gueules ! ordonna Fred. Vous voulez qu'on se fasse repérer, ou quoi ?

Les deux *SB* se turent et ils progressèrent tous trois en silence, Franck en tête, jusqu'au moment où ce dernier pila :

– Regardez ! Les carrelets sont juste en dessous de nous. On va descendre par là, dit-il en éclairant un chemin escarpé qui permettait de rejoindre la grève.

– C'est lequel, déjà, le sien ? questionna Alan.

– D'après ce qu'a dit son frère, le quatrième en partant de la gauche, répondit Fred. Bon, on y va !

*

La gifle fut si violente que la tête de Pauline fut projetée sur le côté. Sa joue heurta la rambarde et elle gémit de douleur.

– Alors, ma jolie, on vient me rendre une petite visite ! Comme c'est gentil... Mais où est donc ton garde du corps ? demanda Jessie en regardant de tous côtés.

Il avait attrapé le poignet de Pauline et lui tordait le bras dans le dos, l'empêchant ainsi d'effectuer le moindre mouvement. Accroupi au-dessus d'elle, il se mit à scruter les alentours, légèrement inquiet à l'idée d'avoir de nouveau maille à partir avec le gars au rayon laser.

– Va te faire foutre ! cracha Pauline avant de balancer brusquement la tête en arrière.

Jessie l'évita de justesse. Un peu plus et il se prenait un bon uppercut au menton. Furieux, il tordit davantage le bras de la jeune fille qui se cambra aussitôt mais garda les lèvres serrées. Regardant en direction de la plage, Jessie crut alors voir des ombres se déplacer au pied de la falaise.

– On bouge de là ! ordonna-t-il en se levant.

Sans lâcher sa prisonnière, il se rapprocha de l'endroit où les planches avaient cédé et, donnant soudain de grands coups de talon, il agrandit le trou. Pauline eut du mal à ne pas crier, tant cela ravivait la douleur, mais en quelques secondes elle put extraire sa cheville du piège dans lequel elle s'était elle-même fourrée.

– Allez, viens, chérie, on rentre à la maison ! dit Jessie en la tirant brutalement en arrière.

La cheville blessée de la jeune fille était à nouveau telle-ment sensible qu'elle dut quasiment sauter à cloche-pied pour parvenir à le suivre. Dès qu'ils furent à l'intérieur de la cabane, Jessie la poussa avec rudesse sur le lit. Elle s'y écroula puis, dans un réflexe de protection, ramena aussitôt ses genoux et ses poings contre sa poitrine, prête à se battre comme une lionne pour se défendre. Haletante, elle attendait dans la pénombre, guettant le moindre mouvement de son ennemi. Cependant, à sa grande surprise, elle vit Jessie ramasser un grand sac de sport et le jeter par-dessus son épaule avant de lui lancer :

– T'as de la chance. Ce soir, je suis pressé. Mais on aura sûrement l'occasion de se revoir...

Avant qu'elle ait le temps de réagir, il sortit et referma aussitôt la porte derrière lui. Elle entendit une clé tourner dans la serrure. Il l'enfermait !

– Noooooooon ! hurla-t-elle.

*

– Regardez, il sort ! s'écria Franck.

– On y va, les mecs, ordonna Fred. Pas question de le laisser se barrer !

Ses deux comparses et lui accélérèrent l'allure, jurant à chaque fois qu'ils dérapaient sur le sol rocheux et irrégulier.

Sur le ponton, Jessie s'était mis à courir. Trois types se dirigeaient vers son carrelet. Il ignorait de qui il s'agissait, mais à première vue, c'étaient forcément des *coyotes*. Il fallait absolument qu'il atteigne l'extrémité de la passerelle avant eux !

*

Donnant une brusque accélération, la voiture des policiers doubla celle qui la précédait au moment où les deux véhicules arrivaient sur l'esplanade de la pointe est de l'île de la Garenne. Fournier se rabattit ensuite brutalement et, se mettant en travers de la chaussée, il obligea Bauer à s'arrêter. Furibond, celui-ci jaillit hors de sa voiture en brandissant le poing et en vociférant. Lorsqu'il reconnut le conducteur, il laissa son bras retomber contre son flanc mais ne renonça pas pour autant à invectiver le policier.

Fournier resta de marbre :

– Pardonnez-moi, je vous avais pris pour quelqu'un d'autre, dit-il avec un léger sourire.

Le regard que lui lança son interlocuteur laissait clairement entendre qu'il n'était pas dupe.

– Vous les flics, c'est plus fort que vous : il faut tout le temps que vous vous preniez pour des cow-boys, fit Bauer avec mépris.

– Qu'est-ce que vous fichez là ? L'Unité Spéciale sentait le renfermé ?

– C'est ça, oui. Alors, soyez gentils, messieurs. De l'air !

– Veuillez rester courtois, répondit Fournier. Vous vous adressez à des dépositaires de l'autorité publique dans l'exercice de leurs fonctions.

– La formule est élégante. Je tâcherai de la replacer, ironisa Bauer.

– Assez perdu de temps, trancha le policier. Vous êtes ici pour quoi, ou plutôt pour qui ?

– Jessie Boyer, lâcha le chef de l'Unité Spéciale avec un soupir. Vous aussi, je suppose ?

– Affirmatif. Nous avons plusieurs plaintes contre lui. Ce coup-ci, il relève de la justice.

– Pas sûr, dit Bauer en soutenant le regard de son adversaire.

– Écoutez, à ce rythme-là, on va le laisser filer. Alors, voici ce que je vous propose : on oublie nos vieilles rancœurs et on conjugue nos talents pour lui mettre la main dessus. Ensuite, nos autorités respectives trancheront.

Bauer jaugea l'homme qui lui faisait face. Après tout, il se moquait pas mal de ce que Lambert penserait de tout ça. Le plus important, c'était de choper le gamin, et Fournier avait la réputation d'être un flic plutôt droit. Tout en le regardant dans les yeux, Bauer hocha lentement la tête en signe d'assentiment :

– Bon, qu'est-ce que vous avez comme infos ? De notre côté, voilà ce qu'on sait...

*

À moins de trois enjambées de l'escalier, il sut que c'était trop tard.

Il continua quand même, tentant le tout pour le tout. Mais à peine avait-il quitté la passerelle du carrelet que les trois types fondirent sur lui. Deux d'entre eux l'attrapèrent chacun par un bras et plaquèrent son dos contre un pilotis. Le troisième les rejoignit tranquillement, puis, se plantant en face de Jessie, il saisit son sac de sport et le jeta un peu plus loin.

– Tu pars en vacances sans nous dire au revoir ? fit-il avec un sourire grimaçant. C'est pas gentil, ça, pas vrai, les gars ?

Ses comparses approuvèrent en ricanant.

– Qu'est-ce que vous foutez tous là ? demanda Jessie, éberlué.

– On est venus rendre visite à un ami commun, répondit Fred. Ben quoi, ça te fait pas plaisir ?

Jessie paniqua :

– Écoutez, y a sûrement moyen de s'arranger...

– Oh, mais certainement ! Alors, pour commencer, tu vas nous suivre bien gentiment...

*

Depuis cinq bonnes minutes, Pauline tambourinait en vain contre la porte en s'époumonant. Elle finit par se rendre compte qu'elle perdait son temps et son énergie. Tâtonnant un peu partout autour d'elle, elle commença par chercher un interrupteur sur l'une des cloisons. Elle poussa un cri de joie lorsque ses doigts reconnurent enfin la forme attendue. Elle actionna le commutateur. Rien ne se produisit. Il n'y avait certainement plus d'électricité dans le carrelet depuis longtemps. La jeune fille renonça à utiliser ses allumettes : les murs de la cabane étaient imprégnés d'essence ! Se laissant guider par la clarté de la lune, elle se dirigea en sautillant vers la fenêtre. Comment n'y avait-elle pas pensé plus tôt ? C'était ça, la solution ! Ouvrant la croisée en grand, elle se pencha au-dehors pour repérer les lieux avant d'enjamber l'appui.

Une mauvaise surprise l'attendait : de ce côté-ci, il n'y avait pas de coursive. Le carrelet surplombait directement les rochers !

*

Jessie et ses trois vieilles connaissances marchaient au pied de la falaise, lui devant, eux juste derrière, prêts à intervenir s'il lui prenait l'envie de faire l'andouille.

– On récupère la voiture qui nous attend là-haut et on t'emmène faire un petit tour, susurra Fred, que la situation semblait amuser beaucoup.

– Il est où, ce putain de chemin pour remonter?! pesta Alan. T'es sûr qu'on l'a pas déjà passé? Il me semblait que c'était par là...

– La ferme! Tu me déconcentres, râla Franck, que cette expédition nocturne commençait à fatiguer.

Soudain, trois hommes jaillirent dans l'ombre devant eux, leur barrant le passage. Sans se concerter, les quatre voyous firent immédiatement demi-tour et foncèrent droit devant eux. Mais un peu plus loin, trois autres types surgirent. Ils portaient des brassards fluorescents et se mirent à hurler:

– Police!

Ce fut la débandade. Prise en tenaille, la petite troupe opta pour le chacun pour soi. On aurait dit qu'on venait de jeter une torche enflammée au milieu d'un nid de vipères. Ça filait dans toutes les directions à la fois.

– Bauer, c'est lequel? hurla Fournier.

– Je sais pas, j'ai pas réussi à le repérer!

Contrairement à ses petits camarades et à leurs poursuivants, Jessie connaissait bien les lieux. Profitant de la confusion générale, il fut le seul à ne pas se mettre à courir en direction de la mer. En deux bonds, il rejoignit au contraire le pied de la falaise et se colla à la paroi rocheuse pour se dissimuler dans son ombre. Il se déplaça ensuite en crabe sur quelques mètres, puis, plongeant entre deux buissons, retrouva sans peine le fameux chemin qui permettait de remonter sur le plateau. S'accrochant aux racines pour monter plus vite, il crapahuta avec une énergie décuplée et se retrouva au sommet en un temps record. Il était hors d'haleine.

Après avoir vérifié qu'il n'était pas suivi, il s'octroya quelques secondes pour récupérer. Il posa les mains sur ses cuisses et se pencha en avant pour reprendre son souffle. Dès qu'il se sentit mieux, il se remit à courir en direction du bosquet des Naufrageurs. Il fallait qu'il suive le sentier douanier jusqu'à ce qu'il trouve où cet abruti de Fred avait laissé sa voiture.

Le reste ne serait qu'un jeu d'enfant.

Un peu plus loin sous les arbres, cinq hommes tapis dans l'ombre le regardaient venir vers eux.

Ils souriaient.

CHAPITRE

11

– Vous pouvez dormir ici, avait dit le docteur Rieu. Je préfère que votre fille et vous ne restiez pas seules ce soir...

Ann Damson avait accepté. Florence et elle avaient installé la petite dans la chambre de Pauline, pour la plus grande joie de Lila. Il fut décidé qu'Ann dormirait dans la chambre d'Angelo qui se trouvait juste à côté.

Dès que la fillette fut endormie, sa mère rejoignit ses hôtes dans le salon. Ils discutaient à voix basse avec Ning Wei, qu'elle n'avait pas entendu arriver. Après l'avoir salué, Ann prit place dans un fauteuil où elle se recroquevilla plus qu'elle ne s'assit.

– Vous avez froid ? s'inquiéta aussitôt Florence. Je peux vous apporter un plaid...

Mais la jeune femme secoua la tête. En réalité, elle tremblait de peur.

– Je viens d'exposer la situation à Ning Wei, annonça Rieu d'une voix douce. Il se pourrait qu'il soit en mesure de vous apporter des éléments nouveaux.

Intriguée, Ann se redressa. Elle regarda le vieux Chinois avec un mélange de crainte et d'espérance.

– Madame Damson, déclara Ning Wei, je pense savoir où se sont rendus votre mari et votre fils.

La stupeur se peignit sur le visage de la jeune femme. Soucieux de ne pas lui donner de faux espoirs, l'herboriste ajouta aussitôt :

– Du moins, dans un premier temps...

*

– Tu es sûr que tu sais ce que tu fais ? interrogea Nanael avec une pointe d'anxiété.

Assis sur le siège passager, il se retournait sans arrêt pour observer ce qui se passait à l'arrière du monospace. Sur la première banquette, Iahllan et Hahasiah, impassibles et silencieux, semblaient absorbés dans leurs pensées respectives. Derrière eux se déroulait cependant une scène étrange. La tête renversée en arrière et les yeux clos, un jeune *TsahDik* dont le corps était agité de soubresauts se trouvait à côté d'Ouriel. Celui-ci avait posé le pouce et l'index sur les paupières du jeune homme et, branché sur sa vision, il le guidait en murmurant à son oreille.

– Reste centré sur l'œil, Angelo... Oui, voilà, comme ça... très bien... Tu n'as rien à craindre, je suis là, je ne te lâche pas... Et maintenant, essayons de voir où il est...

Le monospace fonçait dans la nuit. Les mains légèrement crispées sur le volant, Anokhi tourna la tête vers Nanael :

– Laisse faire Ouriel. Son filleul ne risque rien. Ce garçon est exceptionnel. Il est notre seule chance de retrouver l'*Ancêtre*.

Trois minutes plus tard, le véhicule quittait la petite ville de Port-daus-Batias pour s'engager sur le tombolo de la Passe-aux-Bœufs.

*

Passer par la fenêtre étant exclu, il ne restait plus que la porte.

En fouillant chaque tiroir, Pauline avait réussi à trouver un couteau dont la lame, à la fois longue et étroite, semblait assez solide. S'agenouillant devant la porte, elle commença à s'acharner sur la serrure.

*

– Et voilà le travail ! fit Bauer en ligotant sa prise à l'un des pilotis qui soutenaient la passerelle du carrelet.

Aidés par les policiers, ses hommes et lui n'avaient pas eu de mal à mettre la main sur les trois voyous et à les immobiliser à grand renfort de menottes et de ruban adhésif.

– Sauf que Boyer a réussi à filer. Merde ! s'énerva Fournier.

– On a fouillé partout, chef, il s'est volatilisé ! dit Christin.

– Il y a peut-être une cachette dans la falaise, une grotte ou quelque chose comme ça, supposa le capitaine.

– Moi je crois plutôt qu'il a trouvé le moyen de grimper là-haut, déclara Bauer en montrant du doigt le plateau qui surplombait l'anse de Soubise.

– Bon, on y retourne ! annonça le policier.

La surveillance des trois lascars fut confiée aux hommes de Bauer ainsi qu'au brigadier Christin, le chef de l'Unité Spéciale ayant décidé d'accompagner Fournier et Guillaumet. Il n'était pas question de renoncer. Ils étaient là pour trouver Jessie Boyer et ils le trouveraient !

*

– C'est ici, dit simplement Ning Wei en désignant la porte ouest de l'amphithéâtre romain.

Précédés de Rieu qui éclairait le chemin, Ann Damson et l'herboriste avancèrent jusqu'à l'entrée des arènes. Ils s'engagèrent dans le passage. Celui-ci était toujours encombré par des éboulis et il y faisait extrêmement sombre. Le faisceau de la lampe de poche balaya les parois rocheuses, puis le sol. Tout à coup, Ann poussa un cri. Elle s'accroupit et ramassa quelque chose, puis éclata en sanglots. Intrigué, Rieu dirigea sa lumière sur sa main. Sur la paume ouverte de la jeune femme reposait un étrange médaillon orné d'une étoile à cinq branches.

– Et maintenant, madame Damson, prononça Ning Wei d'une voix sourde, vous ne pensez pas qu'il serait temps de nous dire la vérité ?

*

– Il est au nord ! s'écria Ouriel au moment même où le monospace arrivait sur l'île.

– Par où ? demanda Anokhi à Nanael.

– Le fort, là, sur ta droite.

Le conducteur donna un brusque coup de volant et le véhicule s'engagea à vive allure sur la route indiquée.

– Il n'est pas tout seul, continua Ouriel, haletant. Des hommes le poursuivent… des policiers… et…

Brusquement, il se mit à hurler :

– Les Pionniers de K1 !!… Il se dirige droit vers eux !…

*

Jessie sourit. Finalement, la chance était avec lui. Il venait d'apercevoir une voiture garée sous les arbres, un peu avant le bosquet des Naufrageurs. Sans doute celle de Fred.

Il bifurqua sur la droite.

Plus que quelques minutes et il filerait vers l'Espagne. Il en était certain.

*

Le pied d'Anokhi écrasa la pédale de frein. Ils ne pouvaient pas aller plus loin. Les quatre maîtres *TsahDiks* jaillirent hors de la voiture et se mirent à courir en direction de la falaise.

– Tu peux revenir, maintenant, murmura Ouriel en ôtant ses doigts des yeux de son filleul. Nous y sommes presque...

*

Les faisceaux des puissantes lampes torches des deux policiers passaient et repassaient en vain sur la roche calcaire, à la recherche d'une anfractuosité. Il fallait se rendre à l'évidence : l'hypothèse émise par le chef de l'Unité Spéciale était la plus vraisemblable. Restait à trouver par où ce garçon avait réussi à crapahuter jusqu'au sommet de la falaise.

*

La portière n'était pas fermée à clé. Jessie s'engouffra à l'intérieur de la voiture. Il se plia en deux pour accéder au boîtier situé sous le volant. En le démontant, il pourrait atteindre les fils du démarreur. Après, il connaissait la manip. Il dut cependant se redresser aussitôt : il n'y voyait rien ! Il y avait peut-être une lampe quelque part... Il se pencha pour ouvrir la boîte à gants. À cet instant, jetant un rapide coup d'œil par la vitre, il aperçut cinq silhouettes sombres qui venaient vers lui. Son sang ne fit qu'un tour. Il se propulsa immédiatement hors de la voiture et piqua un sprint.

Dans son dos, ses poursuivants se déployèrent en arc de cercle.

*

– Pauline ! s'exclama tout à coup Angelo.

– Eh bien ? s'étonna Ouriel.

– Je... je l'ai vue !

– Ah ! tu as enfin rétabli le contact. Tout va bien...

– Non, Ouriel. Elle est en danger !

– Il ne manquait plus que ça... Et où est-elle ?

– Elle est ici ! cria Angelo, de plus en plus agité. Il faut qu'on y aille, Ouriel. Tout de suite !

– Mais...

– J'ai vu du feu... Un incendie... Elle va mourir brûlée !

Sans attendre son parrain, Angelo bondit hors de la voiture et se mit à courir comme un fou.

*

Accablée, Pauline jeta le couteau sur le sol. Elle n'y arriverait jamais ! Il n'y avait décidément que dans les romans que les gens parvenaient à crocheter une serrure avec un simple couteau suisse. Ou alors, elle n'était pas douée. Quoi qu'il en soit, ce genre de chose était certainement plus utile que tout ce qu'on lui apprenait à la *Winner's* ! Rassemblant tout son courage, la jeune fille se releva. Il fallait qu'elle explore la cabane jusque dans ses moindres recoins. Il y avait forcément une solution pour sortir d'ici !

*

Las de piétiner devant les trois voyous qui ne répondaient à aucune de ses questions, le brigadier Christin les confia aux bons soins des hommes de l'Unité Spéciale et décida de s'octroyer une petite pause. N'étant encore jamais monté sur un carrelet, il se dit que c'était le moment d'en profiter.

Il gravit l'escalier qui permettait d'accéder au ponton de bois. Une fois sur la passerelle, il s'accouda à la rambarde et admira le paysage. C'était vraiment une belle nuit. Le policier se dit que la réputation de l'île n'était pas usurpée. Son silence et sa beauté ne pouvaient laisser indifférent. Au pied du carrelet, la masse sombre des rochers s'égayait çà et là de petites flaques miroitant sous la lune. Le brigadier inspira profondément. L'odeur de la mer, puissante et sauvage, emplit ses poumons. En y prêtant davantage attention, il crut toutefois déceler une autre odeur, moins agréable, cette fois. Fouillant dans sa mémoire, le brigadier chercha à se rappeler s'il y avait eu un signalement de dégazage dans le secteur au cours des dernières semaines. Rien ne lui revint.

Le vent se leva et le policier frissonna. Il ne faisait pas chaud, à rester ainsi immobile. Il lui tardait de voir revenir Fournier et Guillaumet avec le gamin. Un fourgon était d'ores et déjà en route pour venir récupérer tout ce petit monde. Fouillant ses poches, Christin en sortit un paquet de cigarettes. Voilà qui le réchaufferait un peu en attendant...

Le brigadier avait une particularité peu en phase avec son époque : il détestait les objets en plastique. À commencer par les briquets. Son épouse lui avait offert un Zippo, mais il se l'était fait voler. Le monde était définitivement plein de malfaisants.

Aspirant avec bonheur la première bouffée de tabac, le brigadier secoua distraitement l'allumette, puis la jeta sans regarder où elle tombait.

*

Jessie courait comme un fou.

Affolé, il venait de s'apercevoir que ses poursuivants s'étaient positionnés de manière à lui interdire toute fuite par la droite ou la gauche. Il ne lui restait donc qu'une seule possibilité : continuer tout droit. Or, Jessie savait pertinemment ce qui se trouvait à quelques dizaines de mètres devant lui.

Le bord de la falaise. L'à-pic vers l'abîme...

*

– Regardez ! s'écria Bauer. Il y a quatre types qui cavalent là-haut !

– J'en ai cinq en visuel de l'autre côté ! s'exclama Fournier. Non, six ! Ça doit être Jessie. On dirait qu'il est poursuivi !

– Mais qu'est-ce que c'est que ce foutoir ?...

*

« Wouf ! » fit la flamme en jaillissant aux pieds du brigadier. Celui-ci fit un bond en arrière et, atterré, regarda le feu se propager à toute vitesse le long d'une ligne qui serpentait sur toute la longueur de la passerelle. En quelques secondes à peine, les flammes atteignirent la plate-forme sur laquelle s'élevait la cabane de pêcheur. Il y eut alors un nouveau souffle et la cloison de planches s'embrasa sur une hauteur d'environ un mètre cinquante. Au même moment, le policier entendit un cri perçant. Cela venait de l'intérieur du carrelet !

*

Acculé, Jessie se tenait dos à la mer. Un mètre à peine le séparait du bord de la falaise. Devant lui, les cinq inconnus formaient un demi-cercle qui ne lui laissait aucune échappatoire.

– Jessie Boyer? demanda l'homme qui se trouvait juste en face de lui.

– Qu'est-ce que vous me voulez? fit Jessie d'une voix tremblante.

Il n'y eut pas de réponse. Les Pionniers se prirent la main. Sur la poitrine de chacun, une médaille s'était mise à briller dans l'obscurité. Sur le pourtour des cinq pentagrammes, on pouvait voir une lueur bleutée où dansaient des éclairs mauves.

– C'est pas vrai!... murmura le garçon, terrorisé.

*

– Capitaine! cria Guillaumet. Regardez... Le carrelet!

– Nom d'un chien! rugit Fournier. Allez-y, lieutenant, nous on reste ici. Bauer! Vous avez trouvé un passage?

– Négatif, mon vieux. Mais je serais vous, je jetterais un coup d'œil là-haut. Ça a l'air de barder.

Reculant de quelques mètres pour mieux voir ce qui se passait au sommet de la falaise, le policier renversa la tête en arrière. Ce qu'il vit alors était proprement ahurissant.

*

Sous les yeux effarés du brigadier Christin, un jeune homme inconnu déboula tout à coup, comme surgi des ténèbres. Crochetant avec force le bras du policier, il se mit à le tirer vers le carrelet en hurlant :

– Venez m'aider à défoncer la porte ! Ma sœur est enfermée à l'intérieur !...

Ils se ruèrent tous les deux en avant.

*

L'homme qui se trouvait face à lui fit un signe de la tête. Aussitôt, cinq rayons violets jaillirent simultanément des médaillons. Ils se rejoignirent en un faisceau unique qui frappa Jessie de plein fouet à l'emplacement du cœur.

Le garçon fut littéralement projeté dans les airs.

Fournier et Bauer virent très nettement Jessie s'envoler dans la nuit, les bras en croix, effectuant une sorte de saut de l'ange inversé. Durant un bref instant, il resta suspendu entre ciel et terre, bras et jambes écartés, étonnamment semblable au célèbre dessin de Léonard de Vinci, *L'Homme de Vitruve*. En effet, en une fraction de seconde, les cinq faisceaux de lumière s'étaient séparés pour former une incroyable figure géométrique : un point bleu brillait à présent sur le front de Jessie, un autre sur chacun de ses poignets et les deux derniers sur ses chevilles. Chaque partie correspondait à l'une des pointes d'un pentagramme...

Brusquement, les cinq rayons violets qui clouaient le garçon aux nues s'évanouirent en même temps, et son corps tomba en chute libre.

À l'instant où il s'écrasa sur la grève, Fournier détourna les yeux.

*

Les cinq Pionniers se rejoignirent en un cercle parfait et unirent leurs poings tendus en signe de victoire.

Puis, sans attendre, Petersen activa la diode centrale de son pentacle. Il fallait annoncer la bonne nouvelle au président le plus vite possible. Ses compagnons l'imitèrent et, tous ensemble, ils envoyèrent le signal à K1.

Lorsqu'ils se retournèrent, quatre hommes grands et bien bâtis leur faisaient face.

*

La porte ne résista pas longtemps aux coups de pied et d'épaule acharnés des deux hommes. Lorsqu'elle céda enfin, Angelo fut le premier à se précipiter à l'intérieur.

– Vite ! cria le policier. Le feu gagne du terrain !

La pièce était remplie de fumée. L'adolescent trouva sa sœur à moitié évanouie sur le sol. Se précipitant vers elle, il la prit dans ses bras et sortit le plus vite possible. Le brigadier l'aida à la porter et ils coururent vers l'extrémité de la passerelle en tâchant d'éviter les flammes qui grignotaient petit à petit le ponton.

Pendant ce temps, les hommes de Bauer avaient transporté leurs prisonniers à cinquante mètres de là et les avaient de nouveau menottés au pied du carrelet voisin. Du coup, aucun d'entre eux n'avait vu ce qui se passait au même moment sur la falaise. Lorsque Christin et les deux jeunes gens les rejoignirent, toussant et crachant pour évacuer la fumée de leurs poumons, les deux *SB* échangèrent un regard perplexe :

– Tiens ? L'Angelot ! dit Franck. Qu'est-ce qu'il fout ici, celui-là ?

*

Le chef des Pionniers posa sur les *TsahDiks* un regard plein de morgue.

– Je crains que vous n'arriviez trop tard, messieurs, déclara Petersen. L'*Ancêtre* n'est plus !

Il tourna les talons et s'éloigna d'un pas tranquille, suivi des quatre autres Pionniers. Muets et incrédules, Anokhi et ses compagnons regardèrent leurs ennemis s'enfoncer dans la nuit.

– Devons-nous les croire ?... murmura le maître *TsahDik*.

À cet instant, ils furent rejoints par Ouriel qui arrivait en courant.

– Ils l'ont... commença celui-ci hors d'haleine, ils l'ont tué !

– Que dis-tu ? Tu en es sûr ?

– Tout est fini. Ils ont assassiné l'*Ancêtre* !...

Alors, pour la toute première fois, Ouriel et ses compagnons virent celui qu'ils admiraient tant s'effondrer sous leurs yeux. Ne sachant comment réagir, ils suspendirent leur souffle. Anokhi s'était laissé tomber à genoux devant eux. Il prit sa tête entre ses bras et se mit à pousser un interminable, un effroyable gémissement de bête blessée.

Le Temps des *TsahDiks* venait de prendre fin.

CHAPITRE

12

Le président Tubal-K poussa un hurlement de victoire. Ils avaient gagné ! Ils avaient éliminé l'*Ancêtre* ! K2 et K3 étaient pulvérisées. Il était désormais le seul maître à bord. De toute sa vie, jamais il n'avait éprouvé une aussi grande satisfaction. Autour de lui, ses conseillers et ses ministres se congratulaient à grand renfort de serrements de mains, d'exclamations joyeuses et de claques sur l'épaule. À l'annonce de la bonne nouvelle, tout le monde – y compris les agents de sécurité – avait été convié à venir se réjouir avec le président. La liesse et l'effervescence qui régnaient dans la salle du Conseil étaient telles que l'homme qui venait d'arriver ne parvenait pas à attirer l'attention. Renonçant à se faire entendre au milieu de ce brouhaha général, le diplomate se fraya tant bien que mal un chemin jusqu'au président. Ce qu'il avait à lui dire était en effet de la plus haute importance.

*

L'homme qui entra dans la cellule de celui qui était redevenu malgré lui Kane Adamsohn ne lui était pas inconnu.

– Levez-vous et suivez-moi, souffla-t-il en secouant l'épaule du prisonnier.

Ce dernier écarquilla les yeux. Il peinait à identifier la silhouette dans la pénombre. Néanmoins, la voix lui était familière. La carrure de mastodonte également. Il crut reconnaître le cerbère au service de Tubal-K.

– Lémeck? demanda-t-il sans trop y croire.

– Ça dépend, répondit l'autre en le tirant par le bras.

Totalement éberlué, Kane avait les yeux fixés sur la porte de sa cellule. Elle était grande ouverte et le couloir était désert.

– Comment ça, «ça dépend»? demanda-t-il tandis que l'homme l'entraînait à sa suite dans le long corridor à peine éclairé.

– Ici, on m'appelle comme ça. Ailleurs, j'ai un autre nom. Taisez-vous maintenant! Nous avons très peu de temps et il nous faut encore aller récupérer votre fils! J'espère que nous n'arriverons pas trop tard...

Lémeck appliqua la paume de sa main contre un lecteur optique, et la grille qui obstruait l'extrémité du couloir coulissa silencieusement. L'angoisse lui nouant le ventre, Kane pressa le pas pour ne pas perdre Lémeck de vue. Il ne savait pas s'il pouvait lui faire confiance mais, au stade où il en était, il n'avait plus vraiment le choix. Son guide improvisé semblait s'orienter sans la moindre difficulté dans le dédale des quartiers de sécurité du palais présidentiel. Il n'y avait plus un seul gardien dans le secteur à ce moment-là, le Pionnier se demandait bien pourquoi. Lorsqu'ils arrivèrent à la cellule de Luka, Kane constata avec soulagement que son fils était encore en vie.

Sa tension se relâcha un peu.

*

– Vous prétendez que le Commandeur Seth-Kind est ici? s'exclama Tubal-K. C'est une plaisanterie!

Autour de lui, tout le monde s'esclaffa. Mais le diplomate ne se démonta pas:

– Absolument pas, monsieur le président. Il désire s'entretenir avec vous au plus vite. Il dit qu'il est prêt à négocier...

Le dirigeant de la Communauté de K1 eut du mal à dissimuler son trouble.

– Bon... Faites-le patienter dans le salon numéro 1. Je... je vais le recevoir.

Dans la salle du Conseil, la stupéfaction était générale.

– Attendez-moi ici, messieurs. Je m'occupe de cette affaire et je reviens.

Entraînant le diplomate à l'écart, Tubal-K lui demanda discrètement:

– Se serait-il produit *quelque chose* au sein des Communautés de K2 et K3?

Celui-ci le regarda d'un air surpris:

– *Quelque chose*, monsieur le président?

– Je veux dire... un événement fâcheux et imprévu...

– Absolument pas, monsieur le président. Tout va bien.

– Parfait! Parfait... répondit Tukal-K. Je préfère ça.

*

Ce n'est qu'une question de minutes, songeait le dirigeant de K1. *Il faut tenir compte de la distorsion du temps. D'ici un moment, j'en suis certain, ce cher Commandeur va tout bonnement «s'effacer» comme les autres...*

En entrant dans son bureau, le président se retrouva nez à nez avec l'ingénieur Moreno:

– Ah! monsieur le président, je vous cherchais partout!

Très agacé, Tubal-K agita une main devant lui pour le congédier sur-le-champ:

– Plus tard, Moreno, plus tard! J'ai quelque chose d'urgent à régler.

– Mais, monsieur le président, insista le technicien, il s'agit de la carte à puce... Le nouveau lecteur est opérationnel. Vous allez enfin pouvoir savoir quelles informations elle contient!

Tubal-K se figea. Il attendait ce moment depuis si longtemps! Il fut incapable de résister à la tentation. Après tout, cela ne prendrait pas beaucoup de temps. Il fallait qu'il sache!

– Bien! Voyons cela, fit-il sur un ton faussement détaché.

Puis, appuyant sur un bouton incorporé dans son bureau, il ordonna:

– Veuillez avertir mon visiteur que je fais le nécessaire pour le recevoir au plus vite.

Moreno avait apporté le nouveau lecteur avec lui. Le président récupéra une nouvelle fois la carte à l'intérieur de son médaillon et la lui remit. L'ingénieur l'inséra dans l'appareil, puis vérifia que tout fonctionnait. Frémissant d'impatience, le dirigeant de K1 gardait les yeux rivés sur l'écran. Pour la première fois, un texte apparut, complet, parfaitement compréhensible, et aucun bug ne se produisit. Tubal-K se tourna alors vers l'ingénieur et lui lança un regard impérieux. Celui-ci comprit ce qu'on attendait de lui. À regret, il quitta le bureau, laissant le président découvrir seul le mystérieux message du *Signe de K1*...

*

– Mais qu'est-ce qui t'a pris de venir ici ?! fit Kane, *alias* Ed, après avoir serré son fils dans ses bras.

– Papa... tu avais disparu ! Maman était folle d'inquiétude. Je savais que c'était le seul endroit où j'avais des chances de pouvoir te trouver...

– ... Avec dix chances sur dix de te jeter dans la gueule du loup !

Luka baissa piteusement les yeux.

– Vous vous expliquerez plus tard, intervint Lémeck. Nous devons faire vite. Suivez-moi !

Passant devant, il les guida au cœur du labyrinthe qu'abritait le sous-sol du palais présidentiel. Plus ils avançaient, et plus l'ancien cerbère pressait le pas. Ils couraient presque lorsque, tout à coup, ils tombèrent sur une porte en acier au centre de laquelle se trouvait un système de verrouillage constitué d'une roue métallique. Juste au-dessus, un écriteau aux lettres noires sur fond rouge indiquait *Accès interdit aux personnels non autorisés.*

– Où sommes-nous ? demanda Kane.

Lémeck posa sur lui son intense regard, vert d'un côté, brun de l'autre.

– Vous n'allez pas tarder à le savoir... se contenta-t-il de répondre.

Il composa à toute vitesse un code secret sur le clavier prévu à cet effet, puis saisit la roue à deux mains. Elle résista. Kane et son fils retinrent leur souffle. Bandant ses muscles, Lémeck tourna de toutes ses forces. Cette fois, la serrure céda avec un claquement sec et la porte s'ouvrit. Kane écarquilla les yeux. Au fond de la vaste salle blanche et nue, on apercevait une sorte de mur d'enceinte formé par quatre écrans semi-circulaires taillés dans un verre épais, d'un bleu sombre mais translucide.

– Formidable ! murmura Kane.

– Qu'est-ce que c'est, papa ?

– Mais tu sais bien !...

– Non, monsieur Adamsohn. Rappelez-vous : le *Mémotron* a aussi effacé ce souvenir en lui.

Le visage radieux, Kane posa alors les mains sur les épaules de son fils et lui annonça :

– Tu as devant toi le portail temporel de K1, fils. Nous allons pouvoir rentrer à la maison !

Lémeck haussa un sourcil étonné en entendant les derniers mots. Il poussa le Pionnier et son fils à l'intérieur de la salle, puis referma la lourde porte :

– Ne vous réjouissez pas trop vite, Adamsohn. Je vais faire mon possible pour vous renvoyer là-bas, mais chaque seconde compte, à présent. Courez jusqu'au portail. Vous vous placerez en ligne entre les deux piliers, dos au miroir quantique. Je me charge du reste.

– Vous voulez dire que vous savez mettre en route cette foutue machine ?

– Je sais beaucoup plus de choses que vous ne pouvez l'imaginer. Allons, faites vite !

Kane et son fils lui obéirent et suivirent rigoureusement ses instructions. Dès qu'ils furent en place, Lémeck passa derrière une sorte de pupitre qui abritait une console de commande à distance.

– Prêts ? demanda-t-il.

– Prêts !

Lémeck effectua la manipulation requise et un bourdonnement se déclencha à l'intérieur du portail temporel, accompagné d'un nuage de vapeur blanchâtre. Luka jeta un regard inquiet à son père, mais celui-ci lui fit signe que tout allait bien.

– Avant que nous nous quittions, lança alors Kane à leur sauveur, puis-je savoir qui je dois remercier, si Lémeck n'est pas votre nom ?

Un sourire bref comme l'éclair passa sur le visage de l'homme et il répondit :

– Mes frères de K2 et K3 m'appellent Noé 123...

– Un espion ! s'exclama Kane. Mais alors... vos yeux ?

– De simples lentilles. Le vrai se cache souvent derrière le visible, Adamsohn...

*

Il n'y avait que quelques lignes très courtes.

Le président Tubal-K sentit cependant tout de suite que leur implication était considérable. Les yeux rivés sur l'écran, il lut et relut les brèves informations qui avaient été stockées dans le circuit intégré. Chacune d'elles résonna en lui comme un coup de gong de plus en plus puissant, faisant battre le sang à ses tempes, tandis que ses oreilles se mettaient à bourdonner désagréablement.

Fiche d'identité n° 2036-DK-21-FR

Nom : Rieu

Prénom : Arno

Fils de : Pauline Rieu

Et de : Jessie Boyer

(N.B. : issu d'une union non consentie par la mère, identification du père confirmée par les recoupements de fichiers génétiques et biométriques)

Né le : 23 septembre 2021

À : Mediola – France

Lieu de résidence : Copenhague – Danemark

Profession : biologiste

Taille : 1 m 85

Poids : 82 kg

IrisCode® : ...

Sous les yeux épouvantés du président Tubal-K, un dessin apparut alors sur l'écran. Il s'agissait de la reproduction d'une signature iridienne. Celle-ci avait une forme très particulière : c'était une figure géométrique, une étoile à cinq branches. Un pentagramme presque parfait.

Le président se décomposa. Il eut soudain l'impression que son cœur sortait de sa poitrine, que les veines de ses tempes étaient à deux doigts d'exploser.

Pris d'un violent vertige, il se cramponna aux bords de son bureau. Il avait commis une erreur. Une terrible, une effroyable erreur ! La fiche d'identité qu'il avait sous les yeux était celle de son lointain aïeul. Or, celui-ci avait pour père Jessie Boyer, ce qui signifiait que l'*Ancêtre* de Seth-Kind était également... le sien !

Il avait donc, sans le savoir, orchestré sa propre destruction. En ordonnant la mise à mort de l'*Ancêtre*, il était devenu l'artisan... de sa propre non-existence !

– *Pour savoir où l'on va, il faut savoir d'où l'on vient,* l'avait pourtant averti son père...

Le président Tubal-K secoua la tête. Non, non ! Il devait s'agir d'autre chose ! Comment expliquer, sinon, que le Commandeur soit toujours en vie et que K2 et K3 n'aient nullement été affectées par la disparition de l'*Ancêtre* ?

Tout cela était absolument incompréhensible ! La clé de cet imbroglio se trouvait sans doute dans la carte à puce. Celle-ci contenait peut-être d'autres informations...

Le président Tubal-K tendit la main vers le lecteur. Son visage se figea alors en un rictus horrifié. Son bras ! Qu'arrivait-il à son bras ?

Il se mit à hurler comme un dément.

*

– Que se passe-t-il ? cria Kane, le visage soudain crispé par l'inquiétude.

Autour d'eux, l'air s'était brutalement mis à vibrer d'une étrange façon. C'était comme si leur vue se troublait tout à coup. Le sol du portail temporel, les deux piliers et même le miroir semblaient se décomposer et se recomposer à toute vitesse sous leurs yeux, comme si l'agencement de leurs atomes se trouvait soudain perturbé par un phénomène inexpliqué.

– C'est ce que je redoutais ! répondit Noé 123 sans cesser de s'activer aux commandes. Le portail est en train de s'effacer !

– QUOI ?! s'écrièrent le père et le fils d'une même voix.

– Je ne sais pas si nous aurons le temps... fit l'espion de Seth-Kind, éperdu.

Mais déjà, ils ne l'entendaient plus.

*

Lorsque la secrétaire du président et l'ingénieur Moreno pénétrèrent dans le bureau, un effroyable spectacle les attendait.

À peine reconnaissable, Tubal-K s'avançait dans leur direction en titubant, quêtant désespérément du secours. Toute la surface de son corps tremblait comme si chacune de ses molécules cherchait à se désolidariser de l'ensemble. Sous les yeux horrifiés de Moreno et de la jeune femme, sa silhouette commença à se dissoudre dans l'air. Ils purent voir chaque particule se séparer des autres avant de se mettre à se diviser à l'infini, jusqu'à disparition.

Quelques minutes plus tard, il ne subsistait absolument plus rien de l'homme qui se tenait auparavant devant eux.

Le président Tubal-K venait de «s'effacer».

*

Lorsque Noé 123 reprit connaissance, il se trouvait dans une pièce inconnue, vaste, blanche et nue.

Vide, à l'exception d'un objet, posé de guingois contre un mur : un miroir haut comme un homme.

Noé se releva. Il se demanda ce qu'il faisait dans cet endroit. Une double tache sur le sol clair attira son attention. Il se baissa pour l'examiner. Ce n'était pas ce qu'il avait cru tout d'abord. Intrigué, il ramassa les deux lentilles de contact.

Étrangement, il y en avait une verte et une brune.

Noé haussa les épaules, les glissa dans sa poche et sortit.

Il cligna aussitôt des yeux.

Un soleil éblouissant brillait ce jour-là dans un ciel bleu outremer.

*

À peine distinctes dans l'aube naissante, deux silhouettes étaient étendues sur le sol de l'amphithéâtre romain. L'une d'elles bougea soudain imperceptiblement. C'était un adolescent. Sa main se mit à tâter timidement la terre autour de lui. Il semblait désorienté.

Le garçon cligna des yeux, se redressa vivement et fit aussitôt la grimace. Il avait la sensation que son corps entier était passé sous un rouleau compresseur. Découvrant l'homme allongé à ses côtés, il se pencha vers lui.

– Papa?... murmura-t-il, hébété.

L'homme ouvrit les yeux à son tour. Il frissonna, puis se leva avec lenteur. Son regard balaya les alentours. L'aurore éclairait progressivement les arènes, teintant de rose la pierre usée des gradins qui les entouraient. Dans le silence du matin, on n'entendait que quelques roucoulements dont le son clair roulait doucement d'arbre en arbre.

Tendant la main vers son fils, l'homme dit alors d'une voix tranquille :

– Viens, Luka. On rentre à la maison.

*

Le jour se levait sur l'île de la Garenne.

Une aube brumeuse et rose, étonnamment douce pour la saison.

Assis côte à côte sur la petite plage de l'anse de Soubise, Angelo et Pauline regardaient le paysage maritime se dessiner lentement dans la clarté du jour naissant. La mer était pleine. De temps à autre, une vague poussait sa crête frangée d'écume jusqu'à leurs pieds, et ils repliaient vivement les jambes en riant pour ne pas se faire mouiller. Un peu plus loin sur le sable, cinq hommes assis en cercle conversaient à voix basse.

Tout à coup, l'adolescent ferma les yeux et son corps fut parcouru d'un frisson de la tête aux pieds.

– Angelo? demanda Pauline en posant la main sur son avant-bras.

Il ne répondit pas. Derrière ses paupières closes, ses yeux allaient et venaient de droite à gauche. La jeune fille attendit. Elle savait ce qui se passait. Lorsque son frère rouvrit les yeux, elle lui demanda simplement :

– Tu as eu un flash, n'est-ce pas?

– Oui... répondit-il avec un sourire émerveillé.

Et aussitôt, il bondit sur ses pieds et se mit à crier :

– Anokhi ! Ouriel ! L'enfant ! L'enfant...

Les cinq hommes accoururent aussitôt.

– Eh bien? interrogea Ouriel. Quel enfant?

– Le premier *TsahDik*, l'enfant de l'*Ancêtre* ! Il naîtra au printemps...

– Tu... tu es sûr?

– Tu veux dire... intervint Anokhi, qu'avant de mourir, il...

– Je l'ai vu ! répondit Angelo, riant et pleurant à la fois. C'est une fille, mes amis. Une fille !...

Sans s'être concertés, les cinq maîtres *TsahDiks* se ruèrent ensemble sur Angelo et le soulevèrent de terre. Porté par leurs bras puissants, le jeune homme leva les mains vers le ciel. Au même moment, le soleil émergeant derrière la falaise l'enveloppa tout entier d'une lumière couleur de miel. À l'horizon, happés par l'océan, les derniers lambeaux de nuit emportaient avec eux quelques nuages effilochés. Mais sur la grève, l'espace d'un instant, ce fut comme la naissance d'un ange.

Un ange nommé espoir.

*

– Tout va parfaitement bien ! annonça le docteur Rieu, un sourire radieux aux lèvres.

La jeune fille reprit ses résultats d'analyse et les rangea dans son sac à main.

– Pour tout vous dire, confia-t-elle, je n'étais pas vraiment inquiète.

Assis en face d'elle, le médecin se pencha légèrement au-dessus de son bureau et répondit avec un air de conspirateur :

– Pour tout vous dire, je m'en doutais un petit peu !

La jeune fille éclata de rire.

– Vous vouliez surtout m'annoncer la bonne nouvelle, n'est-ce pas ? ajouta Rieu.

Les yeux brillants, elle hocha vigoureusement la tête. Puis son visage redevint soudain plus grave :

– Vous savez, quand je suis sortie de votre cabinet ce jour-là, j'étais très en colère après vous.

– Et pourquoi diable ?!

– Parce que, tout d'un coup, je n'étais plus tellement certaine de vouloir avorter !

– Je n'y étais pour rien, je n'ai pas essayé de vous en dissuader, rappela Rieu avec douceur.

– Non. Mais il y avait en vous quelque chose qui m'a touchée. Je suis incapable de l'expliquer plus clairement. Vous m'aviez donné tous les papiers nécessaires pour l'interruption de grossesse, je les ai jetés dans la première poubelle !

Rieu posa les yeux sur le ventre arrondi de sa jeune patiente.

– Je pense que cette demoiselle vous en sera un jour reconnaissante, dit-il avec un sourire bienveillant.

– Non seulement elle, mais toute sa descendance, j'espère ! répondit la jeune fille en riant.

– Vous savez ce qui me sidère le plus ?

– Quoi donc ?

– Que je n'aie rien vu lorsque je vous ai auscultée chez vous. Vous savez, lorsque votre mère m'a appelé au moment où vous aviez attrapé cette vilaine grippe...

– J'avais beaucoup maigri à ce moment-là. Et puis vous étiez tellement persuadé que j'avais avorté !

– Il est vrai qu'il n'y a pire aveugle que celui qui ne veut pas voir, murmura Rieu, songeur.

– En tout cas, je voulais vous dire... merci, dit la jeune fille en rougissant légèrement.

Ému, le médecin ne répondit rien. Il la regarda se lever et pensa à sa fille Pauline. Elles se ressemblaient par leur détermination. Par leur fichu caractère aussi, sans doute !

Il songea avec une certaine tristesse que sa jeune patiente élèverait son enfant seule. Pauline, elle, avait Luka. Un garçon qu'il aimait beaucoup. Et si un jour il leur prenait l'envie de... *Allons !* se reprit Rieu. Il fallait leur laisser le temps.

Lorsqu'elle se retrouva dans la rue, la jeune fille fit quelques pas, puis s'arrêta pour regarder quelque chose qui tombait du ciel. Juste devant elle, une plume blanche, légère et duveteuse descendait en prenant son temps.

Levant les yeux, elle aperçut, posée sur la branche d'un platane, une superbe colombe qui roucoulait doucement.

Elle sourit, sortit son téléphone portable et composa un numéro qu'elle n'avait plus utilisé depuis longtemps.

– *Capitaine Fournier, j'écoute...*

– Papa...

– *Stella?* fit le policier, la gorge nouée.

– Papa, je... Est-ce que je peux passer te voir? J'ai quelque chose à t'annoncer. Je pense que ça va te faire très plaisir...

ÉPILOGUE

Le saut quantique

«Il est absolument impossible,
en dépit des plus grands efforts,
de faire rentrer mon hypothèse
dans le cadre d'une théorie classique,
quelle qu'elle fût.»

Max Planck[1], in *Le Cantique des quantiques*,
de Sven Ortoli et Jean-Pierre Pharabod

1. Physicien allemand.

An 2322.
Région des Hauts Monts du Karakoram.

Journal de Menadel, Membre du Suprême Conseil
des Communautés Associées K1, K2 et K3

Après des semaines et des semaines de pluie ininterrompue, le soleil est enfin revenu sur notre région, et je crois bien que la montagne n'a jamais été aussi belle. Le ciel d'un bleu limpide qui s'étend au-dessus de nos têtes a remis de la joie dans les cœurs. De la paix aussi, car nous avons craint qu'un nouveau Déluge ne s'abatte sur nous. Cette Grande Descente de Nuages semblait annoncer un nouveau cycle de perturbations climatiques, mais apparemment, il n'en est rien, nos météorologues viennent de nous le confirmer.

Ce soir, nous fêterons les deux cents ans de la Fédération !

Toutes trois issues des grands bouleversements de l'Ère Sombre, les trois Communautés, K1, K2 et K3, se sont associées voilà maintenant deux siècles. Elles ont alors jeté les bases d'une société nouvelle, libre et fraternelle pour laquelle chacun de nous continue aujourd'hui à œuvrer.

Je suis vieux à présent, mais je suis heureux de savoir que mes petits-enfants font partie de cette civilisation naissante, car j'ai foi en elle.

Pourtant, certains soirs, il me vient d'étranges pensées, j'ignore pourquoi...

Des images résonnent en moi comme de très lointains souvenirs. Je vois des conflits, des luttes, une peur profonde, des drames, des pleurs... Quelquefois, j'aperçois également un homme. Je ne sais absolument pas de qui il s'agit. Il est grand et maigre. Ses cheveux, longs fils d'argent épais comme des crins, sont soigneusement peignés et retenus sur sa nuque par un catogan. Il porte un pull-over noir à col roulé. Sur sa poitrine repose un curieux médaillon circulaire orné d'une étoile à cinq branches.

De part et d'autre de l'étoile figurent un K *et un* 1*... Mon intuition me dit que cet homme représente une menace et je ressens un grand malaise. Je m'efforce alors de chasser ces images...*

D'où viennent-elles ?

Lorsque je me pose cette question, ma raison ne me fournit aucune réponse satisfaisante.

Mais la raison suffit-elle pour expliquer le monde?

Ces visions s'imposent à moi de façon si prégnante que je refuse de croire qu'elles soient simplement le fruit de mon imagination.

C'est comme si, certains soirs, me revenait par bribes la mémoire d'une autre vie, d'une autre histoire.

L'histoire qui aurait pu être la nôtre, si...

Du même auteur

Aux éditions Syros

Une sonate pour Rudy, coll. «Rat noir», 2006

(Prix Sésame 2007 de Saint-Paul-Trois-Châteaux, prix Enlivrez-vous en mai de Thionville 2007, prix Romanphile 2007, prix des collèges du Territoire de Belfort 2007, Livre d'or des jeunes lecteurs de Valenciennes, catégorie senior, 2008, prix Adolire - prix des lecteurs en Morbihan 2007/2008, prix du Jury littéraire de Trignac, Loire-Atlantique, 2008, prix des Prix du Territoire de Belfort 2008)

Le Passager de l'orage, coll. «Rat noir», 2008

Breaking the Wall, coll. «Rat noir», 2009

Opération «Maurice», coll. «Mini Syros Soon», 2010

Le Signe de K1, tome 1: «Le Protocole de Nod», coll. «Soon», 2010

Une porte sur demain, coll. «Mini Syros Soon», 2011

Chez d'autres éditeurs

L'Incroyable Voyage de Simon, Oskar, 2009

Le Mangeur d'ogres, Rageot, 2009

(Et sous le nom de Claire Derouineau:)

Perles de collégiens, «Le cabinet de curiosité», Horay, 2002, 2004, 2008

Mots futés pour écrire sans se tromper, coll. «Les grands bonheurs», Actes Sud Junior, 2003, 2004, 2007

Pleure pas Lalie, coll. «Tipik Cadet+», Magnard Jeunesse, 2005

L'auteur

Claire Gratias a toujours été fascinée par les histoires incroyables. Les films qui montrent de fabuleux voyages dans l'espace ou de drôles d'extraterrestres circulant parmi nous incognito. Les livres qui parlent de gens capables de remonter dans le passé et qui tuent leur grand-père par mégarde... ce genre de choses, quoi !

Elle avait quatre ans lorsque l'homme a marché sur la Lune et jamais elle n'oubliera les images du téléviseur noir et blanc : des bonshommes en combinaison et casque-bulle bondissant au ralenti sur un sol poussiéreux pour aller planter un drapeau américain... Ce n'était plus Jules Verne ou *Tintin*, c'était pour de vrai !

Si elle avait été plus forte en maths et en physique-chimie, Claire aurait certainement choisi une carrière scientifique, histoire d'empêcher des biologistes mal intentionnés de fabriquer de méchants virus dans un but inavouable ou de vérifier qu'il est vraiment impossible de construire une machine à voyager dans le temps...

La destinée l'a poussée sur un autre chemin et, très jeune, elle s'est mise à inventer à son tour des histoires de plus en plus incroyables. Aujourd'hui, elle se dit qu'il se pourrait qu'un jour les scientifiques nous prouvent que notre perception du réel est très différente de la réalité (ou *des* réalités). Inutile de préciser qu'elle attend cela avec impatience !

Soon

Des histoires de futurs pour réinventer le présent

www.syros.fr/soon/

Déjà parus

1. *Apocalypse Maya*
Frédérique Lorient

Maya est une petite planète perdue au fin fond du cosmos, colonisée depuis peu par la société AgroCorp qui y expérimente du maïs génétiquement modifié.

Suite à la mort de sa mère, Jové est envoyé sur Maya chez son grand-oncle Trree, un étrange personnage d'origine indienne qui a bourlingué sur toutes les planètes colonisables. Trree va confier à Jové le secret de Maya : la planète abrite une forme de vie intelligente, des sortes de serpents à fourrure munis d'un seul œil cyclopéen, qu'il a baptisés « Suris ». Ils utilisent un langage à base de soupirs, vénèrent le dieu Maïs et peuvent être de redoutables guerriers.

Pour les responsables d'AgroCorp, bien décidés à exploiter la planète, les Suris ne sont que des animaux.

Cette erreur se révélera tragique…

Un roman poétique et visuel sur la difficile reconnaissance de l'Autre, qui renvoie (comme *Les Chroniques martiennes* de Ray Bradbury) au génocide indien.

« Un beau roman citoyen de qualité. »
(Sophie Pilaire – http://www.ricochet-jeunes.org/)

2. *Terre de tempêtes*
Johan Heliot

Années 2060. Suite aux bouleversements climatiques, le nord de la FedEuro (l'ex-Europe) est devenu une zone marécageuse, tandis que la sécheresse sévit au sud.

Zayed et Lina, scientifiques français de très haut niveau travaillant en VertAfrique, sont convoqués en urgence à Paris par le Centre de contrôle climatique (le 3C). Ne pouvant emmener leur fils Reda (treize ans), ils le confient à son grand-père Siméon qui gère des champs de capteurs solaires dans le désert de l'ancienne Aquitaine. Reda n'en mène pas large face à ce géant bourru, au passé obscur.

Arrivés au 3C, Zayed et Lina apprennent qu'un cyclone d'une nature et d'une violence encore jamais vues vient de se former dans l'océan Atlantique, et qu'il se dirige vers les côtes de la FedEuro. Reda et son grand-père se trouvent en plein sur la trajectoire...

Lassée d'être maltraitée par la folie cupide des hommes, la Terre se révolte. Un roman palpitant emporté par la fureur des éléments, un cri d'alarme écologique et aussi une émouvante chronique familiale.

« Frissons, palpitations, réflexions, la lecture de Terre de tempêtes *est à triple détente. »*

(Maryline Baumard – *Le Monde de l'éducation*)

3. *À mille milles de toute terre habitée*
Ange

Deyann, treize ans, vit seul sur un satellite minier, à des années-lumière de la première planète habitée. Un matin, il découvre dans les bas-fonds grisâtres du satellite le cadavre d'une fille de son âge, habillée de pourpre et d'or, portant un étrange pendentif...

Ce que Deyann ignore encore, c'est que ce satellite où il se sent abandonné de tous est au centre d'une multitude d'univers parallèles. Dans un monde proche, et pourtant si différent, l'explosion d'un dirigeable – dans lequel voyageait la jeune inconnue en robe rouge, Elizabeth – a créé une brèche temporelle, projetant le cadavre d'Elizabeth dans l'univers de Deyann.

En passant à travers la brèche, Deyann va revenir trois heures avant l'explosion du dirigeable. Il espère ainsi sauver la jeune fille. Mais de dangereuses créatures, les Obscurs, sont elles aussi à la poursuite d'Elizabeth. Car leur survie dépend du pendentif qu'elle porte.

À travers ce roman d'amour et de mort, où la science-fiction déploie son imaginaire le plus débridé et le plus romantique, l'auteur s'adresse aux plus solitaires d'entre nous : même à mille milles de toute terre habitée, on n'est jamais seul.

« Sans conteste le roman jeunesse le plus enthousiasmant qu'il m'ait été donné de lire depuis longtemps. »

(Christophe Lambert – http://lambear.canalblog.com/)

4. *L'arche des derniers jours*
Éric Simard

La Terre, 2109. Un effroyable conflit planétaire a décimé presque toutes les espèces vivantes et provoqué des mutations génétiques.

Des enfants aux pouvoirs étranges se sont réfugiés dans la jungle, auprès des rares animaux ayant survécu. Chaque adomutant a son propre «amimal», qui lui correspond étrangement. Ainsi, Iza et Louve, Lyan et Cerf, Shaona et Aigle, Mynor et Taureau, Youn et Dauphin vivent-ils paisiblement sur une côte sauvage du sud de l'Inde. Mais des hommes armés accostent, recherchant frénétiquement les jeunes êtres. Terrés dans la mangrove, les adolescents se préparent à riposter farouchement. Ils ignorent que des scientifiques de l'Arche des derniers jours, un inquiétant laboratoire caché au cœur des îles des Cyclades, projettent de les capturer afin de pouvoir les étudier...

Une histoire fabuleuse aux couleurs de la mythologie. Un combat âpre pour la liberté, un roman bouleversant sur les liens mystérieux qui unissent l'homme à l'animal, un conte cruel sur les dérives de la science.

«Un excellent roman d'anticipation qui mêle aventure et lyrisme.»

(Anne Fakhouri – ActuSF http://www.actusf.com)

5. *Les clefs de Babel*
Carina Rozenfeld

Liram vit chez les Aériens, dans les plus hauts étages de la tour de Babel où se sont réfugiés les hommes depuis que le Grand Nuage a empoisonné la Terre, il y a mille ans. Suite à un drame – ses parents sont assassinés –, Liram doit abandonner son univers douillet pour fuir dans les étages inférieurs, peuplés par ceux que les Aériens ont repoussés vers le bas dix siècles plus tôt, avant de condamner toutes les issues...

Lors de sa descente dans ce monde sordide, hanté par des mutants et ravagé par la misère, il rencontrera quatre adolescents marqués d'un mystérieux tatouage et dotés de pouvoirs étranges. Liram comprendra alors qu'il est lui-même porteur d'un destin exceptionnel, très lourd pour ses jeunes épaules. Heureusement, il n'est pas seul...

Une quête haletante à l'écriture rythmée et aux multiples rebondissements, dans un angoissant univers post-apocalyptique. Mais aussi un précieux message d'espoir et de tolérance.

«L'auteur a un véritable don de conteuse qui nous emporte dans un monde apocalyptique et nous renvoie aux dérives du nôtre autant qu'à sa beauté unique qu'il faudrait préserver.»
(Livralire – http://www.livralire.org/)

6. *ÉdeN en sursis*
Jeanne-A Debats

Quelle surprise pour Cléone – capitaine, malgré ses quinze ans, du vaisseau le *Quetzal* – de découvrir que la météorite qui a déchiré sa voile solaire est en fait une capsule de survie ! À l'intérieur gît un beau jeune homme gravement blessé... Contre toute attente, l'Intelligence Artificielle du *Quetzal* s'oppose résolument au sauvetage et enjoint Cléone d'abandonner l'inconnu dans l'espace. Car l'IA a reconnu, gravé sur la capsule, le logo de la terrifiante multispatiale DeltaGen... Cléone s'empresse de désobéir à cet ordre cruel. C'est pour elle le début d'une expédition pleine de dangers qui la mènera sur ÉdeN la sauvage, une planète récemment découverte, protégée de toute atteinte à son environnement par son statut « écol », mais qui excite les appétits de la peu scrupuleuse DeltaGen.

Un roman d'aventure riche en péripéties et pétillant d'humour, dont l'action se passe sur une planète étrange et fascinante. Mais aussi un message écologique clair : face à la cupidité de certaines multinationales, notre Terre est en sursis !

« Un vrai roman de science-fiction, d'aventures, d'amour et de suspense ! »
(http://www.choisirunlivre.com)

7. ***Le mensonge dans les veines***
Michaël Espinosa

Diane est une adolescente ordinaire. Bonne élève, entourée de parents aimants et d'un petit ami attentionné, elle vit une existence sans histoires. Mais suite à plusieurs malaises et à des accès de violence inexplicables, elle subit une série d'examens médicaux qui vont faire basculer sa vie. Elle se découvre d'inquiétants pouvoirs... qui intéressent dangereusement les Forces Fédérales de Sécurité (FFS) et la Police Secrète Religieuse (PSR). Il ne lui reste plus qu'une solution : fuir, comme une bête traquée. Quel monstre est-elle devenue ?

Un thriller futuriste au rythme haletant qui ne laisse aucun répit au lecteur et le touche dans ce qu'il a de plus intime, son corps.

« Un livre mené à cent à l'heure, une héroïne aux superpouvoirs qui emportera l'adhésion des adolescents, une interrogation sous-jacente sur le progrès et ses conséquences, voilà un cocktail à conseiller dès 12 ans pour s'évader et vivre (par procuration) des aventures haletantes. »

(François Schnebelen – http://www.yozone.fr/)

8. *La ballade de Trash*

Jeanne-A Debats

Début XXIIe siècle, région parisienne. Dans des banlieues en ruine ravagées par le bouleversement climatique et la crise économique, des bandes de jeunes errent, tandis que les nantis se sont réfugiés dans un Paris protégé par une gigantesque Bulle transparente.

Trash est une jeune fille de dix-huit ans. Avec l'aide de Junk, un colosse aux mains d'or, elle a réussi à créer dans les décombres un refuge où elle recueille des adolescents à la dérive, allumant ainsi avec son gang, les « Tramps », une lueur d'utopie dans un monde en décomposition.

Lorsque Markus, le chef des gangboys parisiens, propose que toutes les bandes de la région se réunissent dans le Réservoir souterrain du parc Montsouris pour discuter d'une trêve, Trash, Junk et leurs amis décident de répondre à son appel...

Une odyssée terrifiante dans les bas-fonds d'une société post-apocalyptique, si proche de la nôtre pourtant, un roman mémorable porté par une héroïne d'exception.

« Après un space opera remarqué, ÉdeN en sursis, *Jeanne-A Debats signe son deuxième roman pour adolescents dans lequel elle installe une atmosphère beaucoup plus dure, délétère et sauvage, qui offre peu d'espoirs et de raisons de croire encore à l'humain. Les Tramps sont, heureusement, une bonne raison d'y croire encore. Ils sont comme une oasis d'humanité dans un monde sauvage, portés par Trash, personnage magnifique rongé par le doute, le passé et la maladie, qui lutte jusqu'au bout pour les valeurs auxquelles elle croit et qu'elle transmet à ceux de sa bande. »*

(Catherine Gentile – http://www.ricochet-jeunes.org/)

9. *Le Signe de K1*, tome 1 : « Le Protocole de Nod »
Claire Gratias

Début du XXIVe siècle. Le niveau des eaux a considérablement monté à la surface du globe. Réduite à une dizaine de milliers d'habitants, la population de la Terre s'est réfugiée dans les Hauts Monts du Karakoram. Alors que l'humanité menace d'être emportée par un nouveau Déluge, vingt-deux Pionniers et leurs familles sont enrôlés pour un voyage dans le temps qui les ramènera en 2020. Kane Adamsohn, sa femme Lilian et leurs deux enfants, Kali et Tsilla, font partie de ces volontaires qui ont accepté de s'intégrer discrètement à la population pour préparer l'exode des survivants. Nom de code de la mission : « Le Protocole de Nod ».

Un roman d'aventure digne des plus grandes épopées futuristes, où se mêlent subtilement voyage dans le temps, pouvoirs paranormaux, manipulation politique et amour fou...

« *Des réfugiés du futur qui débarquent en 2020. Des enfants mutants... Claire Gratias se frotte à la science-fiction. Avec bonheur ! Une fresque futuriste. Une critique bien vue de notre société. Une folle histoire d'amour... Placez-vous vite sous le signe de K1.* »

(*Je Bouquine*)

10. ***Le bout du monde***

Loïc Le Borgne

Nash est un adolescent rebelle qui s'ennuie à Oméga, une ville morne et sécurisée, dominée par le virtuel. Il accumule les provocations jusqu'au moment où il dépasse la ligne rouge. Il est alors condamné à effectuer des travaux d'intérêt public avec les Explos, sur le monde sauvage de Toy. Une chance en réalité pour ce jeune qui rêve d'aventure et d'évasion... Mais le vaisseau s'écrase sur la planète avant d'avoir pu envoyer un signal de détresse, et Nash est le seul survivant. Recueilli par Burril, un rude montagnard, il n'a d'autre choix que d'adopter le mode de vie des autochtones. Alors que des contrebandiers menacent les villageois, il ne va pas tarder à comprendre que ce «bout du monde» cache un incroyable secret...

Un stupéfiant roman d'anticipation humaniste, où les univers quantiques rejoignent les légendes aborigènes et *Le Bateau ivre* d'Arthur Rimbaud...

«*Beaucoup d'humanisme dans ce roman à la construction originale puisqu'une entité s'adresse directement au lecteur, l'invectivant régulièrement au fil des chapitres. Un livre qui se lit d'une traite, avant de laisser place à une réflexion plus profonde: notre survie se trouve-t-elle réellement dans la course au progrès?*»

(Coup de cœur de la librairie *Du vent dans les pages*)

Découvrez aussi chez Syros
(Hors-série)

MÉTO

***La Maison* – tome 1**
Yves Grevet

Soixante-quatre enfants vivent coupés du monde, dans une grande maison à l'organisation très stricte. Chacun d'eux sait qu'il devra en partir lorsqu'il aura trop grandi. Mais qu'y a-t-il après la Maison?...

Prix des collégiens du Doubs 2008
Prix Tam-Tam Je Bouquine 2008
Prix jeunesse de la ville d'Orly 2009
Prix Enfantaisie 2009 (Suisse)
Prix Ruralivres en Pas-de-Calais 2008/2009
Le Roseau d'or 2009 (44)
Prix Gragnotte 2009 de la ville de Narbonne
Prix Chasseurs d'histoires 2009 de la ville de Bagneux
Prix des Dévoreurs de livres 2010 (27)
Prix Frissons du Vercors 2010
Prix Bouqu'en Stock 2010 (académie de Rouen)
Prix des lecteurs ados de Concarneau et Quimperlé 2010

«Ce premier tome d'une trilogie d'anticipation navigue entre l'atmosphère des films de Costa-Gavras et l'univers de Sa Majesté des Mouches, *suscitant parfois un délicieux malaise.* (...) *L'auteur révèle la face cachée de l'âme humaine face à l'apprentissage de la liberté. Magnifique.»*
(Marie Rogatien – *Le Figaro magazine*)

MÉTO

***L'Île* – tome 2**
Yves Grevet

Méto et ses camarades ont enfin franchi les portes de la Maison, livrant un combat terrible pour leur liberté. Mais Méto est grièvement blessé lors de la bataille... Lorsqu'il se réveille, il se rend compte que ses paupières ont été collées et qu'il est entravé à un lit. Où est-il? Et ses amis, sont-ils encore en vie?...

«À découvrir d'urgence tant l'univers de ces romans est étrange et passionnant.»
(*D Lire*)

MÉTO

***Le Monde* – tome 3**
Yves Grevet

De retour à la Maison, Méto est séparé de ses proches et désigné aux yeux de tous comme le «traître». Mais les César le conduisent bientôt dans une partie de la grande demeure tenue secrète et réservée aux membres du groupe E, une élite chargée d'effectuer des missions sur le continent...

Mis en pages par DV Arts Graphiques à La Rochelle
Achevé d'imprimer en France par CPI Aubin Imprimeur

Dépôt légal : avril 2011
Loi n° 49.956 du 16 juillet 1949
sur les publications destinées à la jeunesse
N° d'éditeur : 10178111